외눈고개
비화

외눈고개 비화

초판 1쇄 인쇄 | 2022년 5월 27일
초판 1쇄 발행 | 2022년 6월 3일

지은이 | 박해로
펴낸이 | 박영욱
펴낸곳 | 북오션

경영지원 | 서정희
편 집 | 고은경·장정희
마케팅 | 최석진
디자인 | 민영선·임진형
SNS마케팅 | 박현빈·박가빈

주 소 | 서울시 마포구 월드컵로 14길 62 북오션빌딩
이메일 | bookocean@naver.com
네이버포스트 | post.naver.com/bookocean
페이스북 | facebook.com/bookocean.book
인스타그램 | instagram.com/bookocean777
전 화 | 편집문의: 02-325-9172   영업문의: 02-322-6709
팩 스 | 02-3143-3964

출판신고번호 | 제 2007-000197호

ISBN 978-89-6799-679-6 (03810)

영혼을
짓누르는
원초적인
공포!

외눈고개
비화

박 해 로
S F 호 러
연 작 소 설

박해로 작가의 조선 SF 호러 연작소설

교교한 만월의 달빛 아래
외눈고개 악귀가 울부짖는다!

Bookocean

序
귀경잡록(鬼境雜錄) 그리고
원린자(遠麟者)

세종 20년(1438년), 건국신화를 부정하고 백성들을 미혹시킨다 하여 금서 처분을 받게 된《귀경잡록》은 당대의 악명 높은 도참비서(圖讖秘書, 미래의 모습을 예언과 그림으로 담은 비밀스러운 책) 가운데 하나였다. 시간을 초월하고 공간을 오로지하는 무변유일극존신(無變唯一極尊神) 육십오능음양군자(六十五能陰陽君子)가 우주 삼라만상의 진정한 창업자이며, 그가 부리는 이계 별천지의 원린자(遠麟者)들이 호시탐탐 인간 세상을 노린다는 해괴한 예언서는 세상의 질서를 어지럽히고 전대미문의 공포를 전염시켰다.

'뱀 껍질의 선비'로 알려진 저자 탁정암은《귀경잡록》에서 조선이 가장 경계해야 할 적을 '원린자'라고 예언하고 있는데, 후

대의 사학자와 과학자들이 밝혀낸 바에 따르면 이 원린자는 오늘날의 외계인과 같은 존재라고 한다. 이들이야말로 밤하늘을 이부자리 삼아 3천 년을 잠들어 있는 육십오능음양군자의 근왕병(勤王兵)이며, 하늘 바깥에서 천하 대지로 끊임없이 침략을 꾀하는 이계 오랑캐들이다.

탁정암의 의도는 궁극적인 인류의 위기에 눈을 뜨게 하려는 우국의 발로였지만, 그의 진심과 상관없이 영악한 인간들은 이 책을 악용했다. 육십오능음양군자라는 지존 앞에서 왕후장상의 씨가 따로 없음을 깨우친 반항적인 백성은 이 책을 혁명반란의 기치로 삼았고, 탐욕에 눈먼 세력가들은 권력형 범죄를 숨기기 위해 보이지 않는 원린자에게 자신의 혐의를 뒤집어씌웠다.

원린자, 즉 외계인의 실존 여부는 첨단 과학 기술이 범람한 오늘날에도 분명하지 않지만 이성과 논리로 설명할 수 없는 초현실적인 사건은 지금도 세상 어딘가에서 발생하고 있다.

보국안민과 계몽적 이성의 기치 아래 탁정암은 혹독한 국문(鞫問)을 받아 끔찍한 최후를 맞았고, 이단 서적으로 낙인찍힌 《귀경잡록》은 남김없이 수거되어 불태워졌다. 그러나 수많은 왕조의 교체에도 귀경잡록의 필사와 유포는 끈덕지게 이어져 저자보다 유구한 천수를 누렸다.

이 희대의 금서는 가는 곳마다 죽음을 몰고 왔고, 상상을 초월하는 괴사건으로 평온한 세상에 풍파를 일으켰다. 무자비한 학살과 불가사의한 파괴가 지나가도 《귀경잡록》은 살아남았다.

천박한 세속은 《귀경잡록》을 대안적 희망으로 맹신케 했고, 혹독한 관법은 《귀경잡록》을 신세계 건설의 돌파구로 삼게 했다. 죽지 않는 불멸의 책, 그것이 바로 《귀경잡록》이다.

　이제부터 소개할 이야기들은 조선에서 실제로 일어난 일종의 야사인데, 읽다 보면 어느 이야기든지 《귀경잡록》과 연관이 있다는 사실을 알 수 있을 것이다. 분명히 강조하지만 귀경잡록은 허구의 저서가 아니다. 하워드 필립스 러브크래프트의 《네크로노미콘(Necronomicon)》처럼 《귀경잡록》도 실제로 존재했던 책이다.

차례

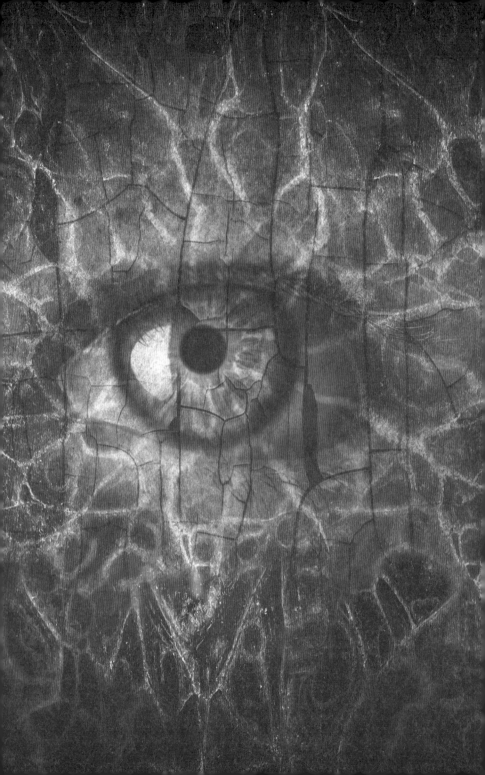

외눈고개 비화

서자(庶子) 김정겸

1

그날 아침, 평소처럼 일찍 관아에 나가 집무를 준비하던 중이었다. 통인(通引, 수령의 잔심부름을 하는 시동)이 손님이 찾아와 계시다고 알려왔다. 이른 시각이라 의아했지만 곧장 객청으로 향했다. 그 손님은 내가 잘 아는 사람이었다. 낯익은 얼굴을 대하자 서로를 위해서라면 목숨이라도 바칠 수 있었던 지난 시절이 떠올랐다. 그는 죽지 않고 살아 있었다. 하지만 40년이란 세월이 흐른 후에 만난 그는 더 이상 기백 넘치던 젊은이가 아니었다. 세월의 붓은 죽음의 획수 같은 주름살을 그의 얼굴 곳곳에 새겨 놓았다. 재회의 감격으로 잡은 손은 무덤을 연상시킬 만큼 차가웠다.

"대체 무슨 일이 있었던 건가? 예전의 자네 같지가 않네."

나의 질문에 그는 기이한 이야기를 들려주었다. 악귀가 들끓는 생지옥을 가까스로 탈출했는데 그 곳에서 겪은 하루가 속세의 40년과 같아서 이제야 나를 찾을 수 있었다고 했다. 그 악귀들이 아직도 조선 어딘가에 숨어 있고, 만약 모습을 드러내면 우리나라는 단군 이래 최악의 위험에 직면한 것이라며 광성(狂聲)을 높였다.

스무 살이 될 때까지 우리는 같은 고향에서 나고 자랐다. 누구보다 총명했던 그가 정신이 무너진 노인이 되어 나를 찾아왔음에 무척이나 슬펐다. 일단 안전한 곳에다 숨긴 후 의원에게 보이기로 했다. 그는 둘도 없는 나의 벗이었지만 범죄수배자이기도 했으니까.

그런 눈으로 나를 보지 말라는 듯, 그가 또렷한 음성으로 말했다.

"선규, 자네는 과거에 급제해 결국 사또 어른이 되었군 그래. 박고헌처럼 말일세."

"박고헌이 누군가?"

"《귀경잡록》을 읽지 않았나? 그 책의 6장에 등장하는 인물인데 지옥의 악귀들한테서 조선을 구해낸 선현이라네."

"《귀경잡록》 같은 귀신의 요설에 빠지다니 영특했던 자네에게 어떤 변화가 일어난 건지 모르겠군."

"나를 미친놈이라고 생각하지 말아주게. 내 정신은 아주 맑다네. 삼시 세 끼 밥 먹는 일에만 쫓기어 진실을 외면하는 이 세상이야말로 미쳐 돌아가는 게지."

독주를 한 사발이나 들이킨 그는 40년 전 외눈고개라는 비경(秘境)에서 겪은 악귀 이야기를 들려주겠다고 했다.

◦✵◦

그의 이름은 김정겸이었다.

유서 깊은 안동 김씨의 후예로, 아버지 김성탁은 무과에 장원 급제해 예천 지방의 현령을 거쳐 병마동첨절제사(兵馬同僉節制使, 오늘날의 중령쯤의 지위) 벼슬을 지낸 사람이었고, 어머니 신부순은 〈고선대사〉, 〈가악별곡〉 등의 규방문학으로 이름을 떨친 당대의 신여성이었다. 두 사람의 정분은 김성탁이 이미 정실부인이 있는 유부남이었다는 이유로 많은 이들의 주목을 받았다. 20년 나이 차이를 극복한 두 남녀는 남들이 뭐라 하건 개의치 않고 서로에게 빠져들었다.

둘의 애정은 부부의 연을 맺음으로써 결실을 이루는 듯 보였지만 행복은 오래가지 못했다. 두 사람 사이에서 태어난 아들 정겸은 '서자'라는 운명을 낙인처럼 짊어진 채 부모를 대신한 책임을 져야만 했다. 정겸은 배다른 형들의 미움을 받았고, 서얼로서의 사회적 제재 또한 받아야만 했다. 집안 대소사와 유산상속에서 소외되었고, 과거시험에도 자격을 제한 당했다.

여덟 살 때 서당에서 처음 만난 그의 모습이 기억난다. 당시 정겸은 사람의 호감을 끌어내는 외모에 건강한 정신 소양을 갖고 있었다. 지혜가 돋보였고 무예에도 빼어났다. 일등자리를 놓고 선의의 경쟁을 이어간 우리의 우정은 그때부터 시작되었다. 나는 몰락한 양반의 후예였으나 집안이 가난했고, 정겸은 만석꾼 벼슬아치의 아들임에도 푸대접을 받았다. 우리는 사귐에 있어 의(義)를 중시했지 서로의 신분이나 재력을 문제 삼지 않았다.

희망 많고 능력 넘쳤던 정겸은 점차 성장하면서 세상에 배신을 당하기 시작했다.

정겸의 나이 스무 살이 되었을 때 그의 아버지는 폐병으로 임종을 맞게 되었다. 김성탁 대감은 유명을 달리하기 직전 정겸에게도 유산 일부를 상속한다는 유언을 남겼다. 그 일부라는 것이 충주 지방에 있는 어마어마한 규모의 농장이었기에 적출(嫡出) 형들은 마치 자기 재산을 도둑맞는 것처럼 이를 못마땅해 했다.

정겸은 배다른 형님들을 장유유서의 예로 깍듯이 대했으나 그들에게 정겸은 눈엣가시요, 잠재적인 위협 대상이었다. 그들의 의심은 정겸의 예절을 재산을 노리는 접근으로 보았고, 그들의 미움은 눈치를 채고 거리를 두는 정겸을 버르장머리 없는 놈으로 몰아갔다. 정겸은 어머니를 생각해 매사 언행을 조심하고 눈을 내리깐 채로 살았다.

출신 성분에 족쇄를 채우는 조선 사회의 경직성에 나는 한탄했다. 누구보다 재주가 많았던 사람이었기에 정겸이 딱했다. 내심 배다른 형들을 미워했을 것이고 어머니의 자유로운 연애사를 원망했을 테지만 정겸은 한잔 술로 오늘을 추스르고 내일을 위해 더 열심히 몸과 마음을 수양했다.

이때까지만 해도 그는 어마어마한 운명이 자신을 기다리는 줄 모르고 있었다.

2

정겸의 일생을 바꾸는 사건은 부친의 초상을 치른 지 얼마 안
되었을 무렵 일어났다. 그 날, 늦은 시각까지 세상사를 성토하던
정겸은 술이 거나해지자 집으로 돌아갔다. 자고 가라는 내 권고
를 무시한 채 그는 어둠 속으로 사라졌다. 그 뒤에 일어난 사건
은 내가 본 것이 아니라 나중에 들어서 안 것이다.

홀로 밤길을 걷던 정겸은 인적 끊긴 장터 구석에 사람이 쓰러
져 있는 것을 발견했다. 뺨에서 피를 흘리는 노인은 강도가 딸
을 데려갔다며 도움을 요청했다. 협기가 남달랐던 정겸은 노인
이 가리킨 방향으로 달려갔고 곧 젊은 여인을 끌고 가는 복면
쓴 괴한 둘과 맞닥뜨리게 되었다. 괴한들은 단검을 지녔지만 정
겸도 무예로 단련한 몸이었다. 정겸이 단검에 어깨를 찔렸을 때
상대방도 정겸의 주먹에 급소를 강타 당했다. 숨이 끊어진 괴한
은 쓰러져 일어나지 못했다.

예기치 못한 상황에 놀란 괴한의 동패는 피 묻은 단검을 주워
들고 도망쳤다. 사람을 죽였다는 사실을 깨닫자마자 정겸의 머
릿속은 하얘졌다. 퍼뜩 정신이 들어 고개 들었으나 처녀는 사라
지고 없었다. 증인이 되어줄 사람들이란 생각에 급히 달려갔지
만 노인 역시 보이지 않았다.

눈앞이 캄캄했다. 도망칠 수도 있었지만 정겸은 침착하게 관
아를 찾아가 사고경위를 진술하고 포졸들과 현장을 검증했다.
시체는 발견되었지만 흉기는 발견되지 않았다. 정겸이 부상을
입었다는 사실은 주목을 끌었으나 입에서는 술 냄새가 났고, 거

둡 주장하는 농사꾼 부녀가 보이지 않는다는 점은 진술의 신빙성을 떨어뜨렸다. 사건은 술김에 시비가 붙은 젊은이들끼리의 격투로 기울어졌다. 죽은 강도는 고을 사람이 아닌 객지 사람이었다. 주막마다 정체가 불분명한 외지인들은 널렸고 이들은 종종 지역 사람과 시비가 붙었다. 서자 출신인 정겸이 현실에 불만을 가져 늘 화가 나 있었다는 사실은 원래부터 고을에 돈 악의적인 헛소문이었다.

사또 대신 사건을 접수한 관아의 아전은 정겸의 배다른 첫째 형과 절친한 사이였다. 한 가닥 인맥을 믿고 희망을 품었던 정겸은 도리어 함정에 빠질 줄은 꿈에도 몰랐다. 아전은 '과잉 대처로군. 쯧쯧쯧!' 혀를 차며 형식적인 절차라는 설명과 함께 정겸을 옥에 가두어버렸다. 시간이 흘러도 그를 풀어주는 이는 없었다. 이틀 후 어머니가 찾아와서야 정겸은 자신이 살인범이 되어 있음을 알았다. 노인과 처녀는 끝내 나타나지 않았고 정당방위의 주장은 수사기록의 초안에서 사라졌다.

아전은 몰래 정겸을 찾아와 석방을 위한 납속(納粟) 비용으로 500냥을 요구했다. 겁이 난 정겸은 일단 옥에서 나오려면 그 돈이 필요했기에 어머니더러 형님들을 찾아가 보라고 했다. 그러나 배다른 형들은 살인마의 핏줄은 우리 김씨 가문에 발을 들일 수 없다며 정겸의 어머니를 만나주지 않았다. 그들은 하늘이 준 기회를 이용해 정겸이란 귀찮은 존재와 영영 인연을 끊을 작정이었다.

뒤늦게 사정을 알게 된 나는 여기저기로 돈을 구했지만 180냥이 모을 수 있는 한계였다. 정겸은 배다른 형들의 검은 속을 눈치채고 충주의 농장을 포기할 테니 같은 아버님을 둔 혈육 동생을 한 번만 도와달라고 사정했다. 돌아온 답은 '그 농장이 네 놈 것인 줄 아느냐'는 비아냥거림이었다. 임종 앞둔 선친이 혼미한 정신으로 던진 유언을 그것도 서자란 놈이 주제넘게 나서서 권리 주장을 하다니 조상이 용서치 않을 패륜이라는 소리까지 얻어들어야 했다. 한 푼도 줄 수 없다는 소리였다.

상황은 악화일로로 치달았다. 끝내 정겸은 납속금을 내지 못했고, 나와 지인들 몇몇이 올린 사건 재수사의 탄원서는 받아들여지지 않았다. 성급한 살인죄가 선고되었고, 정겸은 단독 옥사에서 죄인들로 북적거리는 혼거(混居) 옥사로 옮겨졌다. 태생적인 결점에도 누구보다 밝고 용기있던 청년은 이제 한낱 범죄자로 떨어지고 말았다.

3

순흥 관아 옥사에 갇힌 정겸은 중죄인들을 다루는 한양 서린 옥으로의 이감을 기다리는 신세가 되었다. 아무도 그를 찾지 않았다. 정겸의 어머니만이 석방을 위해 분주했을 뿐이었다. 남편을 잃고 아들까지 잃을 처지에 놓인 그녀는 몰라보게 수척해진 나머지 병색을 드러냈다. 문예의 붓 대신 그녀가 잡은 건 종교적인 구원이었다. 정신줄이 미약해진 그녀는 초암사를 매일 찾아 풍속에 어긋나는 혼인을 한 자신이 부처님의 벌을 받아 남편에 이어 아들마저 잃게 되었다고 흐느꼈다. 많은 사람들이 넋두리를 들었는데 승려 하나가 몰래 그녀에게 접근했다. 사람 눈을 요리조리 살피는 그 승려는 의금부의 정승이 속세 시절의 외가댁 숙부이니 아드님의 석방은 문제도 아니라며 얼마간의 비용을 제안했다. 정겸의 어머니는 이 승려에게 마지막 희망을 걸었다.

나는 틈날 때마다 정겸에게 면회를 갔는데 한 사람이 그토록 빠른 시일 내에 보여준 변화에 깜짝 놀랐다. 정겸은 말수가 줄었고, 표정이 차가웠는데 불타오르는 눈은 한겨울의 폭설도 녹일 만큼의 원한을 내뿜었다.

한양 이감 날짜는 점점 다가오는데 옥졸들은 면회를 위한 더 많은 뇌물을 요구했다. 정겸의 방면을 위한 노력은 물거품이 되어가고, 승려는 의금부에 쓴다고 받아낸 120냥을 들고 야반도주 해버렸다. 확인 결과 머리만 박박 깎은 그 사기꾼은 초암사에 적을 둔 승려가 아니었다. 충격 받은 정겸의 어머니는 피를 토하다가 숨을 거두고 말았다.

동네 사람들의 도움으로 겨우 초상을 치렀지만 끝내 김 대감 댁 사람들은 빈소에 나타나지 않았다. 이 참혹한 비극을 정겸에게 알릴 일이 걱정이었다. 내가 주저 끝에 옥사에 다다랐을 때 그는 이미 모든 사실을 알고 있었다. 살기가 가라앉은 채 충혈된 눈은 애달픈 슬픔을 말해주고 있었다. 그는 조용한 음성으로 내게 말했다.

"선규, 자네는 내 스무 살 평생의 가장 훌륭한 벗이었네. 죄인이 된 나를 위해 백방으로 노력해준 것도 모자라 어머니의 장례까지 맡아주다니 그 은혜는 내 목숨을 바쳐도 다 갚을 수 없을 걸세.

이제는 그만 나를 잊어주게. 어머니의 임종도 지키지 못한 불효자에게 친구 따위가 무슨 사치란 말인가. 나는 태어나지 말았어야 할 존재였네. 어려운 형편에 더 이상 옥졸에게 뇌물을 써가면서까지 나를 면회 오지 말게. 귀중한 돈은 자네의 꿈을 이루는 데 써야 하네. 그 동안 고마웠네. 자네의 은혜는 내 뼈에 깊이 새기겠네."

등을 돌린 그는 악취가 풍기는 옥사 안으로 사라졌다. 그것이 내가 본 정겸의 마지막 모습이었다. 이후 40년 세월이 흘렀고, 이제 환갑이 된 나이에 그가 나를 다시 찾아온 것이다.

4

정겸에겐 40년이 하루였다고 하는 외눈고개 이야기에 앞서 순흥 옥사의 탈옥부터 먼저 언급하는 것이 긴 글의 올바른 순서라고 생각한다.

더 이상 면회오지 말라는 친구의 단언에 나는 술에 취해 지냈다. 진실과 해명의 기회도 없이 한 젊은이의 꿈을 짓밟은 게 과연 무엇인지 실체를 규명하려 애썼다. 슬픔에 빠져 깜빡 잠이 든 어느 날 밤, 떠들썩한 소리에 눈을 뜨고 나가보니 어딘가에서 치솟는 연기로 동네가 온통 자욱했다.

누군가 옥사에 불이 났다고 했다. 옥졸들이 죄수를 버려두고 도망갔다고 했다. 만약 자물쇠가 그대로 걸려있다면 그 안에 갇힌 이는 우리 안의 개처럼 비참하게 죽을 게 뻔했다. 나는 흐르는 눈물을 참지 못한 채 관아로 달려갔다. 나와 함께 달리는 사람들이 점점 늘어났는데 그들의 비통한 울음은 치솟는 불길을 전혀 잡지 못했다. 옥사에 갇힌 죄수를 가족으로 둔 사람들이었다.

그런데 이상했다. 불은 한 군데가 아닌 두 군데에서 나고 있었다. 관아 말고도 반대편 골목 끝에 불이 붙은 집이 또 하나 있었다. 그 곳으로는 사람들이 거의 달려가지 않았다.

무서운 예감이 들었다. 서까래가 탁탁 소리를 내며 무너지는 그 으리으리한 기와집은 바로 정겸의 배다른 형들이 사는 김 대감댁 고택이었기 때문이다. 서슬 시퍼런 군졸들이 골목에서 등장해 어딘가로 우르르 달려갔다. 물통 대신 창칼로 무장한 그들은 탈옥 죄수를 쫓기 위한 추격대가 분명했다.

나는 물동이를 인 사람들 틈에 섞여 관아로 가보았다.

예상대로 불은 옥사에서 시작되었지만 죄수들은 사라진 후였다. 정겸도 보이지 않았다. 납속으로 500냥을 요구했던 아전은 정자 기둥에 시체로 내걸려 발견되었다.

그날 불을 끄느라 고을 사람들 모두가 매달렸다. 나도 미친 듯이 물동이를 날랐는데 그건 내 친구가 잡히지 않게 해달라는 치성과도 비슷했다.

아침이 되자 옥졸들이 도주한 죄수들을 잡아왔다. 그 중에 정겸은 없었다.

온몸이 검댕 투성이가 된 현령은 대노하여 가장 나이가 많은 죄수를 붙잡아 문초했다. 처음부터 끝까지 털어놓되 하나라도 숨기는 게 있으면 능지처참을 하겠다 했다. 겁에 질린 노죄수는 즉시 이실직고했다. 그는 동헌을 제집 드나들 듯하는 상습범이었고 좁은 옥사 안에는 비밀이 없는 법이라 모든 사정을 알고 있었다.

며칠 전 정겸이 독방에서 옮겨간 혼거 옥사에는 열일곱 명의 죄수가 있었는데 방장(房長, 감옥 안 죄수들의 우두머리)의 생김새가 범상치 않았다. 6척 장신의 이 한양 사나이는 쌀가마니를 이고 산악을 뛸 수 있을 만큼 힘이 장사였다.

정겸이 들어왔을 때 일부 죄수들이 면신례(免新禮)를 치르려 했다. 면신례란 호된 신고식을 말하는데, 신입 죄수를 폭행하고 접쳐 서열을 가르쳐주고 바깥 가족을 통해 먹을 것을 들여오게 하는 감옥의 비공식적인 악습이었다.

면신례를 맡은 세 명은 반평생을 옥사에서 보낸 거친 누범들이었다. 정겸은 눈 하나 깜빡하지 않고 그들을 때려눕혀 다른 죄수들을 놀라게 했다.

세 명이 한꺼번에 당하자 다섯 명이 일어났다. 날고 기는 놈의 버릇을 지금 고쳐놓지 않으면 언젠간 자기들이 당할 거라는 암묵적인 단결이었다. 그들은 감옥의 생리에 너무나도 익숙한 자들이었다.

"내버려 둬라."

방장이 명하자 다가가던 죄수들이 동작을 멈추었다. 정겸도 천천히 구석으로 걸어가 앉았다. 방장의 한 마디로 아무도 정겸에게 말을 걸지 않았다.

정겸은 거친 죄수들 틈에 있어도 동요하지 않았다. 자유를 빼앗긴 후부터 신체를 단련하는 데만 시간을 보냈을 뿐 남의 일에 관여하지 않았다. 방장은 그런 그를 유심히 관찰했다.

며칠이 지나고 모두가 잠든 시간이었다. 방장이 정겸 옆으로 다가왔다(내용의 진위에 의문이 들긴 하지만 현령이 문초한 탈옥 죄수는 정겸과 방장이 나눈 대화까지 엿들어 기억하고 있었다고 한다).

"김정겸이라고 했나? 나는 자네가 왜 여기 들어왔는지 잘 안다네. 자네가 살려준 처녀는 내 동생이고 노인은 나의 수하일세."

정겸이 몸을 일으켜 앉았다. 어둠 속에서 맹수의 눈빛을 드러낸 정겸에게 방장은 태연하게 말했다.

"오늘 밤 나는 이곳을 나갈 것이야. 나를 따라 함께 갔으면 하네."

"당신은 누구지?"

"도적 두목이지."

"나가지 않겠어."

"구명지은을 거부한단 말인가?"

"이미 인생이 망가졌는데 이제 와서 은혜를 갚겠다고?"

"안됐네만 우리 모두 쫓기는 몸이어서 자네의 억울함에 증인 노릇을 해줄 수 없었네. 무술 실력이 상당하더군. 자네가 죽인 놈이 누군지나 아나? 신원이 절대 안 밝혀지겠지만 한때 훈련원에서 습독관까지 지냈던 놈일세."

훈련원이라는 말에 정겸은 숨을 죽였다. 무관의 길은 이제 두 번 다시 이룰 수 없는 꿈임을 친구인 나는 잘 알고 있다. 방장이 빠르게 말했다.

"그런 강골의 급소를 한번에 쳐 죽인 걸 보면 자네는 스스로도 알지 못하는 상당한 무술 실력을 타고났거나 아니면 억세게 운이 좋거나 둘 중 하나일세. 그런 살인귀 같은 놈들을 고용한 작자는 자네도 들으면 알만한 이 나라의 유명한 장군이야."

"내 알 바 아니야."

"알아야 하네."

"함께 도적 떼가 되어 동패가 되잔 말인가?"

"잘 듣게. 내가 장차 훔칠 것은 이 나라일세."

열의 없이 대꾸하던 정겸의 고개가 방장에게로 돌아갔다. 어둠 속에서 두 사람의 시선이 강하게 부딪쳤다.

"나는 평안도에서 그 장군의 부장(副將)이 되어 북쪽 오랑캐와 맞서 싸웠던 사람일세. 육번 한풍검(熷幡 寒風劍)이란 그럴듯한 명성을 얻었음에도 서자라서 높은 자리까지 오를 수 없었지. 바로 자네처럼 말일세."

"그렇다면 당신이 바로 그 육번 안지천 장군이란 말이오?"

"내 초라한 이름을 아는 걸 보니 자넨 무과 응시를 준비하는 몸이었겠지?"

정겸은 방장의 얼굴을 자세히 관찰했다. 방장은 시선을 피하지 않았다.

"나는 남의 일에 관심이 없고 당신이 어떤 사람인지도 관심이 없어."

정겸의 손이 전광석화처럼 날아가 방장의 목을 붙잡았다. 통나무 같은 목을 다섯 손가락이 짓눌렀다.

"자네 분이 풀린다면 머뭇거리지 말고 날 죽이게."

"……"

"자네가 여기서 나를 만난 건 하늘이 안배해준 기회라는 생각이 안 드나? 지하에 계신 어머니도 그렇게 생각할 걸세."

정겸의 손가락이 방장의 목을 더욱 세게 옥죄었다. 방장은 꿈쩍하지 않았다.

"옥사에 들어오지 않았어도 자넨 출세할 수 없는 처지였어. 세상에 대한 분노를 느끼기 시작한 지금이 자네의 본래 모습이야. 물고기는 적절한 시기에 물을 만나야 하는 법일세. 그렇지 않으면 숨을 헐떡이다가 죽고 말지. 어머니가 돌아가셔서 안됐네만 언젠가 헤어질 인연이 조금 앞당겨졌을 뿐이라고 생각하게. 오늘 밤 이 옥사의 문이 열릴 것이야. 나는 누군가를 데려가려고 일부러 신분을 감춘 채 이 옥사에 들어왔고 그를 만나는데 성공했어. 그는 조선 반도 어딘가에 숨겨져 있는 천하제일의 무기를 찾을 수 있는 자야. 이 썩어 빠진 세상을 뒤집어엎을 수 있는 가공할 신무기란 말일세. 자네 실력이 아까우니 나와 함께 큰 일을 도모해보세."

"나에 대해 얼마나 안다고 긴치 않은 수작을 부리는 거야?"

방장의 손이 정겸의 팔목을 낚아챘다. 정겸 만큼이나 빠른 솜씨였다.

"묘옥이 자네를 반드시 데려오라고 했네. 자네가 구해준 처녀 말일세."

방장은 손을 놓아주었다.

"내가 모신 장군은 강직한 군인으로 백성들의 칭송을 받고 있지만 사실은 검은 속을 감추고 있는 자일세. 장군의 야심은 병권을 장악한 후 대궐을 쳐서 새로운 왕을 옹립하는 것일세. 몰래 군대를 기르고 각처의 관료들을 자기편으로 만들고 있는데 이 일에 상당한 양의 비밀자금이 유통되고 있어. 나는 장군이 어떤 고위관료에게 건넬 뇌물을 운반하는 일을 하다가 중도에서 도망쳤다네. 그 이유로 장군이 보낸 자객에게 추격당하고 있는 것이야. 하나 장군은 내가 몰래 찾고 있는 어떤 이가 이 곳 옥사에 갇혀있단 사실까지는 모르고 있지. 다행히 그는 내 곁에 있지만 자네가 놓친 자객이 한 놈 더 있기 때문에 여기도 안전하지가 못해. 나는 힘으로 방장의 위치를 차지해 신입으로 들어오는 죄수 놈들 하나하나를 족쳐 물고를 냈지. 나를 죽이려고 잠입한 자객일지도 모르니까. 그것도 한계에 다다랐어. 더 이상 여기에 머무는 건 위험해."

"나라를 훔치려는 것은 그 장군이오, 아니면 당신이오?"

"나를 믿지 않는군. 장군은 사리사욕으로 왕좌를 차지하려 하지만 나의 야심은 썩어 빠진 세상을 뜯어고치고 백성을 도탄에서 구하고자 함이네."

"둘 다 반역자로군."

"오직 세월만이 한 사람을 반역자인지 애국자인지 평가할 수 있는 법일세."

"그 천하제일의 무기란 무엇이오?"

"한 방으로 수백 명을 흔적도 없이 녹여버릴 수 있는 대포일세. 그것은 여기서 나가면 직접 보여주겠네."

"거사를 일으킬 만한 세력이 되오?"

방장은 치기 어린 사람을 대하듯 씩 웃었다.

"나의 손이 닿는 곳마다 협조가 들어오면 정병 10만에 기병 3만쯤은 되지."

"당신이 한 얘기를 어떻게 다 믿소?"

"오늘 밤 불이 나고 옥사 문이 떨어져 나간다네. 자네가 봤던 처녀와 노인이 다시 나타날 거야. 나를 따를지, 자네 혼자 갈 건지 아니면 여기 남을지는 그 처녀에게 직접 말하게."

방장 옆의 밀짚 깔개에서 슬며시 머리를 드는 그림자가 보였다. 어둠 때문에 얼굴은 잘 보이지 않았지만 몸에서 이상한 기운이 뿜어져 나왔다. 방장이 말한, 천하제일의 무기를 찾을 수 있다는 자인 듯했다. 방장은 손을 뻗쳐 그 자의 머리를 쓰다듬었다.

"묘옥이는 좋은 여인일세. 부디 그 아이의 청을 거절하지 말게."

5

그날 밤 실제로 불이 일어났다. 자정 무렵, 옥사 쪽에서 타오른 기름먹은 불이었다. 행동 민첩한 괴한들이 난입해 옥졸들을 쓰러트리고 옥사 문을 열어젖혔다.

현령에게 정황을 설명하던 죄수는 복면으로 입을 가린 여자와 노인이 가장 먼저 들어왔다고 했는데, 정겸을 향한 여자의 눈이 비취옥처럼 아름다웠다고도 했다.

동헌은 아수라장이 되었고 죄수들은 쓰러진 사람을 밟고 타넘으며 도주했다. 자객들은 숫자가 많았고 동헌에서 보지 못한 칼로 무장하고 있었다. 옥졸들은 두들겨 맞고 무장해제를 당하거나 무기를 버리고 도망쳤다. 현령은 어디 숨었는지 보이지 않다가 그들이 빠져 나간 뒤에야 전립을 거꾸로 쓴 채 나타나 적도들을 다 잡아들이라고 소리 질렀다.

순흥 현령의 입장은 내가 봐도 애석했다. 불타버린 관아는 복구 부담이 컸고, 상부 질책에 내놓을 답변에는 근무의 허점이 너무나도 많았기 때문이다. 기강 해이, 무단이탈, 근무 중 음주, 무기 관리 불철저 등 수하 관헌들이 저지른 짓은 하나둘이 아니었다. 이들을 교육할 책임자인 현령은 기생과 뒹굴고 있었는데, 파옥과 더불어 김 대감댁 다섯 형제가 죽고 그 집이 불타버린 사실은 그가 빠져 나갈 구멍 하나까지도 막아버리고 말았다. 데리고 있던 죄수가 그 유명한 육번 안지천인 줄도 몰랐다니 이 역시 무능의 강조가 될 뿐이었다.

추격대가 편성되고 많은 죄수들이 다시 붙잡혀 왔지만 잡범들 뿐, 정겸도 방장도 잡히지 않았다. 다 타버린 건물이 희미한 연기만을 피워 올릴 때 나는 지친 몸을 이끌고 집으로 향했다.

내 머릿속에는 온통 친구에 대한 생각뿐이었다. 육번 안지천이란 사람은 벼슬에 욕심이 없는 훌륭한 무장이라는 세간의 평가가 있었는데 그가 왜 까마득한 거리의 경상도 순흥 옥사에 갇혀 있었을까? 누군가를 구출하기 위함이었다는 말이 정말일까? 정겸은 그를 따라간 걸까?

집에 돌아온 나는 들마루 아래에 놓인 보퉁이 하나를 발견했다. 그 안에 들어있는 것은 180냥의 돈이었다. 혹시나 해서 정겸의 어머니에게 달려갔지만, 내가 발견한 것은 산소 위에 놓인 한 다발의 아름드리 꽃이었다.

나의 얼굴에는 친구가 자유를 찾았다는 기쁨과 두 번 다시 친구를 볼 수 없을 거라는 슬픔이 겹쳤다.

스무 살 우리 청춘은 그렇게 끝나고 말았다.

공허한 마음을 치유하는 데 시간은 그 무엇보다 좋은 약이 되었다. 달이 지나고 해가 넘어갈수록 정겸은 저절로 잊혀졌다. 살아가기 위한 동분서주는 추억과 향수에 의미 부여를 차단했고, 고향을 떠나 접할 수 있었던 더 큰 세상은 '우리의 미래'가 아닌 '나의 미래'라는 보다 현실적인 삶의 이유를 가르쳐주었다. 그런 곳에 정겸의 모습은 설 자리가 없었다.

나무 등걸 같은 정겸의 손이 내 손을 잡자 나는 과거의 회상에서 깨어났다.

"선규, 다시 한번 부탁하네. 외눈고개 이야기를 본격적으로 듣기 전에 자네도 《귀경잡록》을 꼭 보았으면 하네. 그 책의 6장을 정독해야만 내 이야기를 이해할 수 있을 것이네."

따뜻한 추억은 사라지고 차가운 현실만이 남았다. 정겸의 눈에 광란이 차오르자 나는 격하게 소리쳤다.

"나는 그 서적을 압수하고 소지한 자를 처벌하는 관리이지 직접 읽는 사람이 아닐세! 잘 살고 있는 줄로만 알았더니 어디서 요상한 글귀에 현혹되어 정신줄을 놓고 사람이 이리도 망가질 수가 있단 말인가?"

"자네가 내 말을 믿지 않을 것 같아서 하는 얘기일세. 나는 안 미쳤어."

"믿고 안 믿고는 내가 판단할 문제야. 전 조선을 유린한다는 악귀인지 뭔지나 마저 얘기해보게."

정겸은 내가 이해할 수 있도록 최선을 다해보겠다며 탈옥 후에 겪은 일을 들려주었다. 나에게는 40년이지만 그에게는 단 하루였던 세월인 그것은 소름 끼치는 이야기였다.

외눈고개

1

화재로 옥사가 열렸을 때 장터에서 보았던 처녀와 노인이 나타났다. 그들은 정겸을 알아보고 따라오라 손짓했다. 노인의 길 안내는 옥사 바깥이 아닌 반대편으로, 본관 건물과 잇닿아 있는 곳이었다. 쥐가 고양이를 피해 집 바깥이 아닌 안쪽으로 들어가는 형국이었다.

막다른 길 천장에 예리한 도구로 잘라낸 사각형의 구멍이 있었다. 그 위로 굵은 동아줄이 내려왔다. 동헌 마당으로 쏟아져 나온 죄수들에게 관헌들이 집중된 상황을 고려하면 영리한 작전이었다. 그들이 지붕으로 올라갈 때까지 추격자는 단 하나도 없었다.

먼저 노인이 동아줄을 잡고 오르고, 다음에 처녀가 올랐다. 그들을 따라 지붕에 오른 정겸은 체격 작은 젊은이 하나를 둘러멘 채 유연히 줄을 잡고 오르는 방장 안지천을 보았다. 그 젊은이는 얼굴 반쪽이 온통 자주색 점으로 뒤덮여 있고 귀가 몹시 긴데다가 이빨이 툭 튀어나와 마치 요괴 같은 생김새로 사람들의 혐오를 샀던 절도범 마탁봉이었다. 어디가 모자라는지 하루 종일 나무 작대기로 동심원과 나무를 그려 대던 이상한 청년이 었다. 이런 추레한 작자를 구출하려고 안지천이 일부러 옥사에 갇혔다는 게 믿기지 않았다. 그러나 도주가 우선이었기에 신경 쓸 여유는 없었다. 노인을 따라 지붕을 달린 정겸은 누군가 대 어 놓은 사다리를 타고 탈출에 성공했다.

한밤의 기습에 관헌들은 혼비백산했다. '왜놈들이 나타났다!' 는 거짓 고함에 숨는 이가 더 많았다. 불길은 거세게 타올랐고 죄수들도 흩어져, 안지천 일행은 객청 뒤편의 인적 뜸한 야산을 택해 달아날 수 있었다. 마을이 시야에서 사라질 때에도 추격은 없었다. 숨을 돌릴 수 있게 되자 정겸은 안지천에게 잠시 시간 을 달라고 했다. 수하들이 의심의 눈길을 던졌다.

묘옥이 복면을 벗었다. 그날 장터에서 구해주었던 처녀가 맞 았다. 하지만 정겸은 어머니의 죽음 때문에 아무런 말도 건네지 않았다. 묘옥이 정겸에게 검을 빌려주었다.

"잘 가란 말 대신 빨리 다녀오란 말을 하겠어요."

검을 받은 정겸은 대답없이 마을로 되돌아갔다. 얼마 후 배다 른 형들이 있는 김씨 문중 기와집에서 불길이 치솟기 시작했다. 피 묻은 검을 들고 돌아온 정겸을 안지천 일행은 기다려주었다.

묘옥이 출발하자고 말했다. 노인이 신호를 보냈고 수하가 많 은데도 안지천이 직접 마탁봉을 업고 일어났다. 미리 계산한 도 주로인데다 추격의 손길마저 다른 데 쏠려 그들은 수월하게 순 흥을 벗어날 수 있었다.

정겸은 일당이 모두 열아홉 명이라는 사실을 알아냈다. 도망

죄수가 된 마당에 다른 선택이 있을 리 없었다. 이것이 운명이구나 하고 안지천을 따랐다.

∘⊰❈⊱∘

추격대가 보이지 않아도 그들은 걸음을 늦추지 않았다. 송학도인(松鶴道人)은 행렬의 앞에서 척척 걸음을 옮겼다. 육십 나이에 절륜한 근골을 과시하는 그는 사실 묘옥의 아버지가 아니라 안지천의 오른팔 격인 장수라고 했다. 정겸은 가쁜 숨을 몰아쉬며 그들과 걸음을 맞추었다.

'이들은 나를 기다리느라 허비한 시간을 벌충하기 위해 쉬지 않고 걷는다. 제시간에 맞춰야만 하는 어떤 목적이 있음에 틀림없다.'

수하들이 마탁봉을 넘겨받으려 했지만 안지천은 무시한 채 나아갔다. 밤의 어둠도 험한 산길도 그에게는 문제되지 않았다. 실제의 전장터를 겪지 못한 정겸은 동행하는 이들에게서 고도의 훈련과 전문성을 느꼈다.

날이 밝아왔지만 쉬었다 가자고 말하는 이는 아무도 없었다.

멀리서 닭이 우는 소리가 났다.

송학도인이 달리기 시작했다. 뒤따르던 자들이 달리자 탁봉을 둘러멘 안지천도 달렸다. 정겸도 달릴 수밖에 없었다. 문득 옆을 돌아보니 묘옥이 나란히 뛰고 있었다. 정겸은 그녀의 얼굴을 제대로 보기가 이번이 처음이었다. 하나의 얼굴에서 고혹적이고, 차갑고, 정열적인 매력을 동시에 발견할 수 있는 특이한 여인이었다.

"다 와 가니까 조금만 힘내요."

"어디로 가는 것이오?"

"외눈고개요."

"외눈고개? 순흥에 그런 곳은 없는데?"

"우린 벌써 순흥을 벗어났어요."

안지천에게 업힌 탁봉은 반쪽이 자줏빛인 얼굴로 두 남녀를 바라보았다. 묘옥이 탁봉의 뺨을 쓰다듬으려 했다. 탁봉이 성난 고양이처럼 이빨을 드러냈다. 깨물릴 뻔한 손가락을 거두며 묘옥은 웃었다.

산길은 갈수록 복잡해졌다. 바위는 험준하고 수풀은 울창했다. 이름을 알 수 없는 나무들이 빽빽했다. 밝아오는 하늘에 잎사귀의 푸르름은 눈이 부실 지경이었다. 마치 이파리 위에 초록색 염료를 들어부은 듯 과도한 심상의 신록이었다. 자연보다 인공의 기미가 묘하게 느껴지는 나무에서는 새소리도 풀벌레 소리도 들려오지 않았다.

정겸은 잘려진 나무 그루터기에 칼로 파놓은 표식을 발견했다. 불가사리 형태의 도형 가운데 사람의 눈을 새긴 표식이었다. 산신과 연관된 무화와도 달랐고 어린아이 장난이라고 보기에는 솜씨가 정교했다. 무언가 '조선의 것'과는 다른 이색적인 사조가 느껴졌는데, 까마득한 원시의 여운이 감돌았다. 길을 나아갈수록 표식은 계속 나타났다. 동심원의 문양도 여기저기서 발견되었다. 나뭇가지는 거미줄처럼 서로 엮이어 휘감겨 어두운 그늘을 만들었다. 요상한 표식들의 연속에 수많은 눈들이 그들을 주시하는 것만 같았다.

"다 왔다."

안지천이 탁봉을 내려놓았다. 커다란 바위 하나를 빼고는 넓게 트인 개활지였다. 바위는 검은색이었고 두 개의 동심원과 커다란 눈이 부조처럼 새겨 있었다. 개활지의 좌우는 뾰족한 잎이 빽빽한 숲이었는데 양쪽을 구분할 수 없을 정도로 우거짐이 똑같았다.

"자, 탁봉아. 외눈고개로 들어가는 입구를 열어라."

땅바닥에 시선을 떨군 탁봉은 대꾸하지 않았다. 안지천이 한층 큰 목소리로 명했다.

"시간이 없다. 외눈고개에 들어갔다가 날이 어두워지면 나오는 길을 잃는다. 어서 문을 열어라."

"나는, 아무 것도, 몰라." 탁봉이 더듬더듬 답을 했다.

안지천이 정겸을 돌아보았다.

"탁봉이는 저렇게 바보처럼 웃고 있지만 실은 우리 머리 꼭대기에 앉아있는 아이일세. 무지한 인간들보다 자기가 월등한 존재라고 생각하거든. 나 역시도 그렇게 생각해. 탁봉이 하나가 하찮은 인간 백 명보다 훨씬 가치가 있네. 우주의 지혜를 터득하고 있는 이 아이는 사람이 아니라 고귀하고도 고귀한 원린자이니까."

정겸을 빼놓고 놀라는 이는 아무도 없었다. 정겸은 낯선 산속에서 생각도 못한 충격에 싸였다. 이 무슨 어린아이 장난 같은 소리란 말인가.

원린자.

그 역시도 들어본 적이 있는 이름이었다. 하지만 믿을 수 없는 이름이었다.

우주의 별천지에서 인간 세상을 염탐하러 내려온 존재 원린자. 그들은 까마득한 옛날부터 존재해왔고 미래에도 사멸하지 않는다. 제각기 추구하는 목적 하에 인간들을 감시해왔고 귀신의 이름을 차용해 기상천외한 일들을 벌이고 다닌다. 인간을 식량으로 쓰기 위해, 혹은 인간과 교류하기 위해, 혹은 인간 해부학문을 완성하기 위해…… 원대한 지혜의 존재 앞에 한낱 인간은 미미한 존재이니 이들을 뒤쫓거나 비밀을 캐서는 아니 된다. 흔적을 지우려는 그들의 자기 보호 행위는 가공할 만하여 반드시 떼죽음이 따른다. 그들의 존재를 인정하면서 모르는 척 부대끼며 살아야 한다. 그러면 언젠가는 그들의 지혜를 능가해 인간들이 승리할 날이 올 것이다.
조선은 억압적인 사회이며 불평등에 불만을 품은 어떤 이들은 원린자를 등에 업고 이용하려는 야욕을 가지는데 이는 어리석은 행동이다. 외부의 힘으로 세상을 뒤흔들 수 있으리라 믿으나 실상 파멸하는 것은 인간들뿐이다. 기다리고 또 기다려라. 인간의 지혜가 축적되고 문물이 발전하면 그들을 격퇴할 기회가 반드시 올지니…….

이 믿지 못할 이야기들은 미친 선비 탁정암이 저술한 《귀경잡록》에 고스란히 담겨있다. 정겸은 원린자라는 명칭에 허황됨을 느꼈다. 인간 세상 바깥에 다른 존재가 있을 리 없고, 책에서 언급한 크고 작은 괴사건은 특이한 구석은 있어도 모두 사람이 당한 무서운 일에 귀신스런 상상력이 더해진 결과일 뿐, 낯선 생명의 실존 유무도 그들의 초월적 능력도 확인된 바가 없었기 때문이다. 그것은 불안한 사회가 낳은 현실도피적인 예언에 불과했다.

'이계(異界)의 존재라니, 당치도 않다!'

정겸은 헛웃음을 지었다. 안지천의 웃음은 그보다 더 야멸찼다.

"우리 탁봉이는 특별한 능력이 있어서 자기네 종족끼리 말이 아닌 정신줄로 이야기할 줄 알아. 탁봉아, 지금 네 형제들이 어떤 처지에 놓였는지 그 정신줄로 똑똑히 보거라."

안지천이 탁봉의 두 귀를 붙잡아 당기자 바보 청년은 고통스러운 얼굴로 따라 일어섰다.

"메뚜기의 더듬이 역할을 하는 이 긴 귀로 동생들과 의사를 교환하란 말이다."

안지천의 얼굴에서 인자한 미소가 사라졌다.

"이보게, 정겸이. 원래 이 아이의 고향은 물이 없고 모래만이 가득한 곳일세. 석빙고처럼 아주 차가운 세상이지. 땅이 그 따위니 거기 사는 것들도 피도 눈물도 없는 걸세. 탁봉이도 예외는 아니었어. 이 종족들은 잔인하고 이기적일세. 그런데 탁봉이 이놈은 인간들을 염탐한다는 구실로 우리네 세상에 너무 오래 거주하게 된 나머지 우리네 문물에 구석구석까지 동화되었다네. 차가운 원린자에서 따뜻한 정을 지닌 인간으로 거듭나게 된 거지. 인질이 된 가족을 보호해야 한다는 의무도 우리네 인간들한테서 배운 걸세."

"아! 귀를 놔줘! 귀가 아파!"

탁봉이 안지천의 팔을 붙들었지만 소용없었다. 안지천은 탁봉의 귀가 떨어지도록 잡아당겨 고통을 주었다.

"어때? 네놈의 동생들이 보여? 내 수하들이 칼을 겨누고 있는 광경이 보이겠지? 입구를 열어! 늦게 열어도 너한텐 손해야. 어차피 정해진 시간 안에 우리가 돌아가지 못하면 네 동생들은 죽을 테니까."

"아파! 놔줘! 놔줘!"

탁봉이 눈물을 흘렸다. 공포에 질린 눈이 정겸에게로 향했다. 겁먹은 강아지가 아무나 보고 살려 달라 끙끙대는 꼴이었다.

"어으으! 사람 살려! 나 죽어!"

아무도 말리지 않았다. 탁봉이 계속 쳐다보자 정겸은 흔들렸다. 냉철한 육번 장군이 뜬금없이 귀신 야담을 늘어놓는 것도 이상했지만 바보 청년에게 가하는 고문도 심각했다.

"잠깐만요. 이 사람은 아무래도 폐질(廢疾)이 있는 것 같은데……."

"자네는 아무 것도 모르면 잠자코 있어!"

안지천이 소리치자 수하들이 정겸을 다가오지 못하게 막았다.

"조금만 기다리게 정겸이. 곧 탁봉이의 진면목을 볼 테니."

탁봉의 귀가 반으로 접혔다. 안지천은 손에 정을 두지 않았다.

"으아아악!"

탁봉의 비명이 산을 뒤흔들었다. 눈이 까뒤집히고 팔다리가 경련을 시작했다. 안지천이 손을 놓았다. 고통에서 해방된 탁봉은 입에서 거품을 쏟아내며 몸을 떨다가 갈지자로 달려가 검은 바위에 있는 힘껏 머리를 부딪쳤다. 박치기는 수차례나 계속되었다.

"붙잡지 않으면 죽겠어요!"

"괜찮네, 지켜보기나 하게."

나서는 정겸을 송학도인이 막았다.

"우아아악!"

탁봉의 목청에서 짐승의 절규가 터져 나왔다. 어디선가 한 줄기 바람이 불어왔다. 인공적인 색채가 강한 수풀은 바람에도 흔들리지 않았다. 먼 곳에 있는 진짜 나무들만이 요동쳤을 뿐이다. 먹구름 덩어리가 빠르게 흘러갔다. 이제 막 솟아오르는 태양이 구름에 가려 사람들의 얼굴에 빛과 그림자를 반복적으로 던졌다. 구름이 흘러가는 속도를 본 사람들은 놀란 입을 다물지 못했다. 시커먼 덩어리들은 마치 화살이 날아가는 것처럼 흘러갔던 것이다.

파묻혀 있던 바위 뿌리가 솟아올랐다. 대지가 요동을 쳤다. 누군가 땅이 갈라진다고 했으나 안지천은 가만히 있으라고 소리쳤다. 기절해 누운 탁봉의 몸을 실은 채 바위는 육중한 기세로 상승했다. 그것은 엿가락을 닮아 길었다. 바위를 기점으로 온 천지의 산악이 움직였다. 푸르른 신록이 거대한 음향과 함께 왼쪽 오른쪽으로 움직였다. 거대한 나무들은 뿌리를 박은 채로 화분 위의 식물처럼 외부의 힘에 의해 저절로 몸이 옮겨졌다. 정겸은 그들이 서있던 공간이 좌우로 갈라지는 걸 보고는 눈을 의심했다. 산속 풍경이 이제 드러나는 새로운 세상을 가리고 있던 위장막에 불과했기 때문이다.

대지의 진동이 잦아들었다.

푸르른 세상 가운데 온통 회색빛 일색인 새로운 길이 열렸다. 그것은 오솔길이라고 불러야 마땅하겠지만 지옥 가는 삼도천이라 해도 손색없었다. 난생 처음 보는 나무들이 즐비했는데 가지는 기형적으로 휘어졌고, 머리 없는 인체와 비슷한 밑줄기에는 외눈 표식이 가득했다.

좌우 개방이 완료되자 진동이 멎고 대지가 잠잠해졌다. 정겸은 믿지 못할 현실에 할 말을 잊어버렸다. 안지천이 손가락으로 회색 세상을 가리켰다.

"여기가 외눈고개다. 날이 어둡기 전에 나와야 하니 서두르자."

젊은 수하 하나가 정신을 잃은 탁봉을 업었다. 송학도인은 탁봉의 손을 오랏줄로 묶고 입에도 재갈을 채운 후 무사들을 산천의 열린 틈새로 줄지어 들여보냈다. 안지천과 묘옥은 마지막까지 서있던 정겸을 돌아보았다.

"자넨 들어가지 않을 텐가?"

"저기가 외눈고개입니까?"

"그렇다네."

"그 신무기라는 건 원린자의 무기입니까?"

"맞아."

"이 세상에 그런 허무맹랑한 귀신은 없소."

"있어. 원린자는 귀신이 아닐세. 다른 세상의 주인들일 뿐이야."

"오라버니. 이런 얘기 나눌 시간이 없어요."

묘옥이 끼어들었다. 그녀의 진지한 얼굴은 일체의 잡념을 허용치 않았다. 사람을 끌어당기는 신비함이 정겸에게 작용했다. 어떤 기운이 그녀의 구석구석에서 번져 나왔다. 이제 겨우 스무 살이기에 정겸은 그 같은 기운을 일찍 알아챈 것일 수도 있고, 아니면 정작 그 실체를 모르는 것일 수도 있었다.

천지가 다시 격동했다. 문이 도로 닫히고 있었다. 숲과 나무가 느린 속도로 곡선을 그리며 돌아왔고 바위도 처음처럼 땅속으로 들어갔다.

"탁봉이가 있는 이상 얼마든지 다시 나올 수 있어. 따르지 않겠다 해도 비밀을 지키기 위해 자네를 죽이진 않겠네. 자당(慈堂, 남의 어머니를 높여 부르는 말)께서 돌아가신 데는 나의 책임도 있으니까. 여기서 본 것을 어디 가서 소문내지나 말아주게."

말을 마친 안지천이 외눈고개 안으로 몸을 날렸다.

"김 도령, 같이 가요."

정겸에게 눈길을 둔 묘옥이 뒷걸음질하다가 돌부리에 발이 걸려 비틀거렸다. 자칫 바위가 솟아나온 구멍으로 떨어질 수도 있을 상황이었다. 그 아래는 까마득한 심연이었다. 정겸이 달려나가 그녀를 붙잡았다. 나무들이 쿠르르르 굉음을 내며 다가왔다. 태산이 왜소한 인간 앞을 움직였고, 정겸은 알지 못하는 세상에 대해 더 알고 싶어졌다. 묘옥이 섬섬옥수로 정겸의 옷깃을 붙잡고 순순히 몸을 기댔다. 뺨과 뺨이 맞닿았다. 정겸은 그녀를 안은 채 힘껏 몸을 날려 세상 사이에 숨겨져 있던 비밀의 영역 안으로 들어섰다. 그들 뒤로 무겁게 천지의 문이 닫혔다.

2

"이보게, 내 동생이 아무리 좋아도 그만 놓아주는 게 어떤가?"

안지천이 밝은 목소리로 말했다. 정겸은 묘옥을 안은 채 이쪽 땅으로 넘어졌음을 깨닫고 퍼뜩 몸을 일으켰다. 따라 일어서는 묘옥의 얼굴에 미소가 가득했다. 그러나 그녀 뒤편의 이색적인 공간은 전혀 아름답지 않았고 웃음을 찾아볼 수도 없었다. 정겸은 눈앞에 펼쳐진 낯선 영역을 눈으로 보았다.

전인미답이라는 말이 어울릴 새로운 세상이었다. 하늘도 땅도 잿빛이었다. 즐비한 나무들 사이로 검은 꽃가루가 휘날렸다. 온 천지가 검은 눈발로 뒤덮인 듯했다. 묘옥이 입을 막으라고 천을 건네자 정겸은 순순히 따랐다.

평평하게 닦인 큰 길을 가운데 두고 괴이한 나무들이 옆으로 늘어선 그 신세계는 자연적인 풍광과는 거리가 멀었다. 인위적인 길이 분명했으나 솜씨는 이색적이었다. 잿빛 하늘도, 기묘한 나무들도, 시커멓고 험준한 산악도, 허공을 부유하는 흑색 덩어리들도 사람 사는 세상의 것과는 달랐다.

돌멩이가 드문드문 섞인 토양만이 조선의 영토임을 알려주고 있었다. 산야에서 보기 드문 옥토였으나 금가루처럼 반짝이는 성질은 식물의 생장과는 거리가 멀어 보였다. 흔한 벌레조차 보이지 않는데 대지에 뿌리를 박은 나무들만이 흙이 가짜가 아니라는 걸 알려주었다.

정겸은 세상에 이렇게 희한한 나무가 있는 줄 처음 알았다. 숯처럼 검은 몸체가 회색 하늘과 음침한 조화를 이루었다. 하나

같이 심한 각도로 구부러졌는데 가지는 마치 사람의 팔처럼 위협적인 자세로 드리워져 있었다. 어떤 가지들은 다른 나무의 가지들과 엉망진창으로 뒤엉켜 저희끼리 싸움을 하는 것처럼 보였다. 이파리는 달렸으되 낙엽은 없었다. 그것은 잎이라기보다는 굵은 털처럼 생겼는데 나비 날개처럼 호흡의 움직임을 보이고 있었다. 어디선가 새가 울었지만 모습은 보이지 않았다. 마치 피리를 짧게 부는 소리 같았는데 반드시 새의 울음이라고 단정 지을 수도 없었다. 검은 장막에 가려진 듯한 태양은 흐릿해 볕의 기운을 주지 못했다.

"나무들은 절대로 우리한테 해를 끼칠 수 없으니 안심하게."

안지천은 이곳 정황을 환히 꿰고 있다는 투로 이야기했다. 정겸은 나무에서 시선을 돌리지 않았다.

원린자라는 존재가 실재한다면 이 나무들의 씨앗은 틀림없이 이계세상(里界世上)에서 유입되었고, 그들이 원했건 원치 않았건 이 땅의 성질과 융화하여 자랄 수 있게 된 것이다. 어떻게 이 공간 안에서만 하늘이 잿빛인지 영문을 몰랐다. 비가 내리는지의 여부가 궁금했다. 나무는 썩거나 파먹힌 흔적이 없었는데 벌레나 새가 꼬이지 않는 걸로 봐서 나무 자체가 짐승에게 치명적인 독소를 갖고 있는 모양이었다. 그게 아니라면 이 신세계에는 살아있는 생명이 없는 것일 수도 있었다.

일행이 나아갈수록 회색 대로는 더욱 넓어지고 경사도 급해졌다. 오르막 곳곳에 돌로 만든 형체들이 등장했다. 비석이나 탑과 같은 건축물이었다.

맨 앞에 위치한 커다랗고 검은 조형물은 표지석처럼 보였다.

어딘가 맷돌을 닮았는데 동심원을 따라 소용돌이 무늬가 새겨져 있었다. 정겸은 표지석에 얼굴이 비치는 게 신기해 손가락을 댔다. 돌은 단단하지 않고 떡처럼 물러서 쑥 들어갔다가 다시 원래의 형상을 회복했다. 안지천이 외눈고개 안에선 위험하니 아무 것도 만지지 말라고 했다.

긴 오르막을 다 오르자 재수 없는 나무들은 눈에 띄게 줄어들었다. 일부러 구획을 정하여 이 주변에만 심어놓지 않은 것 같다. 나무가 비어있는 자리를 대신한 건 줄을 지어 서있는 장승들이었다. 마을의 안녕을 기원하려는 의도에서였을까, 정겸은 간만에 낯익은 문화유산을 접하고는 마음 한구석에 묘한 위안을 받았다.

그러나 가까이서 본 장승은 한자 대신 만(卍)자와 비슷한, 처음 보는 상형문자가 세로로 새겨져 있었고 천하대장군의 얼굴은 불가사리 도형에 박힌 커다란 눈이었다. 하나밖에 없는 회색 눈알이 음침했다. 정겸은 외눈고개에 정착한 누군가가 인간 세상의 조형물을 흉내낸, 서로 다른 문화 간의 조화를 예감했다. 이곳에 사는 이들은 대체 누구일까?

검은 돌로 만든 탑도 하나둘이 아니었다. 조선의 흔한 불탑이 아니었다. 어떤 조형 양식을 갖다 댄들 이 탑을 설명할 수 없었다. 서양으로 나가본 적이 없었지만 정겸은 그 괴이한 각도와 극단적인 쌓아올림에서 이것은 사람이 만든 예술품이 아니라고 단언했다. 지붕은 접시가 연상되는 대형 원판인 반면 기단은 암팡지게 쑥 파인 형상은 마치 물방울을 거꾸로 세운 모양 같았다. 손아귀에 들어올 정도로 좁아진 아랫부분을 고려할 때 어떻게 상부의 거석이 쓰러지지 않고 버틸 수 있는지 의아했다. 표면에는 난생 처음 보는 문양이 새겨져 있었고 자재는 역시 유연성이 있는 초유의 금속이었다. 신비로운 기운이 탑의 꼭대기마다 감돌았다.

"장군, 이제 내리막입니다."

앞장서던 송학도인이 말했다.

오르막 끝에 다다랐을 때 정겸은 눈 아래 펼쳐진 세상에 멈춰서고 말았다. 왕릉처럼 거대하고 둥근 석조건물이 버티고 있었다.

건물의 형상은 입이 땅에 파묻힌 괴수의 머리를 형상화해서 소름이 끼쳤다. 용도 아니고 범도 아니었다. 도깨비를 닮았지만 보다 흉악하게 생긴 미지의 존재였다. 머리에는 수많은 뿔이 돋아 있었고 생선 지느러미같은 귀가 뒤로 길게 늘어졌다. 코가 없는 대신 여섯 개로 튀어나온 돌기가 불을 놓는 횃대 아니면 무기를 놓는 총안(銃眼) 역할을 했다. 앞을 쏘아보도록 만든 눈은 외눈이 아니라 사람처럼 둘이었는데 독사처럼 매서웠다. 그곳에도 긴 횃대가 있었다. 만약 밤중에 불을 놓고 이 흉물을 목격한다면 놀라서 죽을 수도 있을 것 같았다.

"저건 뭡니까? 해태(사자와 비슷하나 머리에 뿔이 있는 상상의 동물)입니까?"

"해태나 악룡 따위가 아닐세. 언젠간 알게 될 테니 지금은 이름만 가르쳐주지. 저 상징적 형상의 이름은 수십 가지가 되나 조선, 왜나라, 청나라에서는 육십오능음양군자(六十五能陰陽君子)로 불리고 있다네. 시간과 공간을 자유자재로 부리며 법력을 행사할 수 있는 초월적 원린자일세. 전설속의 존재이지만 언제 깨어날지 모를 저 존자를 모든 원린자들은 두려워하고 있지."

"이곳은 대체 어딥니까?"

"외눈고개라고 했잖은가?"

"대체 어떤 자들이 저런 걸 만들었습니까? 이 별천지에 살고 있는 이들은 또 누굽니까? 내가 지금 꿈을 꾸고 있나요? 어떻게 산이 열리면서 이런 땅이 나타났지요?"

"자네도 이젠 알아야 할 때가 되었네. 선현의 글에 답이 들어 있지. 단 움직이면서 읽어야 하네. 우린 지금 시간이 촉박해."

안지천은 송학도인을 불렀다.

"정겸에게 《귀경잡록》을 보여주게."

송학도인이 바랑에서 세월의 흔적을 느낄 수 있는 서책 한 권을 꺼냈다. 이것이 바로 그 희대의 금서 《귀경잡록》인가, 정겸은 마른 침을 삼켰다. 믿지 못할 헛소리로 치부해 왔건만 환상의 세계에 발을 디디고 직접 눈으로 확인까지 한 지금, 뱀 껍질의 선비 탁정암의 예언서는 더 이상 허황되게 보이지 않았다. 입신양명을 위해 《손자병법》 《육도삼략》 같은 무학서에만 골몰했던 청년이 혹세무민이라 비난했던 《귀경잡록》을 직접 열어보게 된 것이다. 송학도인이 읽어보라고 가르쳐준 부분은 6장이었다.

귀경잡록(鬼境雜錄)
제 6장 비천자, 비천자(飛天者, 非天者) 편
(허공을 날아다니는 자, 그렇지 못하는 자)

액을 당한 사람들 가운데는 조금만 처지가 좋아져도 마음의 경계를 게을리 해 더 큰 횡액을 당하는 경우가 흔하다. 한 첩 약에 작은 효험을 보면 또다시 몸을 굴려 오히려 몸을 망치는 병자가 그러하고, 사소한 승리에 취해 양병(養兵)할 생각은 아니하고 풍악 잡고 잔치 벌이던 장수가 대군에게 역습 당하는 이치도 그러하다.

우리가 사는 세상 어딘가에는 아직도 각양각종의 원린자들이 있다. 이들 가운데는 돌아갈 방법을 잃은 이도 있고 스스로 돌아가려 하지 않는 이들도 있다. 대부분 성정이 창광(猖狂)하고 이 땅을 삼키려는 엉큼함이 있는 바, 그 허실과 음모를 알지 못하고 알려고 들지도 않으니 어찌 통탄할 바가 아니겠는가. 실낱같은 승리에 희희낙락해 무적의 상대를 얕잡아보기만 하니 미련함에 피를 토할 뿐이다.

박고헌(朴孤櫶)은 날개 달린 원린자인 비천자(飛天者)와 직접 싸운 사람이다. 그는 의기가 출중한 호걸이었으나 얕은 안목이 멀리까지 미치지 못해 희대의 전쟁포로들을 놓쳤다. 또한 세운 공적이 있음에도 미치광이 취급을 받아 스스로의 이름을 더럽히고 말았다. 만약 그들을 주멸하여 후환을 없애고 무기를 전리

품으로 거둬들였다면 지금쯤 우리는 그 옛날 광개토대왕의 국업(國業)에 버금갈 영토 확장을 이룰 수도 있었으리라. 안타까운 이름 석 자가 박고헌이다.

세월이 흐른 지금, 머리가 비상한 후학들이 숨어있는 원린자를 찾아 나서고 있다. 이들은 비천자가 도망친 것이 아니라 우리들 틈에 숨어 기회를 엿보고 있음을 깨우친 자들로 마땅히 경계해야 한다.

이들은 지혜를 이유로 원린자와 사귀고자 하나 실상은 힘을 같이 해 사사로운 뜻을 이루려는 역적들이다. 어리석은 것들의 욕심이 청명한 조선 하늘에 새가 아닌 다른 것들을 풀어놓는다면 좋을 일이겠는가?

一

박고헌은 원래 고향이 경남 거제로 태종 5년(1405년), 과거에 급제해 경상도 섭주의 현령으로 첫 도임을 명 받았다. 나이 스물아홉의 신임관리인 그는 혈기가 방장했고 성격이 강직했다. 교활한 아전을 꾸짖어 멀리하고 백성에게서 거둠에 부정을 없애니 위엄이 현내에 두루 떨쳤다.

유월 초아흐렛날 유시(酉時, 17시~19시), 해가 떨어질 무렵 섭주 고을 사람들은 인근 통악산 쪽에서 일어나는 폭발 소리를 들었다. 땅이 흔들렸고 초가집 세 채가 지붕이 내려앉았다. 오랑캐의 침략을 의심한 박고헌은 즉시 관헌들을 불러 진상 조사에 나섰다.

반 시진 후, 뱀을 잡으러 산에 올랐던 땅꾼들이 달려와 통악산 종자고개에 집채만 한 쇳덩어리가 떨어졌다고 고했다. 박고헌은 하늘에서 어찌 쇳덩어리가 떨어질 수 있냐며 뱀잡이들을 야단쳤지만 똑같은 신고를 하는 자들은 점점 늘었다.

　사람들마다 조금씩 주장이 달랐다. 어떤 이는 둥그런 쇳덩어리가 이상한 물레방아를 양옆으로 붙이고 있었는데 꼭대기에 커다란 대포가 붙어있다 했고, 또 어떤 이는 쇳덩어리의 윗부분이 솥뚜껑처럼 열리면서 요괴가 나왔는데 눈을 마주치자 다시 뚜껑을 닫고 들어갔다고 했다.

　사태가 이러하다 보니 무시할 수도 없어서 박고헌은 수교(首校, 각 고을 장교의 우두머리)들을 모은 후 휘하의 나졸들을 무장시켜 길을 나섰다. 백성들은 따라오지 못하게 했다. 그리하여 약 서른 명에 가까운 무리가 동헌에서 5리 떨어진 통악산 종자고개에 오르게 되었다.

　산어귀에 다다랐을 때 땅꾼이 말한 고개 쪽에서는 검은 연기가 치솟고 있었다. 박고헌은 말에서 내린 후 걸어서 산을 올랐다.

　백성들의 신고는 거짓이 아니었다. 집채가 아니라 거의 폭포만한 쇳덩어리가 정말로 고갯길을 막고 있었다. 소나무 십여 그루가 무참하게 부러졌다. 이방 최한수는 쇳덩어리의 형태를 보자마자 둥그런 벌집을 떠올렸다. 다만 이 쇳덩어리는 특이한 광채가 나는 검정색을 띠고 있었다. 기울어진 채 땅속에 일부가 묻힌 동체에서는 시커먼 연기가 피어올랐다.

　나중에 박고헌이 남긴 비망록에는 그날의 광경이 생생하게 묘사되어 있다.

"나의 임지를 무단으로 침범한 그것은 마치 어마어마한 솥을 보는 것 같았다. 길이와 넓이가 공히 100척에 높이도 10척 이상은 되어 보였다. 여러 가지 도형의 쇠붙이가 질서있게 붙어 군더더기가 없는 표면은 마치 옻칠을 한 것처럼 윤택이 났으며 물결과 동심원의 문양이 여기저기 아로새겨져 있었다. 좌우로 새의 날개처럼 붙은 커다란 물레방아는 이 쇳덩어리가 수차가 아닌가 하는 생각을 던져주었는데 수차라면 어찌하여 강이 아닌 산중에 놓여있는 것인지 몹시 당혹스러웠다. 백성들은 쇳덩어리가 하늘에서 떨어졌다고 하는데 그 말을 진작 신뢰하여 우습게 여기지 않았더라면 좋았을 것이다. 나는 생전 이런 기구를 듣지도 보지도 못했으며 세상 어디에도 이런 사특한 제조기법은 없으리라는 예감에 몹시도 서늘하고 무서운 마음이 드는 것을 어찌할 수 없었다. 그 비세속적인 문양과 금속은 서역국에서 볼 수 있는 문물도 아닌 듯하여 이같은 무서움은 가중될 뿐이었다."

二

괴물체를 앞에 둔 박고헌은 어떻게 대처해야 좋을지 몰라 명을 내리지 못했다. 문득 뒤가 소란스러워 돌아보니 집으로 돌아가 문단속을 시켰던 고을 백성들이 몰려와 있었다. 장부와 아낙, 처녀 총각에 노인과 젖먹이까지 몰려들어 종자고개는 사람들로 북새통을 이루었다. 박고헌은 감히 수령의 명을 어긴 백성들을 야단치지 않았는데, 괴이하기 짝이 없는 거대 기구를 막상

대하고 보니 차라리 사람이 많은 편이 안심이었던 것이다.

한양이 고향인 경저리(京邸吏) 김백서는 젊은 사또의 경험 부족을 비웃으며 자기가 저 쇠붙이를 두들겨 볼테니 잘 보라고 말한 뒤 백성들에게도 소리쳤다.

"저기 대포가 달렸다고 말한 놈이 누구냐? 눈깔들이 삐었느냐?"

김백서는 나졸의 육모방망이를 빼앗아 검은 쇳덩어리로 걸어간 후 있는 힘을 다해 표면을 땅땅 쳤다. 모든 사람들이 숨 죽인 채 이를 지켜보았다. 스무 차례나 쳐도 아무 반응이 없자 호기가 오를 대로 오른 김백서는 손바닥에 침을 뱉고 쇳덩어리 위로 올라가기 시작했다. 동심원 문양의 조각마다 오목하게 패인 홈이 있어 발을 옮기기는 제격이었다.

김백서는 자신을 지켜보는 섭주 사람들 앞에서 일부러 한양 말씨를 크게 구사하며 쇳덩어리 위로 올랐다. 입에서 흘러나오는 사설만큼이나 발 디딤은 유연했다.

꼭대기까지 도달했을 때 쇳덩어리 뚜껑이 열렸다. 이제 막 그 위에 도착한 김백서의 몸은 제기를 찬 것처럼 튕겨져 날아올랐다. 열린 뚜껑 사이로 황금색의 대포가 튀어나왔다. 대포는 절의 대들보만큼이나 장대했고 생김새가 용을 닮았다. 김백서의 몸이 지상으로 떨어져 박살날 때 포신이 사람들을 향해 움직였다. 박고헌은 무슨 일이 일어나려는 것인지를 깨달았다.

"모두 피하라!"

일대 혼란이 일어났다. 앞뒤 가리지 않고 도망치는 고을 사람들은 서로에게 걸려 넘어지기가 태반이고 서로를 밟거나 타고 넘기도 부지기수였다.

박고헌은 대포에서 아침 햇살과 흡사한 광채가 소용돌이치는 것을 보았다. 눈이 부셔 뜰 수가 없었다. 곧이어 대포에서 벼락을 때리는 소리와 함께 구불구불한 광채가 쏟아져 나왔다. 박고헌은 광채에 직격 당한 백성들을 똑똑히 보았다. 잠시 그들의 몸은 원래의 살가죽을 잃고 끔찍하게 변형된 모습으로 보였는데, 그 변형이란 무덤 속에서 한 점의 살까지 남김없이 빼앗긴 백골의 모습이었다. 광채가 지나가자 백골은 산산조각 나 가루로 변했다. 박고헌은 뼛가루 위에 생긴 시뻘건 죽을 보았는데 그게 녹아버린 사람이라는 것을 알자마자 경악을 금치 못했다. 정체불명의 대포는 단 한방에 근 20명의 목숨을 눈 녹이듯 앗아가 버렸다.

또다시 대포의 포신이 움직였다. 이방 최한수가 소리쳤다.

"흩어져서 도망치시오! 덩어리가 되지 마시오!"

사람들이 엉망진창으로 얽히고설켜 넘어지고 자빠졌다. 그 위로 대포에서 발사된 광채가 어지럽게 쏟아졌다. 무려 네 방이 빗나갔는데 광채가 명중한 소나무는 두 동강이 나버렸다. 뜻밖에도 포격은 서툴렀다. 많은 인명을 앗아간 첫 번째 발포에 비하면 명중률은 높지 않은 것 같았다. 그러나 운 나쁘게도 다섯 번째 광채는 가장 늦게 도망치던 백성들 위로 떨어졌다. 처참한 비명이 산곡을 메웠다. 헤아릴 수 없는 인파가 백골로 보이다가 묽은 살점으로 분해되었다. 포근한 저녁의 종자고개가 역한 연기 솟구치는 아수라장이 되었다.

포격이 멎고 온 사위가 잠잠해졌다. 대포 옆으로 무언가 불쑥 솟아올랐는데 섭주 백성들은 그 모습에 놀라 비명을 질렀다.

두 팔 두 다리를 사용하는 그 벌거숭이는 사람을 닮았지만 절대로 사람은 아닌 짐승이었다. 닭발처럼 누렇고 주름진 피부를 가진 그것에게서 사람다운 부분을 찾아볼 수는 없었다. 가히 요괴라고 부르기에 부족함이 없었다.

놈은 대가리가 없었다. 아니, 대가리가 있다고 해야 했다. 머리통이 있어야 할 자리에는 아무 것도 없어 평평한 대신 하나밖에 없는 눈과 커다란 입은 배에 붙어 있었던 것이다!

몸에 불이라도 붙었는지 놈은 손바닥으로 온 몸을 탁탁 쳐댔는데, 그러자 쇳덩어리 기구의 안쪽으로부터 무수한 은빛 벌레들이 튀어나와 떨어졌다. 마치 그물에서 퍼덕이다가 배 바닥에 떨어지는 물고기를 보는 것 같았다. 통통했고 어른 팔뚝만 했는데 날카로운 이빨을 갖고 있었다. 어떤 이들은 구더기를, 또 어떤 이들은 메기를 연상했다. 땅에 떨어진 벌레들이 사람들을 알아보고 이빨을 드러냈다. 사람들이 물러서자 벌레들도 황급히 바닥을 기어 수풀 사이로 사라졌다.

대포 옆에 있던 요괴는 그 모습에 팔을 휘저으며 알아듣지 못할 말을 꽥꽥거렸다.

"활! 활을!"

박고헌이 팔을 뻗치자 얼이 빠져 있던 향리 하나가 정신을 차리고 정량궁과 화살 하나를 건넸다. 요괴는 자신을 겨누는 구부러진 나무가 무기라는 걸 아는지 모르는지 팔을 옆으로 좍 펼쳤다. 폭이 거의 6척에 가까웠다. 박고헌은 요괴의 팔 아래에 박쥐처럼 붙은 날개를 보았다. 그 날개도 닭발과 비슷하게 생겼다. 사람들이 비명을 질렀다. 요괴가 배에 붙은 입을 벌리자 맹수의 이빨이 드러났다.

요괴가 막 날기를 배운 어린 새처럼 날개를 접었다 펴는 반복을 했다. 이때 박고헌이 시위를 놓아 편전을 날렸다. 비호처럼 날아간 화살이 놈의 외눈을 정통으로 꿰뚫어버렸다. 요괴가 긴 발톱이 세 개인 발을 보이며 거꾸러지자, 대포도 기구 안으로 따라 들어갔다. 탕하고 뚜껑이 닫혔다.

그로부터 한없는 대치상태가 지속되었다.

기구는 멈추지 않고 검은 연기를 뿜어 올릴 뿐 움직일 기색이 없었다. 숨막히는 침묵이 종자고개에 가득했다.

한 놈을 쓰러트린 박고헌은 힘이 솟았다. 지체없이 수하 관헌들을 산 아래로 보내 고을 장정들을 무장시켜 데려오라 명을 내렸다. 박고헌이 특히 강조한 것은 관아 창고에 보관된 전투용 화포였다. 있는대로 다 가져오라는 사또의 고함에는 사태의 긴박함이 가득 차 있었다.

三

박고헌은 시시각각 어둠이 깔리는 종자고개 나무 그늘에 몸을 숨긴 채 형세를 관망했다. 남아있는 사람들을 헤아려보니 열 명이 조금 넘었다. 원래 무골인데다가 연륜마저 풍부한 이방은 결코 젊은 사또의 곁을 떠나지 않았다. 모두가 합심하여 무기를 손에 잡았다. 화살을 맞고 쓰러지는 요괴를 본 후 그들의 사기는 약간 올라 있었다.

박고헌은 쇳덩어리 기구 안에 요괴들이 몇이나 더 있을 지

궁금했다. 적게는 열 마리 이내, 많게는 수십 마리일 수도 있었다. 놈들도 기구 안의 구멍으로 이쪽을 지켜볼 거란 생각에 그는 함부로 불을 피우지 못하게 했다.

기다리는 사이 두어 번 쯤 뚜껑이 열렸다가 닫혔다. 화살맞은 놈과 똑같은 모습의 요괴가 머리를 내밀었다. 부상의 흔적이 없는 것으로 보아 다른 놈 같았다. 박고헌이 명을 내리니 나졸들이 즉시 꽹가리와 징을 치면서 뛰어다녔다. 이 방법은 효과가 있어 요괴는 소리를 듣자마자 뚜껑을 닫고 숨어버렸다.

'요괴라면 활을 맞고 죽지는 않을 텐데 대체 저 놈들 정체가 뭘까?'

그들은 요괴가 아니라 북두칠성 천권(天權)자리 쪽의 별천지에서 내려온 원린자였다. 비천자(飛天者)라는 이름을 갖고 있지만 조선의 현령 박고헌은 이를 알 턱이 없었다.

시간은 흐르고 흘러 밤이 되었다. 몇 시진만 더 있으면 새벽이 올 판이었다. 산속의 공기가 점점 차가워졌다. 아무 것도 먹지 못한 박고헌 일행은 시장기를 느꼈다. 그때 산길을 달려오는 다급한 발소리들이 들려왔다. 박고헌이 고개 들어 보니, 장기판의 말처럼 점점이 흩어진 횃불들이 이리로 몰려오고 있었다. 기다리고 기다리던 응원군이었다. 부임 이래 제대로 훈련을 실시했던 지방군은 신속하게 집결했다. 오래도록 기다린 박고헌의 가슴이 만장이나 치솟았다. 대포를 끄는 수레바퀴 소리에도 힘이 넘쳤다.

응원군은 수렵꾼 복장을 한 나이 지긋한 토호(土豪)부터 털가죽을 덮어 쓴 농민 장정까지 다양했다. 그들은 향촌에서 큰일을 맡지는 못했으나 하나같이 영웅의 기개를 갖춘 남아들로 고을이 위기에 처하자 분연히 달려왔다. 하늘에서 떨어진 쇳덩어리 퇴치라는 믿지 못할 소집령에도 그들이 촌각을 다투어 왔음은 능력에 따라 사람을 등용한 박고헌의 공직 생활을 증명하는 것이었다. 삽시간에 분위기는 반전되었다. 2백여 응원군을 얻은 박고헌은 수염을 쓰다듬어 회복된 위엄을 과시했다.

오랑캐에 대비한 화포는 실전을 겪지 못했음에도 수시로 기름을 치고 닦아왔기에 훌륭하게 손질이 되어 있었다. 눈앞에서 백성들을 잃은 박고헌은 지체없이 선제공격을 지시했다.

"모든 대포에 불을 붙여라!"

횃불이 기세등등하게 심지 앞에 들어올려졌다. 바로 그 때 쇳덩어리 기구의 구멍 여기저기에도 불빛이 생겨났다. 대낮과도 같은 환한 빛이었다. 박고헌은 기구 안의 요괴들도 바깥을 보고 있다는 생각에 조급해졌다.

"저 쇳덩어리를 향해 발포한다! 저 안에는 죄없는 백성들을 무수히 녹여 죽인 못된 것들이 있다! 요괴의 탈을 썼으나 요괴가 아닌 이름 모를 오랑캐일 뿐이다! 본관은 이미 한 놈을 죽였다! 화살로 죽였으니 대포로도 박살낼 수 있다! 명중하지 못하는 자는 책임을 물으리라! 오랑캐는 결코 섭주 땅에 발을 디딜 수 없음을 여실히 보여주어라!"

모든 심지에 한꺼번에 불이 붙었다. 갓을 등 뒤로 넘긴 이방의 얼굴은 긴장으로 가득 차 있었다.

기구의 뚜껑이 열리고 황금대포가 튀어나왔다. 이제 막 도착한 응원군은 용을 닮은 거대한 대포의 모습에 깜짝 놀랐다. 그러나 포신에서 돌아가기 시작하는 광채는 처음보다 상당히 약했다. 박고헌은 그들이 발포를 낭비해 아직 재사용의 준비가 되지 않았음을 예감했다. 먼저 불을 뿜은 것은 박고헌의 대포 12문이었다. 쿠쿠쿠쿵 하는 폭발음이 온 산야에 가득했다. 화약 연기가 밤하늘을 어지럽게 수놓았다. 천둥소리, 화약 냄새에 산짐승들이 잠을 깼다.

쇳덩어리에서 여러 차례 폭발이 일어났다. 추상같은 사또의 명에 불발을 한 대포는 하나도 없었다. 백발백중의 포격이었다. 육중한 기구가 흔들거렸고 군사들이 일거에 환호성을 내질렀다. 그러나 연기가 걷히자마자 박고헌은 쇳덩어리 몸체가 별로 손상을 입지 않았음을 알게 되었다. 유일하게 타격을 주었던 곳은 바퀴인지 수차인지 구별이 안 가는 물레방아뿐이었다. 그곳에만 부서지고 깨진 흔적이 역력했다.

박고헌은 위를 올려보다가 황금대포가 사라진 걸 알았다. 폭발에 떨어져 나간 건지 요괴들이 떼어낸 건지 알 수 없었지만 놈들이 당황한 것만은 틀림없었다. 기세가 오른 박고헌은 재장전을 시켜 수레바퀴 쪽으로 집중 포격을 명했다. 군속들이 즉각 명을 받들었다. 화포의 열기에 모두의 얼굴은 땀으로 젖어들었다. 곧 귀를 찢을 듯한 2차 포성이 시작되었다. 집중된 포격에 수레바퀴는 만신창이가 되고 거대한 몸체가 그으으윽 하는 음향과 함께 기울어졌다.

"포탄이 남지 않을 때까지 퍼부어라!"

박고헌의 일갈에 군사들이 으샤으샤 함성을 질렀다.

"사또! 문이 열리고 있사옵니다!"

이방이 소리쳤다. 박고헌도 보았다. 쇳덩어리 기구에서 틈새가 생기더니 표면 일부가 육중한 개방(開放) 소리를 냈다. 금속 사슬이 붙은 표면이 도개교(跳開橋)처럼 다리가 되어 천천히 내려왔다. 박고헌은 요괴들이 항복하러 나오는 줄 알았지만 이는 착각이었다.

표면이 땅에 닿자마자 그 위를 밟고 뛰어나오는 것들의 기세는 대단했다. 하나밖에 없는 눈과 입이 배에 붙은 요괴들이 새카맣게 쏟아져 나왔다. 모두가 똑같이 생긴 창을 들고 있었는데 족히 수백 마리는 될 숫자였다.

군졸들은 뜻밖의 상황에 경악을 금치 못했다. 횃불을 떨어트리는 자, 비명을 지르는 자, 주저앉는 자가 속출했다. 요괴들 수백이 합쳐 내는 목소리는 무시무시했다. 야산을 뒤흔드는 포효와 더불어 끔찍한 그들의 용모는 가히 남은 평생 꿈자리를 어지럽힐 만했다.

바로 그 순간 박고헌은 도박의 기회를 발견했다. 요괴들은 움직임이 빨랐지만 어딘가 어색했다. 바깥으로 나오면서 날개를 퍼덕이는 놈들이 제대로 날지를 못하고 넘어져 구르기 일쑤였던 것이다. 그럼에도 놈들은 거리낌없이 일어났다. 귀신보다 추접스런 몰골, 징그러운 움직거림에 조선 군사들은 공포로 얼어붙었다. 하지만 박고헌은 지휘용 등채를 버리고 장검을 뽑아든 뒤 사기 진작의 한 판 도박에 명운을 걸었다.

"겁먹지 마라! 놈들은 제대로 움직이지도 못하는 오합지졸들이다!"

젊은 사또의 기백에 환갑이 다 되어가는 이방도 칼을 주워들고 우뚝 섰다.

"여기서 도망치면 우리들의 부모와 자식이 죽소! 가서 싸웁시다!"

산을 새카맣게 뒤덮은 요괴들이 창을 휘두르며 달려들었다. 흉악한 백귀야행(百鬼夜行)에 어쩔 줄 모르던 조선 군사들은 이내 지휘자를 믿고 백병전에 돌입할 태세를 갖추었다.

四

지금부터 나는 그날의 처절한 전투와 그 후에 일어난 일을 주로 박고헌의 비망록에 의거하여 써보겠다. 겪지 못한 후학의 추측보다 실제상황을 겪은 당사자의 기록이야말로 진리로 향하는 길을 보다 수월케 하여 훗날을 위한 간계(諫戒)에 도달할 수 있을 것이다.

당시 백병전을 묘사한 기록은 이렇다.

"종자고개의 전투는 차마 눈을 뜨고 볼 수 없을 지경으로 참혹하였다. 열려진 쇠 기구 안에서 날개 달린 요괴들이 쏟아져 나왔는데 그 수효가 하도 많아 온 산야가 독두꺼비같은 누런 피부색으로 뒤덮었다. 어떤 무서운 산짐승이라도 종자고개에서 만난 요괴들의 끔찍한 형상에는 미치지 못할 것이다. 거대한 외눈들이 도깨비불처럼 동분서주했다. 외눈의 요괴들은 끝이 뾰족한 강철창을 무기로 썼는데 방어하는 군사들의 창칼을 두 동강냈고 심지어 바위도 쪼겠다. 무리지어 달려들어 걸리는 사람마다 때려눕혀 절구방아 찧듯 마구 찌르니 살점이 터지고 눈알이 뽑혀 죽지 않은 이가 없었다."

쇠 기구 안에서 쏟아져 나온 비천자의 수는 박고헌의 군졸보다 숫자가 훨씬 많았을 것으로 보인다. 그럼에도 최후의 승리를 거둔 것은 조선의 지방군이었다. 이 글을 쓰는 지금 나는 박고헌의 특별한 부분, 지휘관으로서의 자질을 높이 산다. 그는 외로운 산야에서 적은 군사로 사상초유의 강적을 맞아 훌륭히 싸웠다. 사람들이 당황한 이유는 군세의 약함보다 원린자라는 존재를 실제로 본 놀람 탓일 것이다.

눈여겨보아야 할 사실은 비천자의 전투 방식이다. 무리지어 달려들어 걸리는 사람마다 마구 죽였다는 글귀에서 그들의 싸움 방식은 정규군의 전쟁과는 어딘가 거리가 멀어 보인다. 그것은 개미 떼가 벌레를 습격하듯 인해(人海)의 전술을 연상시키고 야만적인 오랑캐 부족을 떠올리게 한다. 신비한 광선을 뿜는 대포, 거대한 비행물체라는 초유의 문물과는 상당히 대조적인 모습이다. 한술 더 떠 수많은 오발은 그들이 신비의 대포를 사용하는 일에 익숙치 않았음을 뒷받침한다. 비천자와 쇠 기구의 관계에 대해 첫 번째로 의구심을 가지게 하는 대목이다. 다음의 기록을 보자.

"격렬한 전투의 와중에 싸움터에 등장한 또다른 놈들을 볼 수 있었다. 그놈들도 쇳덩어리 기구에서 튀어나왔다. 사람의 몸집을 가졌지만 얼굴은 사마귀를 닮았고 전체적으로도 걸어 다니는 벌레처럼 생긴 놈들이었다. 그들이 쇠 기구 안에서 무슨 조작을 하니 문이 열리고 닫혔다. 이 기이하게 생긴 존재들의 수는 도합 열 마리 정도였는데 애초에는 창을 든 요괴들과 동패라고 생각했지만 그렇지 않았다. 그들은 싸움에 가담하지 않은 데다가 외눈 요괴들을 피해 도망치느라 바빴기 때문이다. 싸움이 끝난 뒤에도 이들의 모습은 끝내 찾을 수 없었다. 먼저 보았던 징그러운 은빛 벌레도 마찬가지였다."

전투현장에는 비천자 말고도 또다른 존재들이 있었음을 엿볼 수 있다. 그들 역시 같은 비행기구를 타고 온 원린자들이 분명하다. 과연 그들은 누구일까? 나 탁정암은 이계세상의 원린자들을 공부하는 데 일생을 바쳐온 몸이건만 이 사마귀를 닮은 종족만큼은 끝내 정체를 밝혀내지 못했다.

내 생각에는 이들이 비행기구의 진짜 주인이며 어떤 이유 때문에 비천자 종족이 이들을 내몰고 기구를 장악한 게 아닌가 싶다. 박고헌이 처음 통악산에 올랐을 때 기구에서는 이미 연기가 치솟았다 했는데 저희끼리의 내분을 추측할 수 있는 대목이다. 만약 대포를 사용한 자들이 비천자가 아닌 사마귀들이었다면 이 추측은 보다 명확해질 것이다.

은빛 벌레는 비슷한 형상의 원린자 종족이 다수 있어 어느 별에서 왔는지 특정할 수가 없지만, 그들 대부분이 우리 세상의 개나 고양이 같은 역할을 했으므로 아마도 다른 원린자의 애완물이거나 아니면 식량의 대용인 듯하다.

문제는 이들이 발견되었다는 말을 아직까지도 들어본 적이 없다는 데 있다. 그 기구는 여전히 어딘가에 숨겨져 있을 것이고, 원린자 가운데는 인간의 모습으로 둔갑할 수 있는 자들이 있다. 사람의 형상을 띤 채 우리들 가운데 숨어 재기를 노리는 그들이 지금도 존재할지 모른다. 가능성이 있는 위험은 우려하고 대비해야 한다. 지금까지 조선 땅을 밟은 원린자들로 보건대, 숫자가 많은 비천자보다 숫자가 적은 이 사마귀들이 더 신경이 쓰인다. 그들이 검은 비행기구를 탈취하여 속세에 나타나기라도 한다면 조선에는 큰 재앙이 닥칠 수도 있다.

각설하고, 조선군이 비천자에게 서서히 승리하는 부분의 기록을 보겠다.

"사상 초유의 적에게 겁먹은 조선 군졸들이 물러서지 않고 맞서 싸울 수 있었던 건 그것들이 우왕좌왕했기 때문이다. 쇠기구에서 쏟아져 나온 놈들은 날개를 퍼덕이다가 자빠지기가 태반이었고 걸음을 옮기다가도 자주 넘어졌다. 이 정체모를 것들이 사바세계의 공기에 적응할 수 없음은 명백했다. 움직임이 부자연스러웠기에 우리 군사들은 정신을 차리고 임전할 수 있었다. 아군은 전사한 사람 만큼이나 많은 놈들을 찌르고 베어 죽였다. 그들의 피는 누런색이었는데 요괴가 아닌 새로운 종류의 짐승일 수도 있겠다는 생각이 들었다. 싸움은 날이 밝을 때까지 계속되었다. 우리 군사들이 한마음 한뜻으로 돌격하여 물러남이 없으니 시체는 산을 이루었고 흘린 피는 강물이 되었다. 전세는 막상막하였다."

비천자의 날개는 우주공간을 나는 데 유용하다. 그들에게 날개가 붙은 것은 그들이 신비로운 존재여서가 아니라 그들이 사는 곳의 땅이 틀리고 하늘의 기운이 틀려서이다. 조선, 더 나아가 모든 땅 위의 사람들은 땅의 중심으로부터 받는 힘이 있다. 땅이 우리를 끌어당기고 허공에의 부유를 막지만, 공기의 기운이 우리와 다른 비천자는 이같은 이치를 모르고 조선 땅을 밟자마자 날고자 했고 뜻대로 안되었기에 당황했을 것이다.

우리가 그들을 흉측하게 바라보듯, 그들에게도 인간의 형상은 낯설었을 것이다. 처음 맞닥뜨린 존재가 화포를 쏘고 죽기 살기로 덤비기까지 하니 제 아무리 하늘을 나는 존재라도 겁을 먹지 않고 배기겠는가.

존경스럽게도 박고헌은 처음으로 그들의 존재에 대해 의문을 제기했다. 요괴가 아니라 새로운 짐승이 아닐까 하는 생각 말이다. 그가 사서삼경 대신 우주의 학문에 진작 근접했더라면 한 점의 후환까지도 남기지 않았을 것이고, 우리네 후손은 지금쯤 훨씬 안정된 삶을 누리고 있지 않았을까? 그가 보여준 의문의 지혜는 앞으로도 이 땅을 침범할 원린자들을 막는 데 귀감이 될 것이다.

그러나 그의 한계는 거기까지였다. 그는 애써 추리한 새로운 생명체의 가능성을 다시 요괴의 출현으로 돌려버리고 말았다. 낮과 밤의 구분에 따른 성급한 판단이었다. 또한 그는 승리에 취한 나머지 경계를 게을리했고 이로써 이루어 놓은 모든 성과를 무용지물로 만들고 말았다. 다음의 기록들을 보고 맺는말을 남기겠다. 자세히 읽다보면 깨우치는 바가 있을 것이다.

"그들이 오랑캐나 짐승이 아니라 요괴임에 명백한 결정적 증거는 날이 밝아오자 한 놈 남김없이 도망쳤다는 사실이다. 우리 군졸들과 요괴들의 대접전은 새벽부터 아침까지 계속되었고 전사자가 속출해 버틸 수 없을 지경까지 이르렀다. 그런데 해가 떠오르자 그놈들이 깜짝 놀라 쇠 기구로 도로 기어오르기 시작했다. 서로가 뒤질세라 햇볕이 들지 않는 곳으로 몸을 숨기려 드는 것이었다. 기회를 틈 탄 아군이 등 뒤에서 찌르고 베어 죽이는데도 놈들은 저항할 생각도 잃은 채 오직 밝은 햇살을 피하기에만 급급하니 이렇듯 적을 죽이는 일이 쉬울 수 없었다. 그러나 놈들의 숫자는 많았고 도망도 빨라 원하는 대로 다 죽일 수 없었다. 놈들은 적의 식량이 떨어지길 고대하는 성의 주인처럼 모든 문과 뚜껑을 닫아걸고 대응하지 않았다. 쇠 기구에 올라 두들기고 잡아당기는 등 무던히 노력하였지만 열 수 없었다.

마침내 날이 활짝 밝았다. 시체만이 온 사방에 가득할 뿐 쇠 기구는 죽은 듯 잠들어 있었다. 살아남은 사람들을 점검해보니 나와 이방을 포함해 단 열한 명만이 남았다. 아마 해가 솟지 않았더라면 우리도 까마귀밥이 되었을 것이다."

"다시 밤이 닥치기 전에 하늘에서 내려온 쇳덩어리를 처치할 일이 문제였다. 나는 당장 감영의 관찰사에게 달려가 승전 소식을 알리고 더 많은 대포를 지원받자고 했다. 섭주와 상주는 멀지 않으니 하루 만에 지원 병력을 받는 것은 문제도 아니었다. 이방 최한수가 이곳을 경계해야 하니 자리를 비워서는 안된다고 하여 나와 대립했다. 나는 직접 관찰사를 만날 요량이었는데 이방은 파발마로 지원을 받자고 하였다. 국록을 먹는 몸으로서 첫 번째로 거둔 향촌 방어의 성공에 나는 취했고, 백성들과 어울려 기쁨을 만끽하고 싶었다. 수령을 도와 용감히 싸운 백성들의 공적을 크게 알리고픈 목민관의 마음이 있었는데 이방은 겁먹음인지 신중함인지 구분하기 어려운 고집만을 내세웠다. 나는 하룻밤을 지옥에서 보내느라 지친 군졸들에게 경계까지 세우게 하는 건 무리라고 이방을 꾸짖었는데 요괴는 절대로 백주 대낮에 바깥으로 나올 수 없다는 진리를 믿었기에 자신있게 소리친 것이었다. 나의 크나큰 실수였다."

"미시(未時, 오후 1시 반~2시 반)에 관찰사로부터 얻은 군졸 삼백을 이끌고 통악산을 다시 오르니 쇠 기구가 감쪽같이 사라지고 없었다. 요괴의 시체도 아군의 시체도 보이지 않았다. 귀신에 홀린 것 같았다. 지원병력과 함께 인근까지 샅샅이 수색을 했음에도 요괴들은 발견되지 않았다. 설상가상으로 밤까지 기다려도 그들은 두 번 다시 나타나지 않았다. 최한수는 경계병을 두지 않은 나를 비난하는 대신, 이 산의 형상이 이상하게 바뀐 것 같으니 조사해야 한다는 의미심장한 말을 남겼다.

전투 현장에 요괴가 남긴 듯한 물건이 하나 있었다. 그것은 동심원과 외눈이 아로 새겨진 검은 바위였다. 최한수는 바위를 구석구석까지 뜯어 살폈지만 이상한 점은 발견되지 않았다. 나는 이 바위를 전승 기념으로 삼고 외적이 침입한 물증으로 주장했으나 관찰사는 믿으려 들지 않았다. 많은 군사에 대포까지 보냈다가 건진 게 없는 그는 자신이 희롱당한 것으로 생각하고 있었다. 이방을 비롯한 온 고을 백성들이 증언을 하고, 죽어서 줄어든 백성들의 호구(戶口)를 알렸으나 관찰사는 화약고가 텅 빈 사실만을 들어 박고헌이 군수 물품 횡령을 숨기려고 관민의 입을 막아 거짓 행동으로 일관했다고 조정에 보고했다. 그가 요구한 것은 나의 퇴임이었다.”

結

인간의 마음이라는 것은 이와 같다. 자비로운 마음도 배가 불러야만 생길 수 있는 바, 이 배부름은 교만과 이웃사촌이다. 의기양양할 때 자비로워지는 것은 내 편에게 족한 것이지 적에게는 적용할 바가 아니다. 이는 교만을 떠난 무지의 소치다.

생사의 하룻밤을 함께 보낸 전우를 쉴 수 있도록 하고 그들을 격려해주고 싶은 마음은 이해 못할 바가 아니다. 관과 민이 한 마음 한 뜻이 된 악전고투였으니 나라의 관리된 자라면 그들의 공적을 추켜세우고 아직 끝나지 않은 싸움을 위해 행동을 함께할 만하다. 비록 그것이 승전가를 부르며 잠시 전투현장을 이탈하는 행동일지라도 말이다.

그러나 박고헌이 모르는 사실 하나가 있으니 대저 원린자에게는 절대 자비로운 마음을 품어서는 안 된다는 것이다. 그들은 인간이 아니며 인간과 생각이 다르다. 이 땅에 내려온 그들이 가장 먼저 눈여겨보는 것은 다른 종족의 나약함이다. 적의 약점을 아는 것은 병가지상사이며 이는 이계의 원린자에게도 해당

된다. 그들은 살기 위해 집요하게 싸우고 목적을 이루기 위해 끝까지 죽이는 잔혹한 종자들이다.

박고헌은 그날 최한수의 충언을 들었어야만 했다. 그는 적을 가벼이 보았고 판단도 가벼이 했다.

차갑고 어두운 별에 살았던 비천자는 밝은 대낮에 출몰하지 못한다. 볕에 닿으면 눈이 멀고 피부가 썩어 죽는다. 그러나 그 중에는 희생을 무릅쓰면서까지 볕으로 나오는 자들도 있을 것이다. 대를 위해 소를 희생하는 경우가 그렇지 않을까. 일단 살아남아야만 생산과 전쟁이 가능하니까.

만약 박고헌이 경계병을 남겨놓고 쇠 기구 안에서 적이 나오는 기미가 보일 때 또 한 번 징이라도 치는 슬기를 발휘했다면 비천자들은 남김없이 토멸되었을 것이다. 그들의 존재에 의문까지 품었으면서도 '밝은 대낮에는 요괴가 활보하지 못한다'는 미신 하나로 불안한 자리를 비워버린 것은 난리와 진압의 책임자로서 경솔했다. 비천자 중 몇몇이 경계가 소홀한 틈을 타 햇볕에 몸이 타들어 가면서까지 종자고개에 보이지 않는 장벽을 세웠음은 불가능한 이야기가 아니다. 요상한 광선이나 신비의 법력으로 눈속임을 하는 원린자들은 흔했다. 수많은 조선 사람들을 무참하게 죽인 '웃는 낯의 남자'는 미지의 거울만으로 비밀의 장소를, 더 나아가 자신이 원린자라는 사실도 숨길 수 있었다. 교령(交靈)의 문외나한(門外羅漢)은 환각으로도 눈속임을 보이고, 물체 변형의 술법으로도 사람 눈을 속인다.

비천자들도 어떤 비법을 써서 몸을 숨겼을 것이다. 그들이 고향으로 돌아가지 않았다면 이 책을 쓰는 지금도 우리와 같은 하늘 아래 살고 있음은 명백하다.

박고헌의 마지막은 좋지 못했다.

군수물자 횡령의 누명을 쓰고 관직에서 쫓겨난 그는 포기하지 않고 몇몇 사람들과 함께 고개에 올라 비밀의 존재를 찾아나섰다. 그들에게 더 이상 종자고개란 이름은 존재하지 않았다. 비천자와의 싸움을 겪은 종자고개의 그들끼리 호칭은 외눈고개였다. 그는 수 년간 외눈고개를 연구하고 어두컴컴한 밤중에 무장한 채 매복까지 했으나 허사였다. 자취를 감춘 비천자들은 다시는 나타나지 않았다.

그러는 사이 박고헌은 부인을 잃었고, 장성한 자식들은 나이가 들면서도 미치광이 짓을 거두지 않는 아비를 버리고 멀리 떠났다. 가족도 친지도 잃은 채 술을 유일한 친구로 사귀면서 점차 몸도 마음도 병들게 된 박고헌은 수많은 고을 사람들을 죽였다는 죄책감에 시달리게 되었다. 시간이 흐를수록 그의 주변에는 아무도 남지 않았다.

홀로 쓸쓸한 환갑을 맞은 날, 박고헌은 외눈고개에 두 권의 비망록과 마시던 술병을 남긴 채 자취를 감추고 만다. 이후 그를 본 사람은 아무도 없다. 최한수는 고개에 오른 박고헌이 스스로의 삶을 돌아보다가 비관한 나머지 자결한 것으로 보고 있지만 시신은 어디서도 발견되지 않았다.

내 생각은 조금 다르다.

박고헌은 모든 것을 잃은 처지임에도 또다시 외눈고개에 올랐고 불경한 금역(禁域)의 숨겨진 수수께끼를 풀려고 노력하였다. 그 역시도 쇳덩어리 기구의 참주인은 사마귀를 닮은 원린자이며 비천자들은 그들을 겁박해 기구를 몰다가 조종술이 서툴러 이 땅에 떨어졌으리란 추측을 했을 터이다. 박고헌이 사라지기 닷새 전 어떤 손님이 찾아왔다는 소식은 이에 대한 긍정적인 해석을 가능케 한다.

비망록은 이렇게 전한다.

"천신만고 끝에 나는 인간의 탈을 쓴 당랑자(蟷蜋者)를 만날 수 있었다. 예전에 보았던 사마귀들인 그들은 내게 구명지은의 예를 올렸다. 그로써 나는 과거 그들이 부리는 하인인 비천자들이 모함(母艦)을 빼앗아 반란을 꾀한 사실을 알았으며, 나와 섭주 백성이 힘을 합쳐 그들을 격퇴해준 사실을 알 수 있었다. 당랑자를 통하여 나는 지난 삶이 헛되지 않았음을 뼈아픔 속에서 인정하며, 이제 눈으로 확인할 수 없는 그곳에 들어가는 비밀을 깨우쳤노라."

비밀을 언급했지만, 안타깝게도 비밀의 요지까지는 밝히지 않았다. 박고헌이 더 이상 언급을 자제한 데에는 우리가 모를 이유가 있을 것이다. 그럼에도 내 눈에는 뭔가가 보이는 듯하다. 외눈고개에 오른 그가 제 발로 이게로 들어간 것인지 납치를 당했는지는 알 수 없다. 비망록의 남아있는 여백에는 아무것도 씌어 있지 않았다.

생각건대 외눈고개 안에는 아직도 비밀의 문이 있을 것이다. 비천자들은 그들의 고향 별천지로 돌아가는 방법을 찾지 못했다. 박고헌이 당랑자라고 칭한 원린자들은 방법을 알고 있지만 다시 만날 비천자들이 겁나서 기구를 되찾을 생각을 못하고, 그들 중 일부는 아예 인간 세상에 적응이 되어 두 번 다시 고개를 찾지 않는 것으로 풀이된다. 박고헌은 그런 암시를 유려한 시구로 곳곳에다 남겨 놓았다.

내가 왜 외눈고개 이야기를 장황하게 풀어놓느냐 하면 오랜 세월이 흐른 지금까지도 고개를 지나가다 실종되는 사람들이 있기 때문이다. 시간을 두고 관찰한 결과, 그 수는 도합 백여 명이 넘는다.

비천자들은 저희 고향으로 돌아간 것이 아니다. 그들은 우리와 함께 있다. 지금은 지나가는 나그네를 노리지만 언젠가는 대규모 침공으로 우리 땅을 집어삼키려 할 것이다. 당랑자 역시 그러할 것이다.

만약 현명한 사람이 있다면 이 당랑자부터 찾아낸 후 길잡이 노릇을 시켜라. 밝은 시각에 대군을 이끌고 외눈고개로 들어가라. 볕을 피해 숨어있는 비천자를 남김없이 토멸해 조선팔도에 또 하나의 평안함을 선사하라. 싸움의 성패는 박고헌 같은 영웅조차 보였던 작은 실수를 절대로 되풀이하지 않음에 달렸다.

만약 이 글을 읽고 도리어 원린자의 힘으로 나쁜 일을 꾀하려는 자가 있다면 마땅히 하늘의 벌을 받을 것이다.

책을 읽은 정겸은 혼란에 빠졌다. 희대의 금서에 관한 악명은 익히 알고 있었지만 직접 읽고 난 충격은 도를 넘을 정도였다. 지면과 지면 사이에는 천지개벽 이래의 자연 이치를 정면으로 부정하는 간악함이 있었다. 널리 복되게 하고 두루 어질게 하는 조화는 더 이상 존재하지 않았다. 책은 신성하게 여긴 것들의 실체를 인정할 줄 알아야 하고 또 조심해야 한다고 경고하고 있었다.

정겸은 미지의 두려움에 몸을 떨었고 인간의 왜소함에 절망했다.

"믿기지 않는 얘기군요."

"외눈고개의 땅을 직접 디디고 있으면서도 믿지 못하겠단 말인가?"

송학도인이 책을 돌려받았다.

"나는 박고헌의 후손을 직접 만난 적이 있네. 언변이 좋고 판단이 빨라 외교사절단의 정사(正使) 자리를 몇 번이나 연임하신 인재일세. 그런 분이 조상 이야기만 나오면 안색이 변해 상대방을 경계한다네."

"그럼 저 탁봉이가 바로 당랑자입니까?"

송학도인의 답이 이어졌다.

"흔히 말하길 이 세상의 짐승은 오충(五蟲)으로 나뉘어져 있네. 털이 달린 길짐승인 모충(毛蟲), 날개가 달린 날짐승인 우충(羽蟲), 거북이처럼 껍질이 달린 갑충(甲蟲), 비늘이 달린 물고기인 인충(鱗蟲), 그리고 벌거숭이인 나충(裸蟲), 이 나충이 바로 우리 인간일세. 비천자는 우충, 모충, 나충의 성질을 고루 갖추었지만 그 어디에도 해당되지 않네. 탁봉이도 똑같아. 지금은 둔갑을 한 상태지만 원래 모습은 징그러울테니 안 보는 게 나을 걸세. 유념해 두게. 인간의 탈을 쓰고 저잣거리를 돌아다니는 원린자는 수두룩하다네. 염정소설에 나오는 천상계, 천하계를 논하는 게 아니야. 그것들은 우리들 사이에 실제로 있어. 어떤 나라든 다른 나라의 첩자가 몰래 숨어서 그들과 같이 살아가는 것과 같은 이치일세. 제각기의 목적을 가진 첩자 말일세."

정겸은 송학도인의 얼굴을 쳐다보았다.

"당신들은 나와 같은 사람이 맞나요? 내가 어떻게 당신들을 믿지요?"

송학도인이 칼로 자신의 손가락에 상처를 냈다. 홍옥같은 빨간 피가 묻어나왔다. 피의 맹세를 하는 것처럼 다른 이들도 송학도인을 따라하며 피를 보여주었다.

"우리 모두 자네와 같은 피를 갖고 있네. 탁봉이의 몸 안에는 흰 색 피가 돌아."

"계속 얘길 해도 좋지만 걸음은 늦추지 마. 낮 시간은 짧은 법이야."

안지천의 말에 일행은 잿빛 하늘 아래를 서둘러 걷기 시작했다.

"그 쇳덩어리 기구는 하늘을 나는 물체라네. 우리 수군이 배를 타고 바다를 누비는 것처럼 당랑자들은 그 비행기구를 타고 별과 별 사이를 떠돈다네. 학식이 뛰어나고 발달된 문명을 가진 그들의 목적은 다른 세상을 염탐하는 것이지. 그들은 신비한 힘이 있는 빛을 우주를 이동하는 원천으로 삼고 있네. 이 빛은 수많은 노동력이 물레방아 같은 기구를 돌리면서 파생되는데 이일을 맡은 이들이 바로 비천자였다네. 원래 그들은 작은 별천지에서 짐승과 같은 야생의 삶을 살고 있었지. 당랑자들이 그들을 정복해 사육을 하고 번식을 시켰어. 그 결과 거친 들짐승은 말

잘 듣는 가축이 되었지. 당랑자들은 비천자들이 어두운 곳에서만 생활한다는 습성을 간파해 빛으로 겁을 주어 잘 이용해왔다네. 문명을 이루기 위한 육체노동을 시키되 저항의 기미가 보이는 놈들은 가차 없이 제거해 싹을 잘랐어. 당랑자는 보이지 않는 장벽을 세워 몸을 숨길 줄도 알기 때문에 뜻밖의 기습에도 꿈쩍없이 스스로를 보호했어.

머리와 몸을 나눈 분업으로 당랑자들의 발전은 눈이 부실 지경이었지. 시간이 흐를수록 기술이 진보한 발명품들이 제조되었고 다른 별들을 관찰하는 횟수도 늘어났다네. 그들은 우주의 중심이 자기들을 가운데 두고 돈다는 자만심에 빠졌어. 자연히 머슴들에 대한 경계도 소홀해졌지. 그 무렵 비천자들 가운데서는 주인의 지혜를 어깨너머나마 배운 자들이 나타나기 시작했어. 그들은 야성의 자유를 빼앗기고 죽도록 일만 해야 하는 스스로의 처지에 의문을 가지게 되었지.

마침내 조선을 염탐하기로 한 비행기구가 경상도 섭주에 가까워졌을 때, 비천자들은 반란을 일으켰어. 낮과 밤의 이치를 터득한 비천자들은 어두울 때를 노려 거사를 택했지. 당랑자들의 저항도 만만치 않아 싸움은 꼬박 하루 동안이나 계속되었다네. 무수한 당랑자들이 죽었고 기구는 다시 날아갈 수 없을 정도로 손상을 입었어.

군사를 이끌고 온 박고헌이 목격한 '사마귀처럼 생긴 존재'란 바로 기구 안에서 가까스로 도망을 친 당랑자들이었다네. 반란의 성공에 기뻐한 것도 잠시, 비천자들은 강력한 난관에 부딪쳤네. 처음 보는 종족들이 화포를 끌고 와 맹렬히 저항하는 바람에 내릴 수도 없었으니 말이야.

기구 안에서 인질이 된 당랑자 일부는 비천자의 협박에 못 이겨 눈에 보이지 않는 장벽을 세웠다네. 보이지 않는 장벽 입구를 열 수도 닫을 수도 있는 자는 오직 당랑자들 뿐이야. 달아난 당랑자 가운데는 나중에 마탁봉이라는 바보로 모습을 감춘 놈도 있었어. 우리는 오랜 세월 끝에 놈의 존재를 알아냈고 결국 이렇게 붙잡아 데려왔지.

탁봉이는 변했어. 지혜로운 당랑자답게 비행기구를 되찾는 만용을 부리지 않았단 말일세. 다시 고향길을 택하다 개죽음 당하는 대신 이 별에 정착하기로 한 거야. 살다 보니 이 조선 땅은 흥미로운 부분이 많았거든. 그러다 보니 우리 풍속에 환하고 우리들 내면까지 정통했다네. 외눈고개 안에는 더 이상 살아있는 당랑자가 없어. 모두 성질 급한 비천자들에게 죽임당하고 말았지. 만약 동족이 살아 있었다면 탁봉이는 진작에 고개 안으로 들어가려 했을 거야. 오늘 이놈이 우리와 함께 들어온 건 바깥의 형제들이 내 수하들에게 인질로 잡혔기 때문이야. 예전이라면 몰라도 이제 인간의 감정을 배운 탁봉이는 협조하지 않을 수 없게 되었네."

안지천은 얼굴 여기저기가 깨진 탁봉을 내려다보았다. 탁봉은 정신을 잃은 채 아직도 눈을 뜨지 못하고 있었다. 정겸이 물었다.

"그 뱀을 닮았다는 은빛 벌레는 무엇입니까?"

"그건 별 게 아니야. 탁봉이한테 물어보니 별천지에는 이름을 알 수 없는 기생 벌레들이 많다고 했어. 조개껍데기에 붙은 해충(海蟲)처럼 기구에 붙어서 불시착한 벌레들이지."

그들은 멈추지 않고 걸으며 이야기를 나누었다. 주로 정겸이 질문을 했고 안지천이 대답을 하는 식이었다.

구불구불한 고개가 끝도 없이 이어졌다. 《귀경잡록》을 읽은 정겸은 왜 그들이 어둡기 전에 무기를 빼와야 하는지 이해가 되었다.

"박고헌이 싸웠던 날 이후로 지금까지 오랜 세월이 흘렀습니다. 그 무기가 있다고 어떻게 확신하십니까?"

"그 필살 무기가 새어 나갔다면 벌써 어딘가에선 큰 전쟁이 일어났을 거야. 그건 단순히 사람 사오십 명을 죽일 수 있는 대포가 아냐. 사용법에 따라 도성을 날려버릴 수도 있고 수만 군사를 싹쓸이할 수도 있어."

"안 장군에 관한 소문은 지방에도 두루 알려졌습니다. 자신보다 나라를 더 근심하고 외적의 침입에 노심초사하신 용장중의 용장이라고요."

"무슨 말이 하고 싶은 건가?"

안지천이 걸음을 멈추었다. 사람들이 둘을 쳐다보았다.

"정말 그걸로 나라를 훔치려는 겁니까?"

"남아일언중천금일세."

"이유는요?"

송학도인이 나섰다.

"이보게, 그런 질문은 여기서 나간 뒤에 해도 늦지 않네."

"괜찮아 송학도인. 그냥 두게." 안지천이 말했다.

"진짜 육번 안지천 장군인지 아닌지 제가 어떻게 믿지요?" 정겸의 어조가 날카로웠다.

"소문으로 들은 안지천과 직접 만난 안지천은 아주 다르겠지. 여보게 정겸이, 남아에게는 언젠가 길을 선택해야 할 때가 있다네. 그릇된 선택이 아니길 확신하기까지 얼마나 많은 나날을 고민 속에 빠져야 하는지 아나? 그런 내면의 의심과 싸울 것도 없이 사람들의 칭송과 풍족한 물질 속에서 여생을 마칠 수도 있어. 나는 조국을 위해 싸웠고 감히 외적이 우리 백성에게 해를 끼치지 못하도록 일신을 바쳐왔네. 역적으로 몰리지 않는 이상 내 삶은 보장되어 있어. 하지만 이 평화로운 시기에도 어떤 몹쓸 자는 외세와 결탁해 음모를 꾸미려 하는데 무능한 왕조는 이를 깨닫지도 못하고 있어. 간신배들이 눈과 귀를 막아버렸기 때문이지. 그렇게 되면 죽어 나갈 것은 결국 백성들뿐이야. 내가 신하된 몸으로 국기를 근본부터 흔드는 혁명을 일으키려는 건 반드시 그렇게 해야만 한다는 확신 때문일세."

"실패한다면?"

"나라를 위한 일에 구구한 목숨 따위 소중할 게 무언가? 목숨을 내놓을 생각이 아니라면 이 일은 시작하지도 않았네."

"저는 육번 안지천 장군을 실제로 본 적이 있습니다."

등을 돌리고 걸어가려던 안지천이 다시 정겸에게로 몸을 틀었다. 그는 뒷짐을 진 채 정겸을 똑바로 바라보았다.

"어디서지?"

"작년 단오 때, 강화도에서 무예별시를 개최했었지요."

"그때 나는 병조판서를 수행하고 있었지."

"무과를 준비하던 많은 젊은이들이 장군을 우러러 보았지요.

병판이 아닌 육번 장군을 말입니다."

"그때 얼굴을 본 육번 안지천이 내가 아니란 말인가?"

"장군이 맞습니다. 그래서 제가 행동을 같이 하고 있는 겁니다."

"고맙네. 믿어줘서."

"그러나 반역을 꾀할 분이라고는 생각해본 적이 없었습니다."

두 사람의 눈길이 맞부딪쳤다.

"변화하는 세상에서 사람이 융통성 없이 올곧을 수만은 없네."

그는 정겸의 어깨에 손을 올렸다.

"자네처럼 나도 서자였네만 단 한 번도 신세를 탓한 적이 없
네. 탓해야 할 것은 자신의 의지와 신념이야. 군인으로서의 기상
이 확실해야 할 순간은 오직 조국과 백성을 위할 때지. 나는 그
두 가지를 위해 일어섰어. 반역인지 아닌지는 역사가 판단해줄
걸세."

안지천이 먼저 걸음을 옮겼다. 정겸은 더 이상 입을 열지 않
았다. 묘옥이 정겸 곁으로 다가와 걸음을 맞추었다.

일행은 언덕에 올랐다. 정겸은 가파른 이 언덕 끝에 그리운
뒷동산이 나오기를 기대했다. 자신을 기다리는 어머니와 친구
를 다시 볼 수 있기를 바랐다. 겪고 있는 모든 일이 한바탕 꿈이
기만을 원했다. 그러나 그런 희망은 이루어지지 않았다.

언덕에 오르자 까마득한 아래로 충격적인 세상이 보였다.

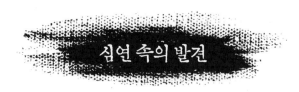

심연 속의 발견

1

그것은 멀리 보였기에 질서와 균형이 돋보였으나, 그에 상응하는 원시성은 무시무시한 심상을 남겼다. 동굴이었다. 정확한 규칙을 따라 종과 횡으로 나열된 구멍의 연속은 벌집을 연상시키는 거대 동굴로 완성되었다. 능선을 따라 계단식으로 깎은 동굴산에 사람 하나가 간신히 들어갈 만한 구멍이 헤아릴 수 없이 뚫려 있었다. 정확한 오와 열에는 한 치의 오차도 없었다.

동굴 뒤편에 서있는 산악도 음침한 잿빛이었는데, 검은 구멍 안에서는 아무 것도 나오지 않았다. 어디선가 피리소리가 들려왔다가 사라졌다. 정겸은 새가 날아다니는 줄 알고 시선을 돌렸으나 잿빛 가루가 떨어지는 하늘에는 어떤 생명체도 보이지 않았다.

"저 흐린 하늘을 두고 낮인지 밤인지 어떻게 구분하지요?"

정겸의 목소리에 긴장이 묻어났다. 안지천이 답했다.

"우리보다 여기를 빨리 나가고 싶어 하는 아이는 탁봉이일세. 해시계보다 정확한 아이니까 걱정할 것 없네."

"아직도 못 깨어나고 있는데요?"

"곧 일어날 걸세."

세게 불다가 잦아지고, 또 점층적으로 커지는 피리 소리는 반복되었다. 안지천이 소리를 내지 말고 걸으라 했다. 일렬로 선 일행은 발소리를 죽이며 걸었다. 거대한 벌집 동굴 곁을 지날 때 정겸의 등줄기에는 식은땀이 흘러내렸다. 피리 소리가 최고조로 커졌다. 그제야 감이 왔다. 기분 나쁜 이 음향의 정체는 코골이였다. 수백 개의 구멍에서 한꺼번에 내쉬었다가 들이마시는 코골이가 마치 피리 소리처럼 들려온 것이다.

"당신과 같이 가고 싶어요."

묘옥이 정겸의 옆으로 다가왔다.

"저 동굴 안에는 박고헌의 군사를 파멸시킨 비천자들이 잠자고 있어요."

"그래서 해가 지기 전에 대포를 찾아와야 하는 거요?"

동굴을 응시하면서 걸었기에 묘옥의 보폭은 일정치 않았다. 잿빛 바람에 머리칼이 우울하게 흩날렸다.

"무슨 일이 생기면 나를 지켜주세요."

정겸은 답하지 않았다. 묘옥이 그를 곁눈질했다.

동굴 산을 통과할 때까지 그들을 방해한 존재는 없었다. 산의 뒷면은 정교한 솜씨로 쌓아올린 돌과 그 위에 덧댄 진흙으로 촘촘히 막혀 있었다. 구멍에서 멀어지자 피리 소리도 작게 느껴졌다.

새로운 공간이 그들을 기다리고 있었다. 분명 섭주의 종자고개 일부일 텐데 어떻게 이런 넓은 공간이 존재할 수 있는지 의

아했다. 동굴 뒤편에 광장이 나타났는데 5일장이 서기 전의 장터와 비슷했다. 장사치들이 도착하기 전의 장터는 인위적인 손길로 잘 닦이고 넓게 트여 있지만 비천자들의 광장은 그보다 솜씨가 훌륭했다.

이계의 양식으로 가득한 광장은 외눈을 박은 장승들과 육각형으로 생긴 탑이 둘레를 장식했다. 광장 중앙에는 여덟 개의 횃대 안에 녹색의 불길이 타오르고 있었다. 횃대의 문양은 불가사리 도형에 박힌 외눈이었다.

광장을 지나치니, 끊어진 길 너머 새로운 동굴이 등장했다. 광장과 동굴 사이에는 줄을 꼬아 만든 다리가 하나 걸쳐져 있었고 그 아래는 까마득한 낭떠러지였다. 동굴 입구에도 녹색 횃불무더기가 어떤 물건을 존경스럽게 에워싸고 있었다. 안지천이 탄성을 내질렀다. 그것은 바로 기울어진 몸체를 땅속에 깊이 박고 있는 거대하고 검은 무쇠 덩어리였다. 동체는 군데군데 녹이 슬고 잿빛 이끼마저 퍼졌으나 《귀경잡록》으로 알게 된 위용은 결코 무시할 바가 못 되었다. 허공에 쳐들린 날개 형태에는 박살난 수레바퀴의 일부가 너덜거리고 있었다.

정겸은 이계 세상의 이동 수단을 실제로 접하자 놀란 가슴을 진정시킬 수 없었다. 저것이 바로 박고헌이 일전을 벌였다던 하늘에서 내려온 기구인가. 뚜껑은 열려 있었지만 신비의 대포는 보이지 않았다. 작동하지도 않을 것처럼 보이는 그 기구는 그저 기념비의 역할로 세월의 흔적을 암시하고 있을 뿐이었다.

"저걸 세워놓고 일종의 경고를 하고 있는 셈이지. 다가오지 말라고. 저 뒤에 동굴이 보이는가? 우리가 원하는 물건은 저기에 있네."

안지천의 얼굴에서 웃음기가 사라졌다.

정겸도 동굴을 보았다. 자연미와 인공미가 조화된 동굴은 오랜 시간 바위를 깨고 흙을 파 이룩한 집단 노동의 절정이었다. 정확한 원형 입구나 석벽을 장식한 손길은 세련미로 넘쳐났다. 왜 이런 곳에 굴을 파놓았을까? 무기를 숨기기 위해서?

송학도인이 안지천에게 말했다.

"장군, 탁봉이가 눈을 떴습니다."

"아직 풀어주지 마."

탁봉은 손이 묶이고 입은 재갈로 채워진 채 커다랗게 뜬 눈을 두리번거렸다.

"탁봉아, 집에 오니 어떠냐?"

탁봉은 안지천을 노려보았지만 그것도 잠시였다. 겁먹은 눈길이 잿빛 가루 휘날리는 하늘을 향했다. 정겸은 몸을 떠는 탁봉의 모습이 불안했다. 안지천이 아무리 조선의 용맹한 무장일지라도 원린자 만큼 우주의 비밀을 알지는 못할 것이다. 탁봉이가 정말 원린자라면 잔뜩 겁먹은 모습은 인간들이 주의해야 할 점이었다. 입을 풀어주고 그의 말에 귀를 기울이는 게 순리였다. 그러나 안지천은 탁봉을 풀어줄 생각이 없었다.

줄다리 너머 입을 벌린 동굴이 악귀가 들끓는 무간지옥처럼 보였다. 저 안에 들어가면 살아서 나올 수 없다! 인간이 가서도 안 되고 봐서도 안 되는 곳이기에!

미지의 암흑 앞에서 정겸은 마음이 바뀌었다.

"일단 돌아가 힘을 키우는 게 어떻겠습니까?"

"그게 무슨 소린가?"

"저 동굴이 몹시 불안합니다."

"승리가 눈앞인데 여기서 돌아가자고?"

안지천의 눈이 광기로 이글거렸다. 그는 묘옥에게 정겸을 떠밀다시피 한 후 아직도 하늘을 보고 있는 탁봉을 돌려세웠다.

"탁봉아, 내 눈을 보거라. 격섬채동포(輵閃彩動砲)는 저 동굴 안에 있느냐?"

탁봉이 안지천의 눈을 바라보는데 더 이상 바보의 모습은 찾아볼 수 없었다. 그는 대답 대신 고개 들어 또다시 하늘을 바라보았다. 안지천이 뺨을 때리고 머리를 잡아당기자 탁봉은 고개를 끄덕였다.

"저 안에 있다는군. 시간이 없으니 빨리 움직이자."

안지천이 걸음을 옮겼다. 탁봉은 무언가를 찾고 있는 듯 하늘을 향한 시선을 거두지 않았다.

2

줄다리를 건너야 할 상황이었다. 안지천은 개의치 않고 빠르게 걸음을 옮겼고 수하들은 믿고 따르는 장군만을 쫓았다. 아래를 내려다보니 잿빛 바위와 잿빛 냇물이 까마득했다. 한번만 발을 헛디뎌도 추락해 몸이 가루가 될 판이었다.

"비천자는 날개가 있다면서 왜 이런 다리를 놓았을까요?"

정겸의 말에 아무도 대답하지 않았다. 무사들은 조심스럽게 발을 디뎌 줄이 튼튼한가를 확인했다. 안지천이 앞장섰고 그 뒤를 사람들이 일렬로 따랐다. 정겸은 묘옥과 함께 행렬의 마지막에 섰다. 중간에 위치한 송학도인이 탁봉을 맡았다. 줄다리에 올라서도 안지천은 탁봉의 포박을 풀어주지 않았다. 한 발이 번번이 줄다리 아래로 빠지는데도 탁봉은 하늘을 쏘아보기를 멈추지 않았다.

걸음을 옮길수록 줄은 심하게 흔들렸고 이동은 지체되었다. 송학도인은 자꾸만 위를 쳐다보는 탁봉이 수상해 눈을 가늘게 뜨고 하늘을 응시했다. 그러자 눈보라처럼 휘날리는 잿빛 꽃가루 사이로 생명을 가진 점 하나가 그에게도 보인 것 같았다.

"장군! 하늘에 뭔가 있습니다."

안지천은 이제 막 반대편 땅을 밟았는데 바람이 불어와 줄다리가 출렁거렸다. 여기저기서 긴장된 신음이 터져 나왔다. 송학도인이 지르는 소리는 잘 들리지 않았다. 그러나 안지천은 그가무얼 하려는지 알아채고는 다급히 손을 흔들었다. 송학도인은 주군의 손짓을 보지 못하고 탁봉의 입에 씌어 있던 재갈을 벗겨버렸다.

"이 더러운 놈아! 우릴 따라오는 저것은 무엇이냐?"

탁봉의 냉소가 악의적인 지혜로 가득 찼다.

"나한테 소식을 전해줄 길조다!

송학도인은 하늘을 빙빙 돌며 점차 윤곽을 드러내는 큰 새를 보았다. 칼이 있는 허리춤으로 손이 옮겨졌다.

"빨리 건너와! 거기서 뭣들 하는 거야!" 안지천이 소리쳤다.

"사마귀 놈이 꼬리를 달고 왔습니다!"

하늘을 부유하던 새가 비호처럼 아래로 내려왔다. 순식간에 새의 형체는 눈앞을 메울 만큼 커졌다. 송학도인은 칼을 절반쯤 뽑았으나 늦었다. 매를 일부 닮은 날아다니는 괴수가 발톱을 세워 송학도인에게 맹공을 가했다. 도인의 몸이 피로 얼룩졌다. 위태롭게 선 무사들은 줄을 잡고 몸을 지탱하느라 도인에게 도움을 줄 수 없었다. 가장 위험한 사람은 손이 자유롭지 못한 탁봉이었다. 정겸이 탁봉을 구하러 손을 바꾸어 가며 나아갔다.

"그대로 줄을 잡고 있어요!" 묘옥이 소리쳤다.

찌지지직 하는 무서운 소리가 그들의 귀로 들어왔다. 다리가 끊어진다는 생각에 정겸은 눈앞이 캄캄했다.

믿지 못할 광경이 펼쳐졌다. '찢어지는' 소리의 근원지는 줄 다리가 아닌 탁봉의 옆구리였다. 오랏줄로 묶인 팔 사이로 허연 점액질이 뿜어져 나왔다. 몸속에 쥐가 돌아다니는 것처럼 옷 안이 꿈틀꿈틀거리더니 낡은 무명천이 북 뚫렸다. 그리고 그 사이로 나온 팔이 줄다리를 양쪽으로 붙잡았다. 허연 점액질을 뚝뚝 흘리는 거대한 녹색 팔은 분명 사마귀의 낫을 닮았다.

보검이 낭떠러지 아래로 떨어졌다. 사람들은 새의 부리에 눈알이 파여 피투성이가 된 송학도인을 보았다.

"이 원린자 놈! 어리숙한 얼굴 아래 발톱을 감추고 있었구나! 어디 있느냐!"

"송학도인! 그만 둬! 움직이지 마!"

안지천이 소리쳤지만 도인은 말을 듣지 않았다. 그가 손을 휘 젓는 바람에 다리는 더 크게 요동쳤다. 모두가 추락하여 죽을 위기였다. 탁봉이 사마귀 팔을 번갈아가며 달려왔다.

"안 돼! 마탁봉!"

정겸이 소리쳤지만 늦었다. 달려온 탁봉이 발길질로 송학도 인의 턱을 걸어찼다. 목이 부러지는 소리와 함께 도인은 낭떠러 지 아래로 떨어졌다.

뜻밖의 사태에 모두의 몸은 얼어붙었다. 흥분한 괴조는 공중 에서 몇 바퀴나 원을 그리다가 탁봉의 어깨에 내려와 앉았다. 정겸은 처음 보는 새의 기묘한 생김새에 놀랐다. 잠자리처럼 번 쩍이는 눈을 가진 괴조는 머리가 두 개였다. 탁봉은 뺨을 실룩 거리며 안지천을 노려보았다.

"이두조(二頭鳥)가 소식을 갖고 왔구나. 바로 조금 전, 너의 수 하들은 나의 형제를 죽였다."

"그럴 리 없다! 내 허락 없이는 불가능한 일이야!"

안지천의 목소리에 다급함이 묻어났다.

"그럴 수도 있고 아닐 수도 있겠지……."

"너의 정신력으로 다시 접선을 해보거라. 나의 목숨이 걸려 있는데 내 수하들은 절대로 허튼 짓을 하지 않는다."

"너는 너의 수하들을 다 안다고 생각하느냐?"

"무슨 소리냐?"

"네 수하 중 하나는 너도 모르는 놈이야."

"그럴 리가 없어! 그 아이들은 내가 특별히 가려 뽑았단 말이다!"

"그는 너를 속여 일부러 접근했다. 그는 강력한 적이다. 약삭빠르고 교활해서 너희같은 조무래기들은 감당할 수 없는 자야. 그는 오랜 옛날부터 이 조선에 몸을 두고 있었고, 이곳 섭주에서도 오랜 기간을 살았다. 그는 모든 비밀을 알고 있는 자다."

"대체 누구를 말하는 거냐?"

"그는 이름이 없는 자다. 그러나 웃는 낯의 사내라고 불린 적이 있고, 김국도라는 벼슬아치로 행세해 인간 사회에 위협을 가하기도 했다."

"김국도? 그놈이 대체 누구냐?" 안지천의 목소리가 떨렸다.

"세상에서 가장 위험한 원린자 중의 하나지."

탁봉의 살갗이 부글거리며 진액으로 녹아내렸다. 눈알도 저절로 움직였다. 옷이 갈기갈기 찢어지고 사람의 피부가 분해되어 줄다리 아래로 떨어졌다. 거대한 곤충의 형상이 서서히 드러났다. 갈라진 이마 사이로 두 가닥의 촉수가 튀어나왔다. 움직일 때마다 윙윙거리는 소리가 허공에 파동을 일으켰다. 겁먹은 묘옥이 안겨 왔지만 정겸은 자신 역시 떨고 있음을 알았다. 원래의 얼굴을 찾은 탁봉이 칼날 같은 이빨을 좌우로 움직거리며 웃어댔다.

"나는 당장 이 다리를 끊어 너희들을 다 죽일 수도 있지만 그렇게 하지 않겠다."

"뭘 하려는 속셈이냐?" 안지천이 물었다.

"너희들이 이 외눈고개 안에서 무서움에 시달려 죽기를 원한다."

"잠깐만! 저 대포도 비행기구도 네 것이지 않느냐? 그걸 포기하겠다고?"

"우린 조선에 뼈를 묻기로 작정한지 오래야. 외눈고개의 무서움을 알기 때문이지. 주인도 포기한 물건을 탐내는 너희들은 어리석은 것들이다. 살아서는 절대로 이곳을 빠져나가지 못한다."

"하나만 알려다오. 정말 저 동굴 안에 격섬채동포가 있느냐?"

탁봉의 사마귀 눈이 시커먼 동굴 입구를 뚫어져라 쳐다보았다.

"그래, 저 안에 있다!"

"그렇다면 한 번만 도와다오! 나를 도와 길을 안내해다오! 네 동족의 원한도 내가 다 풀어주겠다."

탁봉은 고개를 저었다.

"형제들이 죽었으니 이제 나는 살아갈 희망이 없다. 나는 그들을 따를 것이다. 안지천! 내가 인간들에게 배운 마음을 너에게 악용당했듯이 나도 인간의 마음을 너에게 곱게 쓰지는 않겠다. 여기서 사느냐 죽느냐는 너에게 달렸다. 하하하하."

탁봉이 정겸을 돌아보았다.

"김정겸! 명심해라! 절대로 저들을 믿으면 안 된다!"

탁봉이 커다란 낫으로 변한 팔을 스스로에게 휘두르자 사마귀 머리가 싹둑 잘렸다.

"안 돼!"

안지천이 달려왔지만 늦었다. 당랑자 탁봉의 머리와 몸체가 따로따로 낭떠러지 아래로 떨어졌다. 날개를 펼친 이두조도 시신을 따라 낙하했다.

"이럴 수가……."

안지천의 표정은 참담했지만 일행들의 충격은 더 컸다. 줄다리 위에 위태로운 몸을 맡긴 그들은 수장의 당황한 모습에 어찌할 바를 몰랐다. 가장 먼저 현실을 깨달은 이는 정겸이었다.

"아직 기회가 있어요. 돌아갑시다!"

"놈이 죽어버렸는데 무슨 방법으로 돌아간단 말인가?"

"탁봉이가 없으면 외눈고개 나가는 법을 모른단 말입니까?"

안지천이 대답하지 않자 묘옥도 간청했다.

"검은 바위로 다시 가보면 방법이 있을 거예요, 오라버니. 일단 돌아가요. 기회는 또 올 거예요."

"격섬채동포부터 찾아야 해."

안지천이 동굴을 가리켰다.

"이 동굴의 길이를 봐. 멀리 뻗어있지 않으니 금방 찾을 수 있을 게야. 두 말 하지 말고 나를 따라!"

묘옥은 낭패한 얼굴로 수하들에게 장군을 따르라 명했다. 무사들은 안지천에게 복종해 다리를 건넜지만 의기를 상실한 것처럼 보였다. 정겸은 불안한 눈으로 하늘을 올려다보았다. 아직 오전이었지만 잿빛의 하늘은 명확한 시간을 알려주지 않았다.

3

쇳덩어리 비행물체는 껍데기뿐이었다. 부속품이란 부속품이 분해되어 기념 목적의 상징물에 불과했다. 바람이 불어왔다. 잿빛 모래가 표면에 부딪칠 때마다 기구는 묘한 금속음을 냈다.

이계의 비밀을 간직한 동굴에서 사악한 기운이 뿜어져 나왔다. 안지천의 말처럼 동굴은 길지 않았다. 하지만 깊었다. 인공적으로 깎아 만든 원형 돌계단이 끝도 없이 아래를 향해 이어져 있었다. 젊은 무사 하나가 등에 멘 바랑에서 둘둘 말린 줄을 꺼냈다. 풀어놓으니 상당한 길이가 되었다. 안지천은 동굴 바깥의 바위에 줄로 매듭을 지어 묶은 후 사람들을 이끌었다.

원을 그리며 내려가는 길의 벽면마다 불가사리 형태의 석등이 붙어 있었다. 불길은 약했으나 앞을 분간할 정도는 되었다. 공기는 축축했고 지하로 갈수록 열기가 피어올랐다.

벽에는 이상한 도형과 문자가 가득했다. 한자나 이두를 연상시키는 글자는 하나도 없었다. 조선인이 해독할 수 없는 상형문자였다. 그림도 다수 있었는데 대부분이 원시적인 느낌이 강한 벽화였다.

정겸은 《귀경잡록》의 글귀로 상상만 할 수 있었던 비천자의 모습을 그림으로 보게 되었다. 그들은 팔과 다리의 길이가 똑같아 물구나무서기를 해도 분간이 어려웠다. 뱃가죽이 상하를 구분할 수 있게 해주었다. 커다란 외눈이 위에, 그 아래에 입이 위치했다. 그림 상으로 권력을 지닌 이는 없는 것처럼 보였다. 무리를 지어 모여 있는 그들은 평등했다. 그렇지만 괴상한 형상으로 모여 있었기에 한층 소름이 끼쳤고 징그러웠다.

벽화의 내용은 다양했다. 돌을 나르고 건축물을 짓는 집단 노동의 묘사가 있는가 하면 칼과 창을 들고 짐승을 사냥하는 수렵도도 있었다. 투박한 솜씨이기는 하나 나름의 일관성이 있었고 전달하려는 의지도 생생했다.

그중 각별한 것은 전쟁을 표현한 벽화였다. 칼과 창을 쥔 채 대치하는 이들은 틀림없는 조선 군사였다. 배에 머리가 붙어있는 비천자들은 저희들에게는 없는 사람의 머리를 묘사하느라 애를 먹은 것처럼 보였다. 머리가 있어도 인간들은 비천자와 비슷하게 생겼다. 그중에서 정겸의 눈길을 단연 끈, 둥글고 깃털이 달린 커다란 전립을 머리에 쓴 이는 박고헌이 분명했다. 그의 곁에 즐비한 화포가 말해주고 있었다. 비천자들의 창은 대부분 박고헌에게로 향하고 있었으니 낯선 땅의 수호자에게 그들이 느꼈던 공포와 증오는 짐작하고도 남음이 있었다.

내려갈수록 문자와 도형은 다양해지고 그림풍도 바뀌었다. 비천자들이 사마귀를 닮은 종족을 구석으로 몰아넣는 그림 일색이었고, 더 내려가니 이번에는 오히려 비천자들이 그들에게 짓밟혀 수레를 돌리고 있는 그림이 있었다.

누군가 침묵을 깼다.

"장군님, 줄이 다 되어 갑니다."

"놓아도 되네. 이 길은 한쪽으로만 이어지니 방향을 잃을 염려가 없어."

줄을 쥔 무사는 머뭇거렸다. 정겸이 안지천의 곁에 와서 말했다.

"끝이 보이지 않는데요?"

"모르겠나? 이 길은 동심원의 형상으로 만들어졌네. 저들도 여기에 사람이 침입하리라고는 생각지 않았으니 길을 쉽게 만든 거야."

"그대로 따라가면 길을 잃지는 않겠지요. 하지만 우리도 모르게 시간을 잃을 수 있다는 말입니다."

안지천의 얼굴이 굳어졌다.

"나약한 소리 하지 말게. 자, 모두 걸음을 빨리 하자."

모두가 순흥 옥사를 깨부순 전날 밤부터 지금까지 쉬지 않고 걸었다. 송학도인과 탁봉까지 죽어서 불안한데, 수장의 고집으로 미지의 공간까지 깊숙이 내려온 지금 그들의 의지는 조금씩 한계를 드러내었다.

"장군님, 저 아래에서 이상한 냄새가 올라옵니다."

"냄새는 무슨 냄새? 오래된 동굴이라면 습기가 진할 수밖에 없어."

"습한 기운 때문은 아닌 것 같습니다."

"에잇, 나를 따를 자는 따르고 돌아갈 자는 돌아가라!"

안지천은 뒤도 돌아보지 않고 벽에서 녹색 불이 일렁이는 돌계단을 내려갔다. 무사들 사이에서 동요의 기운이 느껴졌다. 묘옥은 더 이상 안지천을 따르지 않고 정겸의 얼굴을 바라보았다.

"오라버니를 어떻게 해야죠?"

"여기까지 온 마당에 저버릴 순 없지요. 저분을 따라갑시다."

정겸이 안지천의 뒤를 따랐다. 묘옥은 고맙다는 표시로 정겸의 손을 한 번 잡은 뒤 걸음을 옮겼다. 무사들도 굳은 얼굴로 계단을 내려갔다.

내려갈수록 공기는 더욱 탁해지고 악취는 심해졌다. 벽화의 그림도 달라져 있었다. 비천자들이 뱀같이 생긴 짐승을 입으로 깨무는 그림 투성이였다.

"《귀경잡록》에 나온 은빛 벌레가 비천자들의 식량이었나 보군요."

정겸이 말했다. 안지천은 대답하지 않았다. 그들은 계속 맴돌면서 계단을 내려갔다. 습한 공기가 엷어졌지만 한 치의 오차도 없이 벽에 나열된 석등은 그들의 정신을 혼란케 했다. 아무리 걸어도 같은 지점에 있다는 착각이 들었다. 다행히 화풍이 다른 벽화가 그들이 같은 위치에 있지 않음을 알려주고 있었다. 정겸이 묘옥에게 말했다.

"저 벽화는 왠지 비천자들의 흥망성쇠를 나타내는 것 같지 않아요? 위에는 그들이 협동하여 이 외눈고개를 건설하는 그림이었지만 아래로 갈수록 암울한 과거를 더듬는 것 같잖아요?"

"일부러 그렇게 의도했다는 말인가요?"

"가능한 얘기지요. 바닥에서 위로 올라갈수록 그들이 맞이했던 어려움을 잊지 말자는 그런 의지 같아요. 그들은 절대로 호락호락하지 않을 거요. 여기서 무서움에 시달려 죽으라던 탁봉의 말이 마음에 걸려요."

정겸은 벽으로 시선을 돌렸다. 수많은 비천자들이 저마다 은빛 뱀을 입에 물고 있었다. 보고 있노라니 마치 자신의 창자가 뽑혀 먹히는 것만 같아 소름이 끼쳤다.

행렬의 앞에서 길을 안내하던 수하가 소리쳤다.

"장군! 동굴의 끝이 보입니다. 계단이 끝나고 옆으로 길이 나 있습니다!"

모두가 아래로 걸음을 옮겼다.

"문이 있습니다! 사립문처럼 나뭇가지로 엮어 막아놓은 문입니다. 발로 차도 부서질 것 같은데요."

"내가 갈 때까지 건드리지 마."

안지천이 달려 내려갔다. 정겸과 묘옥, 무사들도 단숨에 내려왔다. 더 이상 계단이 이어지질 않고 커다란 문이 앞을 가로막고 있었다. 검은 나뭇가지를 촘촘히 엮어 미닫이 식으로 만든 문은 지금까지 보아왔던 석등과 계단에 비하면 솜씨가 조악했다. 동굴 자체를 하나의 예술품으로 보자면 옥의 티나 다름없었다. 보아주기를 원하는 산물에는 미학적인 재주가 동원되었지만 밑바닥 구석에 처박힌 이곳은 마지못한 솜씨만이 느껴졌다. 악취는 닫힌 문틈으로 나오고 있었다.

"모두 물러서라."

안지천이 칼을 뽑아 들었다. 준비됐냐는 신호를 보내자 탁봉을 업었던 무사 곡헌이 고개를 끄덕였다. 곡헌은 열화와 같은 기세로 발길질을 했고 이 충격에 빈약한 나뭇가지 문은 떨어져 나갔다. 무사들이 칼을 뽑아 들고 컴컴한 공간 안으로 난입했다. 충격이 그들을 기다리고 있었다.

◦⟨≫≫⟩◦

신비의 대포 격섬채동포는 없었다. 비행물체의 부품 따위도 없었다. 그곳은 텅 빈 암흑의 공간일 뿐이었다. 아니, 꽉 들어찬 암흑의 공간이 그럴듯한 표현일지도 모르겠다.

그들이 가장 먼저 본 것은 천장으로부터 내려온 무수한 줄이었다. 소나 돼지의 창자와 비슷하게 생긴 줄은 넉넉잡아 일백 개는 되었다. 문을 열어젖힌 충격에 줄들이 크게 흔들거렸다. 줄 끝에는 알몸의 사람들이 매달려 있었는데 눈이 파였고, 살갗은 쪼그라들은 지 오래였다. 검은 허공을 두리둥실 떠다니는 그들은 오장육부가 텅 비었기에 가벼웠고 이미 부패의 과정을 끝냈기에 견딜 수 있을 만한 악취를 내뿜은 것이었다.

"포를 떠났군!"

안지천이 목소리가 절망으로 가득 찼다.

"탁봉이가 우리를 속였구나. 대포가 아니었어. 놈은 비천자가 인간을 식량으로 쓴다는 사실을 알려줘 우릴 조롱한 거야."

그는 차가운 바닥에 털썩 주저앉았다.

"야심한 시각에 외눈고개를 지나던 나그네가 행방불명된다는 소문은 나도 들은 바 있어. 고립된 장소에 갇힌 비천자가 사람 고기 맛을 알게 된 거야. 놈들은 이 동굴을 만들어 위로는 역사를 새겨 존재를 증명하려 했고 밑바닥에는 현실적인 식량창고를 만들어 놨어."

"외눈고개의 실종사건은 작년부터 사라졌잖아요, 오라버니?"

"비천자에게 협조하던 놈이 죽었으니까 그렇지! 당랑자만이 고개의 비밀 문을 열 수 있는데 그놈이 죽어버렸으니 더 이상의 행방불명도 없는 거야. 아, 이곳에는 무적의 병기가 없어. 나의 계획은 틀렸다. 이 동굴은 세상 최악의 창고일 뿐이야!"

"일단 여기서 나가요."

땅을 치는 안지천을 묘옥이 이끌었다. 그녀는 창고 끝에 있는, 바깥으로 통하는 작은 문을 보았다. 틈새로 보니 또 다른 협곡으로 통하는 길이었다. 그들이 깨부순 문이 입구였다면 작은 문은 출구인 셈이었다.

"거기로 가면 길을 잃는다. 우리가 아는 길이 아니야."

"알았어요. 왔던 길로 올라가지요."

묘옥이 안지천을 부축해 일으켰다. 수하들 중에 혼잣말로 불평을 하는 사람들이 생겨나기 시작했다. 그들은 동심원처럼 빙글빙글 도는 계단을 힘없이 걸어 올라갔다. 다행히 길이 미로로 바뀌어 있거나, 숨겨진 장치를 건드려 계단이 끊어지거나 하는 악몽은 일어나지 않았다.

"탁봉이가 죽었는데 외눈고개까지 간다 해도 어떻게 바깥으로 나가지?"

누군가 말했다. 웅성거리는 기색이 옆에서 옆으로 번졌다.

"그때 일은 그때 생각하는 거야! 장군님을 모시고 나갈 생각이나 해!"

곡헌이 소리치자 누군가 욕설을 내뱉었다.

"잠깐만!"

정겸이 손을 들자 모두가 그를 돌아보았다.

"왜 그러지?" 곡헌이 물었다.

"아까는 들렸던 피리 소리가 들리지 않소."

사람들이 일제히 귀를 기울였다. 정겸의 말은 사실이었다. 뱃가죽에 붙은 커다란 입으로 모두가 하나 되어 숨을 빨고 또 숨을 내쉬는 코골이, 잿빛 천지에 음산한 효과음이 되었던 그 피리 소리가 지금은 들리지 않았다. 천하무적인 검객들의 얼굴에 두려움의 빛이 나타났다.

"우린 여기 들어온 지 한 시진도 되지 않았어. 놈들이 깨어날 리가 없어."

"뛰어!"

안지천이 계단을 달려 올라가자 서로가 뒤질세라 달리기 시작했다. 모두의 얼굴에 불안이 자리 잡고 있었다. 표시를 해 둔 밧줄이 나왔음에도 안도할 수 없었다. 멈추지 않고 달리는 바람에 벽의 그림들이 빙빙 돌았다. 벽화가 살아 움직여 그들에게 창을 겨누는 것만 같았다. 마침내 원형 계단은 끝이 났고, 탁한 공기가 새어 들어왔다. 그들이 들어왔던 동굴 입구가 다시 나타났다.

"아앗!"

누군가가 하늘을 손가락으로 가리켰다. 거기 있던 것은 들어왔을 때는 보이지 않았던 달이었다.

어둠 속을 난도질하는 자

1

"이게 어떻게 된 일이지?"

"어떻게 벌써 해가 기울어진 거지?"

"큰일났어! 우린 큰일났어!"

"모두 조용히 해!"

곡헌이 아우성을 잠재웠지만 그의 음성도 떨리긴 마찬가지였다. 섬뜩한 한기가 정겸의 등줄기를 타고 내렸다. 모두가 눈을 의심했다. 사실이 아니길 바랐지만 이미 천지신명은 그들 편이 아니었다.

낯선 이계의 땅은 비천자들로 새카맣게 뒤덮여 있었다. 잠을 깬 원린자들이 벌집 동굴 안에서 튀어나왔다. 달빛 비치는 외눈고개는 잿빛의 낮보다 밝아 기형적인 몸체들이 버둥거리는 광경은 보는 것만으로도 처절한 공포였다. 실제로 그들에겐 머리가 없었고, 배에 하나밖에 없는 눈과 그 눈을 보조하는 커다란 입이 붙어 있었다. 그들은 다리와 길이가 똑같은 팔을 하늘을 향해 일제히 뻗었는데, 수천 개의 긴 팔이 밤하늘을 허우적대는 광경은 저승사자의 집회나 다름없었다.

"놈들은 굶주려 있어요……."

일행 중 가장 나이가 어린 무사 향연의 목소리였다. 떠는 건지 흐느끼는 건지 분간이 가지 않았다.

"오라버니, 저 길을 어떻게 뚫고 가지요?" 묘옥이 물었다.

"우린 모두 죽을 거야… 그건 식량창고가 아니야… 쓰레기를 버린 곳이지… 오장육부만 빼먹고 껍데기를 버린 거라구… 놈들은 잔뜩 굶주려 있어……."

"정신 차려! 못난 놈 같으니!" 곡헌이 향연의 뺨을 후려갈겼다.

"놈들이 너무 많으니 저쪽으로는 가지 못한다." 안지천이 말했다.

"지하동굴로 다시 내려가자. 창고에 있는 소문으로 나가는 거다."

"그리로 나간다면 길을 아십니까?" 곡헌이 물었다.

"나아가다 보면 외눈고개로 통하겠지."

"실낱같은 희망으로 군사들을 사지로 몰아넣을 순 없습니다."

"어쩌잔 말이냐?"

"놈들이 이리로 올지 안 올지는 모르잖습니까?"

"여기서 기다리자는 거냐?"

"밤이 이리도 일찍 찾아왔는데 아침이라고 그렇지 말란 법이 있겠습니까?"

"어림없는 소리! 이 주변에도 놈들이 없다고 어찌 장담하겠느냐?"

"지하 동굴 아래에는 놈들이 없다고 어찌 장담하지요?"

"이놈! 네 말에 뼈가 있구나!"

정겸은 그들의 말을 듣지 않았다. 절망적인 어조로 혼잣말했을 뿐이다.

"기껏 몇 백이라던 저놈들이 대체 어떻게 무한으로 번식한 거지?"

안지천과 곡헌은 지하동굴로 내려가야 할지 기다려야 할지를 두고 말다툼을 벌였다. 내부의 분열은 이미 시작되었다.

정겸은 지금 상황과 어울리지 않게도 신선놀음에 도끼자루 썩는 줄 모른다던 이야기(仙遊朽斧柯說話)를 떠올리고 있었다. 어떤 나무꾼이 신비스런 노인들의 바둑에 정신을 빼앗긴 나머지 넋 놓고 구경에 빠지는데, 집으로 돌아가려고 도끼를 집어드니 이미 자루는 썩어버렸고 자신은 노인으로 변해 있었다는 이야기. 외눈고개의 해와 달도 초월적인 이치로 뜨고 지는 것이 아닐까.

"놈들이 움직입니다."

누군가 말했다. 대군을 이룬 그것들은 이미 광장 쪽으로 가까이 와 있었다. 더 이상 벌집 동굴에서 나오는 비천자는 없었다. 그 숫자는 엄청났다. 모두가 똑같이 생겨 나이를 구분할 수 없었고 암수를 판별할 수도 없었다. 그들은 하늘을 향하던 팔을 서로에게 흔들어 댔는데 그것만이 유일한 의사소통 같았다.

사람들은 가까워진 비천자들의 실제 모습을 보고 몸을 떨었다. 이미 그들의 날개는 사라지고 없었다. 눈은 책이 묘사한 것보다 작았고 입도 마찬가지였다. 닭발과 비슷한 미끈한 피부는 변함없었으나 피부는 누런색이 아니라 백색에 가까워, 퇴화(退化)라고 부르기에 손색이 없었다.

한꺼번에 움직인 비천자들이 광장에 닿았을 때 녹색 불은 거세게 타올랐다. 인파가 좌우로 갈라지더니 나뭇가지로 만든 관을 머리가 있는 자리에 두른 비천자 하나가 나타났다. 어수선하던 장내가 일순간 조용해졌다. 그는 단상처럼 마련된 검은 돌 위에 올라 손에 든 지팡이를 하늘로 쳐들었다. 그러자 인파의 끝에서 발걸음을 맞추어 달려오는 비천자들이 있었다. 그들이 지나칠 때마다 서있던 비천자들은 팔을 휘두르며 육! 육! 하는 소리를 질러댔다. 새 울음과 비슷한 그 소리는 하나에서 열로, 백에서 천으로 합쳐졌다. 정겸 일행은 긴박하게 커지는 그들의 환호성에 긴장했다. 제사장처럼 보이는 비천자가 지팡이를 휘저었다. 인파가 또 한 번 갈라졌다. 그 틈으로 달려온 비천자들의 모습이 드러났다. 그들은 긴 창을 높이 쳐들고 있었는데 창 끝에는 어떤 사냥감이 몸 이곳저곳이 꿰뚫린 채 매달려 있었다. 엉망진창으로 신체가 훼손된 그는 바로 송학도인이었다.

비천자들 사이에 어수선한 기운이 감돌았다. 주먹으로 바닥을 치는 놈, 저희끼리 떠미는 놈, 소리를 지르는 놈…. 그것은 우리를 탈출한 맹견들이 으르렁대는 광경을 연상시켰다. 삽시간에 분위기가 험악해졌다. 실제로 비천자들 중 몇 놈은 정겸 일행이 숨어있는 동굴 쪽을 향해 육! 육! 하고 소리를 질렀다. 낯선 놈을 봤다는 신호일까, 저기를 수색해보자는 제안일까, 정겸은 마른 침을 삼켰다. 그들이 있는 방향으로 대군이 움직이자 안지천은 머뭇거리지 않았다.

"아직 우릴 본 건 아닐 거야. 자, 들키지 않게 빨리 내려가자!"

그들은 습한 기운이 차오르는 지하동굴로 다시 내려가기 시작했다.

2

원형 계단은 그대로였으나 벽면 석등에는 불이 꺼져 있었다. 다른 출입구로 들어온 비천자가 동굴 안에도 있을지 몰라 긴장을 늦출 수 없었다. 그들은 어둠 속에서 조심스럽게 발걸음을 옮겼고 이 때문에 속도는 더뎠다.

"어떻게 시간이 이렇게 빨리 흘러갈 수가 있지?"

향연의 음성에 광기의 기미가 가득했다. 앞장서는 안지천은 뒤를 돌아보지 않았다. 정중동의 극치를 보여주던 무사들도 이제는 정신력이 바닥난 듯했다.

"어떻게 시간이 이렇게 빨리 흘러가지!"

"목소리 낮추지 못하겠느냐!"

"여길 오는 게 아니었어. 우린 고향으로 돌아가지 못해. 고향으로!"

"그만 해."

"송학도인의 몸이 난자되었어! 다져진 생고기처럼!"

"닥쳐라 이놈!"

곡헌이 젊은 무사의 멱살을 잡아 흔들었다. 공포는 쉽게 전염이 되는 법이라 그는 향연의 뺨을 인정사정없이 후려쳤다.

"네가 약한 모습을 보이면 동료들은 어떻겠느냐! 정신 차려!"

"동료요? 죽을 땐 누구나 혼자예요."

향연은 풀린 눈으로 정겸을 쳐다보았다. 곡헌이 향연에게 칼을 겨누었다.

"명심해라. 전체를 위해서라면 네놈 하나쯤 죽이고 갈 수도 있어."

향연의 표정이 굳어졌다. 그의 눈알이 동굴 입구가 있는 위쪽으로 몰렸다.

"저 소리 들려요?"

"무슨 소리 말이냐?"

"발소리가 들리잖아요."

"잠깐만요."

정겸이 곡헌의 팔을 잡았다.

"왜 그러나?"

정겸은 눈을 감은 채 귀에 온 신경을 집중했다.

"정말 발소리가 들려요! 서둘러요!"

파장이 일어났다. 모두가 어둠을 더듬으며 걸음을 빨리 했다. 묘옥의 거친 숨소리가 가까이에서 느껴졌다. 정겸은 그녀의 손목을 잡고 다른 무사들을 앞질렀다. 모두가 앞을 다투다시피 원형 계단을 내려갔다. 동굴의 벽을 타고 육! 육! 하는 소리가 퍼져오기 시작했다. 소리는 금새 몇 곱절로 늘어났다.

넘어지는 이가 있었고 그 위로 또다른 누군가가 발이 걸려 넘어졌다. 정겸은 묘옥을 벽으로 밀어붙였다. 육중한 두 몸뚱이가 계단 아래로 굴렀다.

"동작을 빨리 하되 조심들 하라!"

안지천이 낮게 소리쳤다.

숨가쁜 신음이 옆에서 옆으로 전달되었다. 파파팍 하는 소리가 그들의 등 뒤를 따라왔다. 비천자들의 넓적한 발이 돌바닥을 디디는 소리였다. 소리는 삽시간에 누구나 들을 수 있을 정도로 커졌다. 새가 우짖는 것 같은 괴이한 목청도 비집고 들어왔다. 향연이 절망적인 신음 소리를 냈다. 묘옥은 인정사정없이 잡아끄는 정겸의 팔을 때렸다.

"천천히 가요! 넘어지겠어요!"

"멈추면 죽어요!"

정겸은 이제 다른 이들은 신경 쓰지 않은 채 묘옥의 손만을 붙잡았다. 마귀들이 깨어난 밤의 세상에서 외눈고개 입구까지 간다는 건 무모한 짓이었다. 유일한 방법은 어딘가에 숨어서 아침이 올 때까지 기다리는 것이었다.

"으아악!"

"아아악!"

뒤에서 비명과 함께 병장기 부딪치는 소리가 들려왔다. 정겸은 돌아보지 않았고, 돌아보려는 묘옥을 강제로 이끌었다. 일대 혼란이 벌어졌다. 무수한 발소리들이 심장박동처럼 쾅쾅거렸다. 정겸은 다른 무사들을 계속 앞질렀다. 강직하고 말이 없던 몇몇 무사는 더 이상 내려가는 대신 칼을 뽑아들고 등 뒤의 상황과 맞섰다.

묘옥도 칼집에 손을 올렸지만 정겸은 묘옥의 허리춤까지 붙잡고 한층 강하게 잡아끌었다. 발소리는 거대한 쥐 떼가 뛰는 것처럼 다급해졌다. 정겸의 발치로 뭔가가 떨어졌다. 그것은 칼을 쥔 채로 잘려진 어느 무사의 팔이었다. 다른 것들도 바닥을 질척하게 물들였다. 신체의 일부분이었지만 그 중에는 비천자의 것으로 보이는 팔다리도 있었다. 붉은 피와 누런 피가 뒤섞이고 지독한 비린내가 등천했다.

"돌아보지 말아요! 다 와가니 뛰어요!"

정겸은 어둠 속에서 앞을 가로막는 그림자를 보았다. 검을 뽑은 채 적을 기다리는 안지천이었다.

"여보게, 정겸이! 내 동생을 부탁하네!"

"안 돼요!" 묘옥이 소리쳤다.

"살아서 만나자! 어서 가라!"

"안 돼! 안 돼, 오라버니!"

"어서 데려가게!"

"꼭 살아서 뵙겠습니다. 장군!"

정겸은 다급한 인사를 남기고 묘옥을 이끌어 단숨에 계단을 내려갔다.

안지천은 한풍검이란 별명을 얻을 만큼 검술의 달인이었다. 그가 어둠 속에서 쾌검의 향연을 펼치자 비천자들의 신음이 끊이질 않았다. 그러나 무사들의 비명은 그보다 처참했다. 정겸은 야만적인 원린자들이 사람 하나를 둘러싸고 창으로 난도질하는 광경을 머릿속에서 떨쳐 내려 애썼다.

석등에 녹색 불이 켜지며 주위가 밝아졌다.

그들이 내려가는 길 앞에도 비천자가 나타났다. 조선의 땅과 물에 순응해 퇴화된 눈은 침입자에 대한 적개심으로 붉게 타오르고 있었다. 놈은 창을 번쩍 들고 동패를 부르는 괴성을 질러 댔다. 외눈고개가 조선의 땅일지라도 놈의 입장에서 침입자는 정겸이었다. 정겸은 손에 정을 두지 않았다. 내려친 일검이 비천자의 몸을 세로로 베었다. 몸이 두 동강 난 비천자는 누런 피를 쏟으며 쓰러졌다. 등 뒤에서도 싸움은 계속되었다. 안지천과 수

하늘은 생각보다 시간을 벌어주고 있었다. 정겸과 묘옥이 세 명의 비천자를 베고 나아갔을 때 원형 계단이 끝났다. 깨진 나무 문 조각이 발치에서 느껴졌다.

"창고까지 왔어요!"

"알고 있소. 반대편 문을 부수어 나가도록 해봅시다."

두 사람은 건조한 악취가 퍼진 어둠 속을 헤집고 달렸다. 줄에 매달린 시체들이 허공을 떠다녔다. 여러 번 발길질에도 문은 잘 열리지 않았다.

굴러 떨어지는 비천자들의 수가 늘어났다. 칼과 창이 부딪는 소리도 점점 가까워졌다. 이젠 얼마 버티지 못할 것이었다. 정겸이 문을 깨부수는 사이 묘옥은 부상당한 채 내려온 비천자 둘을 검으로 죽였다. 정겸이 혼신의 힘을 다하자 소문이 박살났다.

하늘에는 별이 가득했다. 지하동굴의 소문은 협곡으로 통해 있었다. 그 너머는 시야가 막힌 울창한 숲이었다. 정겸은 위를 올려보다 몸서리쳤다. 저 멀리 창을 든 비천자의 새까만 인파가 동굴 입구에서 날뛰고 있었다.

"위를 보지 말아요."

"안 볼게요."

묘옥은 몸을 사시나무처럼 떨었다. 정겸은 그녀를 이끌고 협곡을 향해 움직였다.

3

"이 길로 가면 어디로 나가는 걸까요?"

묘옥의 시선이 골짜기 위로 쏠렸다. 이미 산길은 도깨비불 같은 붉은 점들로 가득했다. 자신들의 영역에 무단으로 침입한 불한당들을 찾는 눈이었다. 배에 붙박힌 채 이글이글 타오르는 하나밖에 없는 눈. 달빛 아래 춤을 추는 것 같은 놈들의 움직임도 보였다. 제각기 쥔 창을 머리 위로 휘두르는 그들은 어수선한 대열을 지은 채 광장과 줄다리를 건너 지하동굴로 들이닥쳤다. 묘옥이 물었다.

"어디로 가야 하죠?"

"나도 몰라요."

"외눈고개 나가는 길은 저 위에 있잖아요! 네? 우린 어떻게 나가죠?"

"나도 모른다니까요! 어떻게든 이 밤을 버텨야 하는데……."

"아침이 올 때까지 이 지옥을 어떻게 버틴다는 거죠?"

정겸은 눈으로 협곡을 살피다가 검은 윤곽으로 울창한 숲을 보았다. 그 숲은 그들이 여태껏 보아왔던 인공의 기미가 느껴지지 않았다. 괴물들이 사는 외눈고개 안은 틀림없었지만 아직 자연림의 외양을 갖추고 있었다. 정겸의 눈길이 빨려 들어갈 듯 울창함 속으로 던져졌다. 눈동자는 크기가 변화했고 숲은 잔잔함 가운데 이파리를 흔들었다.

"낭자, 왠지 저 검은 숲이 나를 부르는 것 같아요."

정겸이 홀린 목소리로 말했다. 묘옥이 걱정스런 시선으로 정겸을 바라보았다.

"숲이 나를 아니, 우리를 불러요. 낭자는 느껴지지 않아요?"

"아무 것도 느껴지지 않아요!"

정겸은 뒤를 돌아보았다. 비천자들이 추격해 오는 것은 시간문제였다.

"저 숲으로 갑시다!"

두 사람은 달렸다. 멀지 않은 곳에서 아우성을 치는 괴성들이 덩어리가 되어 허파와 간을 옭죄었다.

"빨리 뛰어요! 놈들이 나올 모양이오!"

"알겠어요."

둘은 자갈과 나뭇조각이 난잡한 비탈길을 올라 숲속으로 달렸다. 검은 숲은 외눈고개의 비밀을 알고도 시치미를 떼는 것처럼 잠잠했다.

뒤편 어둠 속에서 비천자들이 괴성을 지르며 쏟아져 나왔다. 그들의 손에는 전리품이 가득했다. 손도 있고, 다리도 있고, 머리도 있었다. 한때는 사람의 신체를 구성하는 부분들이었지만 지금은 끔찍할 정도로 분해되어 그들의 손에서 이리저리 휘둘려지고 있었다. 더 이상의 침입자가 보이지 않자 비천자들은 소리를 지르지 않았다. 배에 붙은 눈들이 침착하게 주위를 샅샅이 뒤졌다.

◦✖◦

생각과 달리 검은 숲은 완전한 천연림이 아니었다. 잿빛 공기와 이상한 가루가 섞인 토양이 숲을 기형으로 바꾸어 놓았다. 가지는 아래로 처져 거미줄처럼 얽혔고 그 위에는 잿빛의 가루가 눈처럼 덮여 있었다.

정겸은 멈추지 않고 나아갔다. 누군가 그를 부르고 있었다. 오히려 불안하게 살피는 사람은 묘옥이었다. 그녀는 작은 나뭇가지 소리에도 소스라치게 놀라 검을 치켜들었다.

"저기서 날 부르고 있어요. 낭자."

"어디서요?"

"다 온 것 같소. 아, 사라졌어요."

"네?"

"소리가 더 이상 들리지 않아요."

"제발 정신 차리세요!"

"목소리 낮추시오. 나는 멀쩡하니까."

정겸은 귀에 손을 댄 채 자신을 유도한 목소리를 절실히 찾고 있었다. 그러나 사방에 울창한 것은 피아 식별을 할 수 없는 검은 나무들뿐이었다.

"더 이상 소리가 나지 않아. 여기서 밤을 새란 소린가?"

먼발치에서 육! 육! 하는 이계 짐승의 울음이 들려왔다. 지하 동굴을 나온 비천자들이 수색의 범위를 넓히고 있었다.

"분명 뭔가가 나를 불렀는데…… 어디로 움직여야 할 지 모르겠소."

정겸은 손등을 깨물며 조금 전까지 들려왔던 목소리를 찾느라 애를 태웠다.

"여기서 아침이 올 때까지 기다리란 말인가?"

"누가 여기에 있으라고 했나?"

낯선 목소리가 땅에서 들려왔다. 쇠를 씹는 것 같은 목소리의 주인공은 어두워서 잘 보이지 않았다.

"어이, 나를 들어 올려. 길 안내를 해주지."

정겸은 허리를 굽혀 자신을 부르는 자를 보려고 했다. 그의 머릿속을 비집고 이쪽으로 오도록 명령을 내린 목소리의 주인공이었다. 묘옥이 먼저 그자를 두 손으로 붙잡아 일어섰다. 정겸은 묘옥의 손에 들린 사마귀를 닮은 커다란 머리를 보았다.

"너는…… 당랑자 탁봉이로구나."

4

조선의 환경에 적응되어 날개가 사라진 비천자들이 줄다리를 바쁘게 건너고 있었다. 사마귀를 닮았지만 인간과도 흡사한 탁봉의 머리통은 몸과 분리된 상태에서도 징그러운 입을 움직였다. 정겸은 묘옥에게서 머리를 빼앗아 물었다.

"머리가 잘렸는데도 넌 어떻게 죽지 않고 살아 있지?"

"나는 너희 미천한 것들과는 달라서 쉽게 죽지 않아."

"나를 부른 건 너였나?"

"그렇다."

"어쩌려는 속셈이지?"

"여기서 나갈 수 있는 방법을 가르쳐주겠다. 대신 내 머리를 가져가 형제들 곁에 묻어다오. 과거에 우리가 머슴으로 부리던 것들 땅에서 죽으려니 눈이 감기질 않는다."

"나갈 수 있는 길이 있나?"

"모험을 걸어야 하는 일이야. 이야기는 움직이면서 해도 되니어서 이두조가 날아가는 방향으로 따라가."

탁봉의 시선이 나무 위를 가리켰다. 부엉이처럼 눈을 번득이며 앉아있는 새는 머리가 두 개였다. 그들이 낮에 본 것은 환영이 아니었다. 탁봉의 미끌미끌한 눈이 여러 가지 색깔로 변화를 일으키자 이두조가 날개를 펴고 어딘가로 날기 시작했다.

"이자의 말을 믿을 거예요?" 묘옥이 물었다.

"방법이 없잖소."

"내가 너한테 그랬지? 저 계집을 믿으면 안 돼."

탁봉이 말했다. 묘옥이 검을 탁봉의 머리에 겨누었다.

"우릴 함정에 빠트리려는 건 아니겠지?"

"당랑자도 김정겸이도 함정에 빠트린 건 너희들이 아니었나?"

"무슨 소리지?"

"빨리 이두조를 따라가. 배에 눈 달린 것들한테 죽기 싫으면."

새의 움직임에 속도가 붙었다. 정겸은 걸음을 빨리 해 수풀을 헤쳤다. 탁봉의 머리를 들고 있는 바람에 그는 가지를 치면서 나아갈 수 없었다. 묘옥이 앞장서서 길을 수월케 했다. 얼마쯤 지나자 이두조가 날아가는 방향으로 수풀이 사라지고 가지를 치는 일도 저절로 끝났다. 길은 인공적인 손길로 다듬어진 소로로 변했다. 몸을 숨길 수 있는 엄폐물도 줄어들었다. 정겸도 묘옥도 초조해졌다. 탁봉의 속셈은 뭘까? 가까운 곳에서 육! 육! 하는 괴성이 들려왔다.

"바위 뒤에 숨어! 어서!"

탁봉이 말했다. 이두조가 땅바닥에 내려앉아 눈에서 발하는 빛을 숨겼다.

두 사람도 검은 바위 뒤로 몸을 숨겼다. 어둠의 장막은 남녀를 가려주었지만 달빛은 그들이 보아야 할 것을 놓치지 않게 해주었다. 점차 지축을 흔드는 발소리가 가까워졌다. 방목장의 소떼가 달려가는 소리 같았다. 나무 틈으로 죽어서도 잊지 못할 광경이 펼쳐졌다. 그것은 행진 혹은 집회라고 부르기에 마땅한 현장이었다.

헤아릴 수 없는 비천자들이 줄을 지어서 움직이고 있었다. 누렇고 하얀 기형의 행진이 한도 끝도 없이 이어졌다. 정겸도 묘옥도 그들을 이렇게 가까이서 관찰하기는 처음이었다. 하늘 향해 창을 세워 걷는 비천자들이 군데군데 있었다. 창에는 무사들의 팔과 다리, 혹은 머리 같은 신체의 일부분이 꿰뚫려 있었다. 큰대자로 몸을 펼친 채 죽은 사람을 네 가닥 창이 동서남북을 꿰어 운반하기도 했다. 공중에 번쩍 들려진 채 눈알이 파여 죽어있는 그는 곡헌이었다. 배 아래서 너덜거리는 오장육부의 흔적은 참혹했다. 비천자들은 승전가와도 비슷한 육! 육! 하는 소리를 눈알 밑의 입으로 내지르며 걸어갔다. 밤은 우리 것이라는 기세등등함, 남의 땅에 살고 있으면서도 아무도 성지를 범할 수 없다는 뻔뻔스러움, 인간은 죽여야만 한다는 호전성, 협상도 이성도 통하지 않을 무식한 광포…… 정겸은 침묵으로 오열했다.

부족한 식량으로도 왕성한 번식력을 자랑하는 이 불사의 존재들은 반드시 근절시켜야 할 인류의 고민거리였다. 널리 복되게 할 것은 '인간'이지 원린자는 아니었다.

무사들은 전부 다 당한 것 같았다. 안지천은 보이지 않았지만 엉망진창으로 짓뭉개진 살점의 주인공이 그가 아니라는 보장은 없다. 숨이 붙어있는 자는 없었다. 묘옥이 눈가를 훔쳤다. 탁봉은 아무런 말도 하지 않았다. 시체 행렬이 사라지자 이번에는 무기를 들지 않은 비천자들의 행진이 있었다. 그들이 들고 있던 창은 동료들의 손으로 옮겨졌다. 대신 그들은 아기를 안은 것처럼 꿈틀거리는 것을 품에 안고 있었다. 그것은 《귀경잡록》에서 언급된 은빛의 벌레였다. 온몸에 피 칠갑을 한 채 꿈틀거리는 그것들은 거대한 구더기를 닮았다. 은빛 벌레는 사악한 눈을 번득이며 도망치려 했지만 소용없었다. 비천자들의 긴 팔은 이들을 단단히 붙잡고 있었다. 정겸은 비천자들이 벌레를 입에 넣던 동굴의 벽화를 떠올렸다. 여태껏 비천자들이 사멸하지 않고 번식할 수 있었던 건 저 벌레들을 양식해서 식량으로 삼아 왔던 걸까? 적의 시체 전시 다음 벌레들을 안고 행진하는 것은 전승 기념행사의 하나일까?

고개를 든 묘옥의 눈이 젖어 있었다. 절망적인 심정으로 그녀는 정겸의 어깨에 머리를 기댔다.

"걱정 마시오 낭자. 오라버니는 보이지 않았소."

아무런 도움도 되지 않을 위로였다. 정겸은 묘옥을 뚫어져라 노려보는 탁봉을 볼 수 있었다.

"놈들은 산을 오를 거야. 검은 바위로 모이려는 거지. 사당이 있는 방향이 아니야."

"사당이라니?" 정겸이 물었다.

"우리가 먼저 가야할 곳이지. 저놈들은 고개 입구에서 침입자들이 더 있는지 수색할 계획인 것 같은데…… 그렇다면 사당에도 놈들이 배치되어 있겠군. 자, 방법이 없으니 희망을 가져 보자구."

"무슨 사당이냐니까?"

"일단 따라가기나 해."

어둠 속에서 이두조의 날갯짓이 보였다. 탁봉이 재촉하자 두 사람은 최후의 심정으로 길을 헤치며 나아갔다.

죽음의 구본신참
(舊本新參)

1

탁봉이 사당에 관해 입을 열었다.

"그 옛날 비천자들은 주인인 우리를 배신하고 비행기구를 탈취하는 데 성공하자 기고만장해졌다. 승리에 취한 나머지 어느 별천지에 떨어져도 자기들이 새 세상의 주인이 될 수 있다고 믿었지. 하나 조선은 원시적인 그들의 생각을 크게 웃도는 나라였다. 섭주의 어떤 명장은 낯선 원린자의 침입에도 꿈쩍 않고 병사를 지휘해 향촌을 구해내고 희대의 적을 거의 섬멸시켰지. 도망치듯 쫓기어 외눈고개에 정착한 비천자들은 아직도 그날의 악몽을 잊지 못하고 있어. 그들은 그날을 기억하고 차후의 귀감으로 삼기 위해 그들만의 사당을 지었다."

"대체 거기에는 왜 가야해? 비밀 통로라도 있나?"

"적을 물리칠 수 있는 최고의 병기가 거기 있지. 그 병기는 저 여자가 아닌 너만 쓸 수 있다."

"말로만 듣던 격섬채동포로구나!"

탁봉은 답하지 않았다. 번쩍이는 사마귀 눈은 묘옥을 뚫어져라 쳐다보고 있었다.

"우리가 너를 어떻게 믿지?" 묘옥이 물었다.

"너야말로 이제 정체를 드러내는 게 어때?"

"정체라니?"

"몰라서 물어?"

"속지 마요, 정겸. 이 머리통은 우리를 저 악귀들한테 유도하려는 거예요."

"웃기지 마. 너희들을 넘길 작정이었으면 아까 소리치는 걸로 끝낼 수도 있었어."

"무슨 계략이 있는 거예요. 믿으면 안 돼요."

"내가 길 안내는 하지만 그건 정겸에게만 해당되는 말이야. 너는 절대로 여길 못 나가."

탁봉이 정겸에게 말했다.

"정겸, 이 계집의 배를 칼로 갈라라. 그러면 은빛의 통통한 벌레가 튀어나올 거다."

"뭐라고? 그게 무슨 소리냐?"

정겸이 걸음을 멈추었다.

"아까 봤잖아. 비천자들이 안고 가던 벌레들을."

"그건…… 이계의 벌레가 아니었나?"

"이계의 벌레이자 다른 생명체 안에 기생하는 기생충이지. 우리 종족의 몸에 침투하여 비행기구를 빼앗은 것도 다 저 벌레들의 짓이야. 저것들은 스스로 살아가지 못하고 다른 이의 배 속에 들어가야만 살 수 있는 지독한 놈들이야. 놈들이 누군가의 몸속에 들어가면 그자의 생각과 행동은 놈들에게 장악당해. 벌레가 원하는 대로 행동하는 거지. 저 여자는 원래 양갓집 규수였겠지만 몸 안에 있는 이계 기생충의 뜻대로 내 형제들을 인질로 잡은 후 이 외눈고개로 오게 된 거야."

"무슨 헛소리야!"

묘옥이 탁봉의 머리를 잡으려 했지만 정겸은 본능적으로 그녀의 손을 피해버렸다. 육! 육! 하는 울음소리가 멀리에서 들려왔다. 탁봉의 묵직한 목소리가 이어졌다.

"저 기생충들은 우리 비행기구를 장악해 자기들 환경에 맞는 식민지 별을 개척하려 했어. 떠돌이 신세였거든. 그런 꾀많은 놈들도 비행기구를 탈취한 지 반나절도 되지 않아 우리가 부리던 비천자들이 반란을 일으킬 줄은 꿈에도 생각 못했지. 무지막지한 싸움 끝에 기구는 조선으로 불시착했고 비천자들은 우리를 하나하나 죽였어. 그래서 이놈들은 다시 우리 몸 바깥으로 튀어나와 제일 먼저 도망친 거라구. 긴 세월을 용케도 숨어 살다가 이제 인간의 몸을 빼앗는 방법까지 습득한 거야. 이 나라 장군의 몸을 훔칠 정도로 세력을 이루니까 다시 그 비행기구와 대포 생각이 난 게지. 안 그래? 또다시 음모를 꾸미려고 말이야."

"낭자, 탁봉이 하는 말이 다 사실이오?"

"우리를 이간질하려는 거예요."

"대답하시오. 당신도 원린자요?"

"그렇지 않아요!"

"그럼 마탁봉이 원린자인 줄 어떻게 알았소?"

"지금 나를 의심하시는 거예요?"

"말하시오!"

"난 몰랐어요. 모든 건 오라버니가 아셨던 거예요!"

묘옥의 목소리가 떨렸다. 탁봉이 날카롭게 말했다.

"흥, 육번 안지천은 합리적이고 냉철한 사람이야. 그는 몸속에 이계 기생 벌레가 들어가기 전까지 《귀경잡록》 따위는 한 번도 읽은 적이 없어. 그가 순흥 옥사에서 너한테 군자금 이야기를 하지 않았나?"

"그가 모셨다던 장군의 군자금 말인가?" 정겸이 반문했다.

"모든 군자금이 다 현금은 아니지. 비단일 수도 있고 황금두꺼비일 수도 있고 도자기일 수도 있어. 그런데 육번 안지천이 제아무리 한풍검이라는 명성을 얻은 영웅이라 해도 운반할 도자기 안에 백년 묵은 이계 기생 벌레가 잠들어 있는 것까진 모를 수도 있는 거지. 그 벌레는 언젠가 다가올 기회를 위해 몸을 숨기고 있었는데 드디어 기회가 온 거야. 몸을 차지한 사람이 막강한 군대와 권력을 가진 자였으니."

"그렇다면 그것은…… 그런 것이었나……?"

정겸은 지하동굴 속의 벽화를 떠올렸다. 비천자가 은빛 벌레를 입으로 삼키는 그림은 잡아먹는 수렵을 묘사한 게 아니라 신체 강탈을 조심하라는 암시였단 말인가?

그는 묘옥을 바라보았다. 고아한 처녀의 배 속에 징그러운 기생 생물이 자리하고 있다는 건 상상만으로도 끔찍했다. 탁봉의 말을 믿을 수 없었다.

비천자들의 괴성이 가까워졌다. 이두조도 날개를 푸드득거렸다.

"이곳도 안전하지 않아. 빨리 뛰어."

탁봉의 명에 정겸은 숨가쁘게 달렸다. 묘옥이 곁을 따랐다.

"외눈고개를 벗어날 때 저 여자는 남겨두고 가야 해." 탁봉의 목소리가 차가웠다.

정겸은 숨을 몰아쉬며 탁봉을 내려다보았다.

"너의 형제들은 다 죽었다고 그랬지?"

"그렇다."

"그럼 네 목적은 형제들 곁에 묻히는 것이 아닌가?"

"맞아."

"네 소원을 들어주긴 하겠지만 나는 이 여인과 함께 나갈 거야."

묘옥이 복잡한 감정을 담은 눈으로 정겸을 바라보았다. 탁봉이 칼날 입을 빠르게 움직거렸다.

"이런 멍청한 놈 같으니라고! 저 여자의 진짜 목적은 언젠가 세력을 키워 너희 인간들을 정복하는 거야. 지금은 너한테 불쌍한 표정을 지으니 마음이 흔들리겠지만 여기서 나가면 본색을 드러낸단 말이다."

"생사고락을 같이 한 여인이다. 여기 두고 갈 수는 없어."

묘옥이 탁봉에게 말했다.

"넌 나를 의심하지만 나는 김정겸 도령과 똑같은 '사람'이야! 그러나 네 말을 듣고 보니……."

"듣고 보니?" 탁봉이 물었다.

"오라버니는 나라 일에 충실한 장군이셨어. 그런데 어느 날 갑자기 사람이 변했어. 사람들을 모아서 외눈고개라는 곳을 알렸고 거기 있는 무기를 꺼내 와야 한다고 주장했지. 성격이 돌변하니까 사람들은 오라버니가 어디 아픈 게 아닌지 의심했었어."

"네 오라버니 몸 안에만 벌레가 있는 것처럼 행세하지 마라. 너는 지금 거짓말을 하고 있어."

"그만 해."

"너는 지금 달아나기에 바쁘지? 동료들이 다 죽고 남은 건 너밖에 없으니."

"마탁봉! 일단 여기서 나가는 일에만 집중하자."

정겸이 사마귀 머리를 세게 흔들었다. 탁봉은 앞을 보고 있었다. 더 이상 이두조가 보이지 않았다.

"다 왔다. 저 앞에 보이는 검은 돌이 사당이다. 배에 눈 달린 것들이 보이지 않으니 빨리 들어가라."

정겸과 묘옥은 나무를 잘라낸 집터에 검은 돌을 몇 겹으로 쌓은 특이한 건물을 보았다. 빗살 형태로 비스듬히 쌓은 돌탑의 틈새로 사람 하나가 간신히 들어갈 만한 구멍이 있었다.

'오호, 알겠다, 이걸 위에서 내려다본다면 정확한 동심원 모양이겠구나.' 정겸이 탄복했다.

"이런 곳이 사당이라고?"

"대웅전을 기대했나?"

탁봉이 비꼬더니 묘옥을 보고 말했다.

"잘 들어라. 나는 우리 종족을 파멸시킨 너희 벌레들이 가장 싫어. 하지만 너에 대한 처리는 이 고개를 벗어나서 생각해보겠다. 지금부터 너의 임무는 정겸이 이곳을 빠져나갈 수 있게 돕는 거야."

"나는 원린자가 아니라니까. 내가 직접 찔러서 보여줘?"

묘옥이 검을 들어 옷섶을 뜯으려 했다.

"이러지 마시오!"

정겸은 확고한 목소리로 탁봉에게 말했다.

"나는 이 여인을 데려가겠다. 인간 세상이 어떻게 되든 그건 너하고 상관없는 문제야. 우리가 함께 나갈 수 있도록 돕지 않는다면 우리도 역시 너를 버리겠다."

정겸은 탁봉의 정수리 부분에 칼을 세웠다. 탁봉의 입이 희미한 미소를 그렸다.

"좋아. 어서 들어가. 곧 놈들이 몰려올 테니까."

"대포는 어디 있지?"

"길을 따라 걸어."

"잠깐만요."

묘옥이 정겸의 앞을 막아섰다. 그녀의 검이 짙은 어둠 속을 향했다.

"매복 따위는 없어. 하지만 우리가 나올 때쯤이면 많은 적을 상대해야 할 거야."

탁봉이 말했다. 가까워지는 괴물들의 울음이 집요하게 귓속을 파고들어왔다. 두 사람은 원을 그리며 앞으로 나아갔다.

Z

동심원을 돌고돌아 들어간 사당은 외눈 모양 표식이 늘어선 마루로 이어졌다. 표식 위로는 그들이 이미 보아왔던 벽면석화들이 나열되어 있었다. 지하동굴에서 본 것보다 훨씬 솜씨가 정교했다. 주로 박고헌과 비천자들과의 싸움을 묘사한 그림이었다. 정겸과 묘옥은 탁봉의 지시로 마루를 따라 걸었다. 마루 끝에는 속이 비치는 천이 걸려 있었다. 정겸은 천을 걷고 안으로 들어갔다.

온 방 안이 낯선 문자로 도배되어 있었다. 인간이 쓰는 문자가 아니었다. 정겸과 묘옥은 물론 마탁봉 조차 내용을 해독하지 못했다.

그들은 창자처럼 생긴 일곱 개의 줄로 허공에 매달린 단 한 명의 사람을 보았다. 흔들림 없이 공중 박제된 그는 지하동굴의 사람들처럼 알몸이 아니었다. 완전한 백골 상태이긴 했지만 그가 걸친 옷은 무관이 입는 구군복이었고, 머리에 쓴 것은 공작새 깃털이 달린 전립이었다. 염주알 같은 밀화패영(蜜花貝纓, 밀화구슬을 꿰어 단 끈)은 턱까지 늘어졌고 장칼은 허리춤에 붙어 용맹함을 과시하고 있었다. 그 옛날 태양의 힘을 보여 비천자들의 조선 침략을 좌절시킨 슬기로운 무장 박고헌이었다. 정겸도 묘옥도 잠시 넋을 잃고 그를 바라보았다. 비천자들이 그를 박제해 놓은 취지가 존경심인지 경계심인지 알 수 없었다. 그때 동심원을 타고 울리는 괴성이 그들의 귀를 때렸다. 우려한 일이 드디어 생기고 말았다. 비천자들이 코앞까지 쳐들어왔음은 분명했다. 정겸이 탁봉에게 급히 물었다.

"격섬채동포는 어디 있나?"

"여기 없다."

"적을 물리칠 수 있는 병기가 있다고 했잖아!"

"대포라고 하진 않았어."

"이 거짓말쟁이!"

묘옥이 탁봉의 머리를 찌르려 했다.

"그 무기는 너희들 앞에 있어."

묘옥이 멈칫했다.

"비천자가 정말 두려워하는 건 격섬채동포도, 우리들도, 기생 벌레도 아니다. 바로 저기 허공에 있는 사람이다. 낯선 땅에 불시착하자마자 대포로 두들겨 깨고, 백병전에서도 무수한 적을 죽이며, 심지어 낮과 밤이 바뀌어도 끄떡없던 존재. 명령만 내리면 모든 이가 행동을 같이 해 그들을 두려움에 떨게 한 존재. 놈들은 지금까지도 바깥세상에 박고헌이 더 있을까봐 겁을 내고 있다."

"이미 죽어 백골이 된 사람이 아닌가."

정겸은 탄식했다. 수만 군졸의 진격처럼 놈들이 오는 발소리가 들려왔다. 진동에 돌이 떨리고 박고헌의 몸이 조금씩 허공을 부유했다. 정겸은 노여움을 띠고 탁봉의 머리통을 움켜쥐었다. 분노에 찬 손가락이 당랑자의 번쩍이는 눈을 뚫으려 했다.

"이놈! 네놈이 일부러 우리를 이리로 끌고 온 거지?"

"머리를 써, 이 바보야! 지금부터 힘을 합쳐 최후의 모험을 해보잔 말이다! 이미 죽어 백골이 된 사람이라면 어떻게든 살려내

야지. 안 그래?"

∘⊗∘

비천자들이 사당 앞에 몰려들었다. 그들은 대군이었지만 사당을 신성시하는 것인지 안치된 백골이 두려워서인지 함부로 동심원의 미로 안으로 발을 들이지 않았다. 모두가 끝이 뾰족한 쇠창을 들고 있었다. 침묵 가운데 하나밖에 없는 눈이 이글이글 타올랐다. 머리에 나뭇가지와 깃털로 만든 관을 쓴 비천자가 뭐라고 명령하니 체격이 좋은 네 명의 비천자가 앞으로 나섰다. 관을 쓴 자는 팔을 하늘 위로 번쩍 쳐들다가 손가락으로 사당 안을 가리키면서 육! 육! 하는 소리를 냈다. 짐승의 울음이 상황에 따라 다르듯 지금의 음성에는 경건하고도 은근한 가락이 있어 보였다.

네 명은 똑같은 괴음을 합창으로 낸 뒤 창을 세워 사당 안으로 들어가려고 했다. 갑자기 그들은 뒷걸음질을 쳤는데 관을 쓴 자는 이 모습에 흠칫거렸다. 엄청난 충격이 그들 앞에 나타나고 있었다. 사당 안으로부터 언제나 그들이 두려워하던 존재가 두 발로 걸어 나왔다. 그자는 옛날 자신들을 공포로 몰아넣었던 당시의 옷을 그대로 입고 있었다. 관을 쓴 비천자는 옛날 그 무서웠던 작자가 자신들에게 없는 신체의 윗부분에 눈이 하나 더 있었고 입가에는 털이 나 있던 걸 기억해냈다. 지금 이 사람도 똑같았다. 틀림없이 화포를 쏘라고 소리치며 그들을 겁주던 그자였다.

비천자들 사이에 동요의 기색이 완연했다. 육! 육! 하는 소리

수백이 메아리로 돌변해 외눈고개로 번져 갔다.

그러나 관을 쓴 비천자는 용의주도했다. 과거에 상전으로 모시던 당랑자의 머리를 들고 있는 여자가 눈에 들어온 것이다. 뭔가 수상한 일이 벌어진 것 같았다. 관을 쓴 자가 네 명의 비천자 병사에게 접근해보라는 신호를 보내려는 순간, 앞에 선 자가 칼을 뽑아들었다.

"네 이놈들!"

호통을 치는 음성에 의심은 확신으로 변했다. 인간 세상에는 또다른 박고헌이 존재하는 것이다. 그놈이 이 은밀한 고개를 찾아내 드디어 들어온 것이다. 다시 자신들을 화포로 때려 부수고 칼로 죽이려고! 비천자들은 창 쥔 손을 앞으로 내민 채 부르르 몸을 떨었다.

3

"네 이놈들!"

정겸은 목소리에 떨림을 두지 않으려 노력했다. 단 한번의 실수로도 모든 게 끝장날 수 있었다. 놈들의 숫자는 상상을 초월했다. 고개를 장악한 외눈박이 괴물들은 풀보다도 많았다. 온 산을 뒤덮은 놈들의 기형적인 형상에 토악질이 날 것 같았다. 눈과 입이 배에 붙은 소름끼치는 인파는, 정겸이 외눈고개를 벗어나기 위해 박고헌의 역할을 떠맡은 몰입의 연기가 아니었다면 혼백마저 앗기고 말았을 터였다.

기적적으로 그의 고함에 비천자들은 당황하여 물러나는 기색을 보였다. 박고헌의 빈 칼집을 버리고 자신의 칼을 뽑아든 정겸은 실제로 갓 발령받은 신임 사또처럼 보였다. 그는 의기가 있고 용모가 준수한 영웅호걸이었다. 인생이 원만하게 진행되어 나와 함께 나랏일을 하는 관리가 되었더라면 훌륭한 인물이 되었을 텐데!

비천자들은 어딘가 의심스러운 옛 숙적 앞에서 머뭇거렸다. 박고헌의 구군복에서는 퀴퀴한 곰팡내가 났다. 머리에 쓴 전립은 헐거워 보였다. 그럼에도 놈들은 정겸을 박고헌으로 생각하고 있었다. 작전이 먹혀든 이상 물러설 수는 없었다.

"됐어. 이제 우리는 왔던 길로 다시 가는 거야. 천천히." 탁봉이 말했다.

"네 이놈들! 길을 터라!" 정겸은 탁봉이 시키는 대로 소리쳤다.

놈들은 표정이 없었다. 닭발 같은 피부가 호흡에 따라 오르내릴 뿐이었다. 달리기를 막 끝낸 사람처럼 거칠게 숨을 몰아쉬었다. 흥분의 파도가 그들 위를 덮쳤다.

한 놈이 창을 머리 위로 올리며 괴성을 내질렀다. 산속의 모든 동패를 불러 모으려는 대담한 신호처럼 보였다. 짐승은 자기보다 덩치가 큰 짐승을 두려워한다. 하지만 숫자가 많을 때는 틀리다. 많은 수로 맴을 돌며 슬쩍 깨물기도 하고 건드리기도 하다가 공격을 하고 적이 당황한 기색을 보이면 한꺼번에 달려들어 끝장을 본다. 믿을 것은 하나다. 나는 박고헌이고 저들 중 누군가는 옛날의 무서움을 기억할지도 모른다.

창을 든 자의 괴성은 길었다. 점점 소리에 호응하는 비천자들이 늘어났다. 성급히 놈을 베면 더 큰 화를 부를지도 모른다. 괴성이 끝내 끊어지지 않자 정겸은 대성으로 일갈했다.

"화포를 가져오리라! 이놈들!"

괴성이 멈추었다. 놈은 뱃가죽의 입을 떡 벌린 채 고리눈을 부릅뜬 정겸을 바라보았다. 정겸은 허리를 펴 키를 더 커보이게 했다. 소리를 지르던 놈이 뒤로 물러났다. 묘옥에게 창을 들이대며 접근하던 놈들도 원래 자리로 돌아갔다.

탁봉이 알아들을 수 없는 언어로 뭐라 소리쳤다. 그것은 조선어도 아니었고 왜나라 말도 아니었다. 비천자들이 과거의 주인이었던 자를 향해 돌아섰다. 흥분을 감추지 못해 신음을 내는 놈들이 태반이었지만 그들은 정겸이 나아갈 수 있도록 길을 터주기 시작했다.

"당당하게 걸어. 겁먹지 말고."

해바라기 이파리처럼 수북한 창이 원을 그리며 정겸과 묘옥을 에워쌌다. 정겸은 천천히 나아갔다. 원형의 창들도 따라 움직였다. 힘을 얻었는지 탁봉은 알아들을 수 없는 언어로 비천자들에게 계속 뭐라고 지껄여 댔다.

"뭐라고 말하는 거야?"

"나한테 말 걸지 마! 그대로 계속 걸어 가!"

"묘옥 낭자, 탁봉이가 뭐라고 하는 거요?"

"몰라요! 내가 어찌 이자의 말을 알아듣겠어요?"

묘옥이 두려움에 팔을 떨자 탁봉의 머리는 웃는 것처럼 위아래로 흔들거렸다.

정겸은 멈추지 않고 걸었다. 비천자들은 일촉즉발의 흥분을 보이면서도 두 사람을 공격하지 않았다. 정겸은 언제 위험이 닥칠지 몰라 쉴 새 없이 그들을 둘러보았다.

"그냥 걸어! 넌 안전해!"

정겸에게 한 번 소리친 탁봉이 다시 이상한 언어를 계속했다. 정겸은 조금 전까지만 해도 가만히 있던 탁봉이 이계 언어로 비천자들에게 뭐라 말하는 것이 꺼림찍했다. 비천자들은 처음에는 박고헌에게, 이제는 과거의 주인에게 조종당하는 것 같았기 때문이다.

"묘옥 낭자, 탁봉이의 말을 진정 알아듣지 못하시오?"

"왜 그런 식으로 말하나요? 아직도 내가 사람이 아니라고 의심하시는 건가요?"

"의심하는 게 아니오. 애초에 원린자의 존재를 알고 있었으니 하는 말이잖소?"

"오라버니가 알았지 난 아니에요!"

정겸은 탁봉의 그늘진 머리를 내려다보았다.

"저들에게 뭐라고 말한 거야?"

"너희들을 위해 저들을 안심시키는 거야! 빨리 가기나 해!"

길은 계속 진행되었다. 곳곳마다 비천자들이 창을 들고 서 있었지만 덤비는 이는 없었다. 무사히 줄다리를 건너고 광장을 도로 가로질렀다. 광장에는 녹색의 횃불이 타올랐고 거기에도 비천자가 가득했다. 무장하지 않은 자들이 없었다. 그들은 길을 터주면서 행렬의 뒤로 따라붙었다.

보기에도 섬찟한 육십오능음양군자의 두상이 다시 나타났다. 이쪽에도 창을 든 인파가 조금씩 비켜서다가 다시 행렬에 합류했다. 사지가 찢어진 안지천의 수하들도 나타났다. 오장육부가 찢길 대로 찢긴 그들은 열십자 형태의 높은 장대에 매달려 있다. 창을 쥐지 않은 비천자들 몇몇은 은빛 벌레를 돌로 쳐 죽이고 있었다. 정겸은 묘옥에게 눈길을 주었으나 그녀는 아무런 동요도 보이지 않았다. 탁봉은 아직도 비천자들에게 말을 걸었는데 은근한 목청이 주술을 거는 것 같기도 하고, 축원문을 낭독하는 것 같기도 했다. 탁봉의 이계 언어는 졸음을 가져왔고 의식을 확장시켰다.

정겸은 탁봉의 목소리 안에서 시간과 공간의 비밀을 엿본 느낌에 빠졌다. 그는 붉은 공간에서 칼을 종횡무진으로 휘둘러 검술을 연마하고 있었다. 어딘가 익숙한 장소였으나 그곳이 어딘지 끝내 알아내지 못했다. 다음 광경은 만삭인 어머니가 산통이 와서 배를 붙잡은 채 고통스러워하는 모습이었다. 그는 절망적으로 어머니를 불렀지만 어머니의 모습은 사라지고 가정과 사회적 지위 탓에 한 번도 애정을 표현하지 않았던 아버지의 근엄한 얼굴이 가득히 나타났다. 정겸의 눈이 커다랗게 떠지자 아버지의 얼굴은 부분으로 갈라져 각기 배다른 형제의 얼굴들로 변했다. 형제들의 얼굴이 에워싸고 웃자 정겸은 귀를 막았다. 감은 눈 속에서 잿빛의 구름이 흘러가고 별천지가 주기를 논할 새도 없이 빠르게 돌았다. 짐승을 닮기도 하고 사람을 닮기도 한, 온갖 기괴한 형상을 띤 이계의 존재들이 화살같이 스쳐 지나갔다. 그중에는 그를 돌아보는 이들도 있었고 그냥 무시하는 자들도 있었다. 커다란 불꽃이 폭발했다. 이계의 존재들은 사라지고 텅 빈 밤하늘에는 눈을 뜨지 못한 갓난아기 하나가 나타났다.

"검은 바위에요."

자신을 부르는 소리에 그는 정신을 차렸다. 아기의 모습이 묘옥의 얼굴로 바뀌었다. 그 뒤로 온 산야를 가득 메운 비천자들이 보였다. 그들이 당도한 곳은 탁봉이 외눈고개 입구를 열었던 검은 표지석 앞이었다.

"잘 해냈어. 정겸." 탁봉이 말했다.

4

"자, 이제부터 들어왔을 때와 똑같은 방법으로 여기를 나갈 것이다. 태산을 움직이고 땅을 가르는 이 탁봉이의 신통력을 잘 봐 둬. 어이 김정겸, 그 전에 내 머리를 저 앞에 관 쓴 비천자에게 넘겨."

불가사리 도형에 외눈 장식이 박힌 관을 쓴 비천자가 손을 벌렸다. 심상치 않은 장식품을 지닌 그는 다른 비천자들보다 우월한 위치에 있는 자로 보였다.

"무슨 짓을 하려는 거지?" 묘옥이 탁봉에게 물었다.

"너희들을 보내는 대신 내 머리를 달라고 한다."

"네 의지로 저들에게 가는 건 아니고?"

"웃기는 소리! 여기서 모두 죽을 거야? 어서 저놈들이 시키는 대로 해."

"일단은…… 그렇게 합시다. 낭자."

묘옥은 내키지 않는 기분으로 탁봉의 머리를 우두머리 비천자에게로 넘겼다. 우두머리는 자세를 낮춰 탁봉의 머리를 받은 후 하늘을 향해 손을 쳐들었다. 한 덩어리가 된 비천자들과 대치하게 된 두 남녀는 위태로워 보였다.

"하하. 정겸, 사당 안에 가득하던 상형문자의 뜻을 알고 있나?"

탁봉의 목소리에 사악한 기운이 묻어났다. 정겸은 그에게 더욱 믿음이 가지 않았다.

"너는 알고 있으면서도 모른 척을 한 것이구나."

"나의 고향 별에서 쓰는 말인데 내 어찌 읽지 못할 수 있겠나?"

묘옥이 끼어들었다.

"왜 시간을 끌지? 어서 외눈고개 나가는 문을 열어!"

"너는 입 닥치고 있어!"

탁봉이 소리치자 정겸은 묘옥에게 가만히 있으라는 신호를
보냈다.

"마탁봉! 사당 안의 글귀는 박고헌을 규탄하는 내용이겠지?"

"무슨 소리! 영웅 중의 영웅 박고헌을 칭송하는 내용이다."

"뭐라고? 비천자들이 지은 사당이 아니란 말인가?"

"아니, 비천자들이 박고헌을 그렇게 모신 것이다."

정겸도 묘옥도 놀라 정신이 없는 사이, 비천자의 손아귀에 놓
인 탁봉은 빠르게 입을 놀렸다.

"박고헌은 청렴결백하고 공명정대한 관리였지만 모든 것을
잃었어. 공직에서 버림받고, 가정은 풍비박산이 났지. 이계 짐승
들을 격퇴해 백성들을 구한 대가가 고작 그거였단 말이야.《귀
경잡록》을 보았을 텐데도 뭔가 떠오르질 않나? 박고헌은 이 외
눈고개에 잡혀온 게 아니었어. 우리들의 안내를 받아 제 발로
찾아왔단 말이다."

탁봉의 말을 듣자 복잡한 기억의 틈새로 정겸에게도 떠오르
는《귀경잡록》의 구절이 있었다.

"천신만고 끝에 나는 인간의 탈을 쓴 당랑자(螳螂者)를 만날 수 있
었다. 예전에 보았던 사마귀들인 그들은 내게 구명지은의 예를 올렸
다. 그로써 나는 과거 그들이 부리는 하인인 비천자들이 모함(母艦)
을 빼앗아 반란을 꾀한 사실을 알았으며, 나와 섭주 백성이 힘을 합

쳐 그들을 격퇴해준 사실을 알 수 있었다. 당랑자를 통하여 나는 지난 삶이 헛되지 않았음을 뼈아픔 속에서 인정하며, 이제 눈으로 확인할 수 없는 그곳에 들어가는 비밀을 깨우쳤노라."

탁봉의 말이 이어졌다.

"물론 박고헌이 처음 고개에 나타났을 때 비천자들은 찢어 죽이려 했지. 배에 입이 달린 것들에게 그는 불구대천의 원수였으니까. 그러나 천하무적의 비천자들도 막상 섭주의 사또를 대하자마자 느낀 건 한없는 무서움뿐이었어. 아무도 덤비지 못했지. 구군복 차림으로 고개에 들어온 박고헌 앞에서 비천자들은 또화포가 날아오지 않을까, 매복이 있지는 않을까 겁부터 냈거든. 그때 박고헌을 안내했던 당랑자는 은근한 말로 예전의 머슴들을 꾀기 시작했지.

'너희들이 열심히 일하고도 억압받는 삶을 살아 우리에게 반기를 들었듯 여기 이 사람도 너희들을 도와주려고 나라를 배신했다. 너희들과 싸워 이긴 죄로 이 사람은 가진 것을 잃고 인생을 잃었다.'

물론 그 당랑자의 의도는 갇힌 동료를 구해 비행기구를 재탈환하려는 것이었겠지만 박고헌은 아니었어. 그는 진심으로 비천자를 찾았던 거야. 여태껏 소속되었던 조직에 배신당하자 환멸을 느낀 나머지 세상에 보복을 하고 싶어 했지. 그는 모든 제도화된 권력과 나라의 권위를 부정했어. 새로운 세상을 세워 왕이 되려는 야심도 없었고 그저 '이놈의 세상아 너 죽고 나 죽자'하는 염세적인 관념에 사로잡혔던 거야. 원래 장성한 사람이 그렇게 한 가지 일에만 죽어라 매달리게 되면 유치한 방식으로 미치고 말아. 하지만 그런 유치함이야말로 격섬채동포보다 더 위험한 무기가 될 수도 있는 법이야. 난데없는 투항을 의심하던 비천자들에게 그는 선물을 안겨줘 믿음을 회복했거든. 하나가 열이 되고 열은 거의 일백으로 넘어서면서……."

"지하 저장고의 시체들은 박고헌이 잡아다 바친 건가?" 정겸이 물었다.

"간접적으로 바쳤지. 당랑자가 밤에 외눈고개의 문을 열면 박고헌이 비천자 군대를 인솔했어."

"박고헌이 사람들을 제물로 삼았다니…… 너희들은 왜 여기 계속 남았지? 박고헌과 비천자를 다른 일에 몰두하게 해놓고 다시 비행기구를 타고 돌아갔으면 됐잖아?"

"그러려고 했지. 그런데 배에 눈이 붙은 이 무식한 것들이 기구 안의 부품을 완전히 분해해서 산산이 흩뿌려 놓았더군. 그 덕에 우린 오도가도 못하고 이 별에 계속 살게 된 거야."

"무식한 것들이 아니라 똑똑한 것들인데."

정겸은 허세를 부리려 했지만 생각대로 몸이 따르지 않았다. 심장이 격렬하게 뛰고 있었다. 우려했던 일이 현실로 일어나지 않기만을 바랐다. 이제 세상은 사상 최악의 위험에 빠진 것이다.

탁봉이 말했다.

"계획이 좌절되자 우린 놈들의 비위를 맞춰주면서 이 외눈고개에 정착할 수밖에 없었어. 우린 박고헌이 얼마나 무서운 인간인지를 알게 되었지. 그는 비천자들과 의사소통을 하기 시작했고 시간이 흐르면서 비천자들은 당랑자보다 그를 더 신뢰하게 되었어. 그들은 박고헌의 지도 아래 태양을 견디는 능력을 훈련했고 차츰 인간 세상을 침범할 야욕을 넓혀갔지.

일은 잘 될 것처럼 진행되었어. 비천자들은 정예화된 전투력 말고도 납치한 인간들로부터 여러 가지 문물과 기술까지 습득할 정도로 재주가 좋았거든. 외눈고개의 건축물과 미술에는 그들만의 방식과 조선풍이 뒤섞여 있다는 걸 너희도 잘 알 거야. 자기들 습성에 적합하도록 하늘을 어둡게 만들고 나무를 바꾼 후 짐승과 벌레까지 쫓았어. 그러는 와중에도 군사훈련의 강도는 높아졌어. 피해의식에 휩싸인 박고헌의 의지는 강했지. 외눈고개에 남아있던 당랑자들은 이 점을 심각하게 우려했어. 그들에겐 처음에는 탐사가, 다음에는 탈출이 목적이었지. 알지도 못하는 조선이란 나라를 멸망시킬 의도도 없었거든. 만약 이 별에서 비천자와 인간들끼리 전투가 벌어지면 우리 종족은 위대한 옛 존재들에게 지탄을 받게 돼.

그래서 우리는 어느 날 몰래 비밀의 문틈으로 도망을 쳤어. 미쳐버린 박고헌만 놔두고 말야. 더 이상 외눈고개에 미련을 두지 않고 사람의 모습으로 조선에서 여생을 마치기로 맹세했지.

우리는 외눈고개의 출입구를 봉쇄해 차후의 피해를 막았어. 박고헌이 인간들을 납치해 포를 떠서 죽이는 꼴은 참기 어려웠거든. 외눈고개에 갇히게 된 그는 아마도 화병이 나서 수명을 재촉했을 거야. 그런데 비천자들이 사당을 지어주고 우리들의 문자로 공적을 치하하는 제문까지 남긴 걸 보면 그는 상당히 존경받았던 모양이야. 정겸이 당신은 박고헌에 필적하는 존경을 받고 있는 거야. 이 비천자들은 자신들이 새긴 글귀를 죽어도 잊지 않거든."

"대체 그 글귀엔 뭐라고 씌어 있었나?"

"때가 오면 금역의 문이 열리고 제2, 제3의 박고헌이 찾아올 것이다. 그때 장벽을 뚫고 나가면 세상은 너희들의 것이 되리라."

"이해가 안 가는 건 탁봉이 네가 우릴 이용했다는 것이다. 너는 평화를 원하는 척하면서 지금은 희대의 악귀들을 인간 세상에 풀어놓으려 하고 있잖아."

"마음이 바뀌었으니까!"

탁봉이 차갑게 말했다.

"나는 조선이란 나라에 동화되어 평화롭게 살고 있었어. 그런데 은빛 벌레들이 엉망으로 만든 거야. 저 계집의 오빠가 찾아와 칼로 위협하고 꿈에도 발을 담그기 싫은 외눈고개로 나를 다시 끌고 왔어. 진작 밟아 죽였어야 할 벌레들, 후환을 남긴 게 탈이었어. 숨어 살며 인간의 몸을 빼앗아 세력을 넓힐 줄 어찌 알았겠어? 그들은 비천자들이 아직 살아 있다는 말을 믿지 않은 채 우릴 협박해 격섬채동포를 훔치는 데만 급급했지. 사실 이 외눈박이 놈들이야말로 지상 최대의 위험인데 겨우 대포 하나라니 얼마나 어리석은 생각인가.

이제 내겐 돌아갈 형제들이 없다. 그나마 견디며 살만한 희망조차 박탈당한 거라고. 처음엔 형제들 곁에 묻히려 했지만 막상 박고헌의 사당을 참배해보니 이제 그의 기운이 내게도 옮겨오는 걸 느낀다. 마음을 바꾸었지. 나는 너희들이 서로 싸우기를 원하고 그래서 다 죽어버리길 원해. 나는 저 우주 벌레들에게 질렸고, 비천자들에게 질렸고, 너희 인간들에게도 질렸어. 박고헌의 심정을 충분히 이해해. 다 멸망하길 원한다. 위대한 선현들의 지탄을 받아 우리 별이 고난을 당해도 더 이상은 상관하지 않을 거다. 나는 너희들 모두가 파멸하길 진정 원한다!"

정겸은 깨달았다. 이제 비밀의 문을 열 수 있는 유일한 존재는 마지막 당랑자인 탁봉이 뿐이다. 그는 마지막 순간에 극단적인 선택을 했다. 불리한 환경에서도 무한정 번식을 거듭해온 불사의 악마들을 인간 세계에 풀어놓아 대멸망의 시간을 즐기자는 속셈이었다.

사실 정겸으로서는 말릴 이유가 없었다. 그는 더러운 세상에 어머니를 잃었고 미래는 산산조각이 났다. 무사히 돌아간들 살인에 탈옥이 더한 죄로 지명수배자 신세를 벗어나지 못할 터였다.

박고헌은 나라와 백성을 위해 동분서주했다가 작은 실수로 공로를 인정받지 못하고 후대의 사람들, 특히 《귀경잡록》의 저자에게 혹독한 비판을 받았다. 아무도 그의 진심을 알아주지 않았다. 이제는 잃어버린 꿈인 사또의 구군복을 입고 있는 정겸은 오갈 데 없던 박고헌의 심정과 뼛속 깊이 동화되어 불합리한 이 세상의 멸망을 진심으로 원했을지도 모른다.

그러나 구군복은 세상에 대한 분노 못지않게 목민관으로서의 의무감도 되살려 놓았다. 비천자들이 세상에 풀려나면 양반사대부들도 피를 보겠지만 가장 참혹하게 죽어 나가는 것은 결국 힘없는 백성들이다. 다른 차원에서 온 야수들과의 다툼으로 조선 백성들이 처하게 될 국난은 상상하기도 싫었다.

또 하나, 그에게는 아직 포기할 수 없는 사람이 있었다. 그것은 자신의 곁을 지키고 선 여인 묘옥이었다.

"마탁봉! 일부러 이러는 것이지? 이들이 고개 밖으로 나가면 곧 밝은 낮이 돌아와. 너 사실은 이들을 한꺼번에 몰살시키려는 계획인 거지?"

정겸은 지푸라기라도 잡는 심정으로 물었지만 끝내 탁봉은 희망을 채워주지 않았다.

"외눈고개 안에서 시간이 빨리 흐른 이유를 아직도 모르겠나? 저들이 잠들어 있을 때도 이미 낮이 아닌 저녁이었단 말이다. 하늘을 보고도 그걸 알아채지 못했다니 너도 딱하구나. 저들은 이제 인간들처럼 낮에 일하고 저녁에는 일찍 잠들 수도 있게 되었다. 박고헌이 적응하는 능력을 가르쳐주었으니까. 너희가 동굴에 있을 때 저들이 갑자기 몰려온 건 누군가 잠을 깨워준 덕분이야. 그게 누구일까? 하하하, 그건 바로 나의 이두조야."

탁봉의 번쩍이는 눈이 묘옥을 노려보았다.

"우리 종족은 원래 이렇게 잔혹하지 않았다. 이 모든 불행의 원인은 저 계집의 몸 안에 들어있는 은빛 벌레야. 그 옛날에도 우리를 장악하여 조선에 불시착하게 하더니, 또 지금도 숨어사는 우리를 끌어내 결국 모두 죽게 만들었어. 나는 저 계집이 너무나도 싫어. 나는 이제 인간 세상을 끝장낼 것이지만 먼저 저것의 배부터 가르겠어. 어이, 정겸, 잘 보아라. 내 말이 거짓인지 아닌지."

탁봉이 이계 언어로 뭐라고 이야기하자 사각형의 칼을 든 비천자 둘이 다가왔다. 묘옥이 기겁하여 정겸의 뒤로 숨었다. 정겸도 칼을 쥐고 그녀의 앞을 막아섰다.

"이 여인의 몸에 손대려거든 나부터 죽여야 할 것이다!"

박고헌인 정겸이 소리치자 비천자들이 감히 접근하지 못했다. 묘옥이 탁봉에게 말했다.

"오라버니 몸은 네 말대로 벌레가 장악했을 수도 있어. 믿어 줘! 나는 아니야! 내 몸에는 은빛 벌레 따위는 들어 있지 않아."

"거짓말하지 마! 내면을 들여다보는 당랑자의 눈은 못 속여. 너의 배 속에선 지금도 꿈틀대는 생명이 보여."

"그건…… 아기야!"

"뭐라고?"

"내 아기란 말이야."

"허튼 소리! 네게 남편이 있다고 했었나?"

"오라버니의 아기야."

묘옥이 절망적인 음성으로 말했다.

머리를 절구공이로 찧는 느낌에 정겸은 멍하니 앞을 바라보았다. 그곳에는 배에 눈과 입이 붙은 수많은 형상들만 가득할 뿐이었다. 묘옥은 그런 정겸의 팔을 잡고 매달렸다. 살려달라는 애원 사이로 비천자들이 다가왔다. 그들은 저항을 잃은 정겸을 건드리지 않고 지나쳐 묘옥을 잡으려 했다. 홀로 남게 된 그녀는 배를 움켜잡고 뒷걸음질을 쳤다. 그러나 그녀가 도망칠 곳이라고는 없었다. 탁봉이 차갑게 말했다.

"네가 죽지 않으려고 거짓말을 하는구나. 아기인지 벌레인지는 배를 갈라 보면 알아."

"살려줘요, 정겸! 저들이 나를 죽이려 해요."

묘옥이 애원하자 정겸은 땀이 흥건한 얼굴을 들었다.

"나를 옥사에서 이곳까지 따르도록 만든 건 결국 미인계를 쓴 거요?"

"그렇지 않아요!"

"그럼 뭐요?"

"자객에게서 나를 구해줬을 때부터 당신이 좋았어요. 일부러 속였던 건 아니에요. 오라버니는 세상을 정복할 유일한 왕족이 되려면 한 가지 혈통만을 유지해야 한다고 그랬어요. 미안해요. 변명 같지만 그는 내 오라버니일 뿐이에요. 내 마음은 아직도 당신을 향하고 있어요."

정겸은 머리에 손을 댔다. 비천자를 세상에 풀어놓을지 말지, 내면의 갈등에 머리가 폭발할 것 같았다.

비천자 하나가 긴 팔을 뻗쳐 묘옥의 어깨를 붙잡았다. 다리에 힘이 풀린 그녀는 대항할 힘조차 잃었다. 묘옥이 정겸을 쳐다보았지만 정겸은 시선을 외면했다. 다른 비천자가 묘옥의 배를 향해 칼을 치켜들었다.

"날 지켜준다고 했잖아요!"

비천자가 칼을 휘두르려는 찰나, 정겸이 먼저 칼을 휘둘렀다. 묘옥을 내리치려던 비천자의 팔이 잘리면서 누런 피가 쏟아졌다. 탁봉의 눈 색깔이 변했고 사태는 어수선해졌다. 비천자들이 창을 든 채 분노의 함성을 쏟아냈다.

정겸은 묘옥을 보호하려는 것처럼 등 뒤로 당긴 채 비천자들과 맞섰다.

온 산야를 빽빽이 둘러싼 비천자들의 함성은 소름끼쳤다. 그것은 환희에 가까운 신바람의 목청이었다. 그때 정겸은 탁봉을 보았고, 그가 뭘 하려는 것인지 깨닫자 혼백이 떠나갈 공포 속으로 떨어졌다. 거대한 사마귀 머리의 입에서 주문이 흘러나왔다. 태산이 무너지는 기운과 함께 나무들이 진동하기 시작했다. 산악이 거대한 움직임으로 뿌리를 드러내며 회전했다. 인고의 세월 끝에 바깥으로 나올 수 있게 된 비천자들의 흥분은 격렬했다. 그들은 공격적이고 반골이던 본래의 기질을 서슴없이 드러냈다. 이제 세상은 최악의 위기에 놓였다. 반면 정겸과 묘옥은 눈앞의 위기를 극복하기에도 역부족이었다. 두 사람은 등을 맞댄 채 달려드는 비천자들을 닥치는 대로 베고 찔러 죽였다. 그러나 달려드는 괴물들은 끝이 없었고, 다른 방향으로 달려가는 대군 사이로 이미 외눈고개가 아닌 종자고개의 익숙한 산야가 조금씩 드러나고 있었다. 반갑기 그지없는 조선의 풍경마저 섬찟했다. 나그네들이 실종된 수수께끼의 고개로서 섬찟한 것이 아니라, 바야흐로 우주의 비천괴수(飛天怪獸)들을 탈옥시키는 해방구라는 이유로 섬찟했다.

"잘 가라. 정겸. 우리 모두가 죽는 것만이 답이다."

탁봉의 웃음이 서서히 개방되는 인간 세계 사이로 떠다녔다.

그때 높은 곳에서 굵은 목소리가 들려왔다.

"어이, 여기를 봐!"

먼저 고개를 돌린 이는 비천자들이었다. 그들의 육! 육! 하는 함성에 환희가 아닌 증오가 번졌다. 탁봉의 움직이지 않는 머리통에서도 붉은 기운이 솟았다.

정겸과 묘옥을 둘러쌌던 비천자들이 등을 돌려 불청객을 향해 달려갔다. 덕분에 정겸과 묘옥은 언덕 위에 나타난 인물을 자세히 볼 수 있었다. 그는 한때 조선의 용맹한 무장이었지만 스치기만 해도 오랑캐에게 치명상을 입히던 한풍검 대신 용을 닳은 대포를 들고 있었다. 그의 몸 구석구석은 참혹했다. 옷은 너덜거렸고 창으로 찔린 상처는 한두 곳이 아니었다. 발아래에는 죽어 널브러진 비천자들이 쌓여 있었다. 거대한 황금색의 용대포, 저것이 바로 격섬채동포인가, 실제로 있었다니…… 정겸이 눈을 크게 떴다.

안지천이 어깨에 멘 대포의 발사구에서 어둠을 사르는 이계 문명의 광채가 원을 그리기 시작했다.

"김정겸! 내 동생을 부탁하네! 아악!"

등 뒤에서 찌른 창이 가슴을 뚫고 튀어나왔다. 그렇지만 안지천은 대포를 놓지 않았다. 힘을 집중하는 광채의 회전은 계속되었다. 그 순간, 정겸은 창의 힘에 떠밀려 몸의 일부가 터진 채 튀어나온 은색의 거대한 벌레를 보았다. 안지천의 피에 싸여 바깥으로 나온 그것은 아직도 몸의 절반을 숙주의 심장에 묻은 채 고통스럽게 몸부림쳤다. 안지천은 일그러진 얼굴을 들고 마지막 말을 남겼다. 정겸은 그 말이 은빛 벌레가 시킨 것인지, 아니면 안지천 자신의 의지로 내뱉은 건지 알 수 없었다.

"조선에 저것들을 풀어놓으면 안 돼!"

격섬채동포가 불을 뿜으면서 안지천의 몸은 반동으로 낭떠러지 아래를 날았다. 눈부신 광채가 태산의 기세로 다가왔다. 돌아보는 비천자들의 뱃가죽 얼굴이 공포로 팽창되었다. 그 얼굴들이 누런 점액질로 녹아내린 데는 눈 한 번 깜빡일 시간도 걸리지 않았다. 정겸은 검을 버리고 묘옥을 끌어안았다.

거대한 충격파에 두 사람의 몸은 허공을 날았다. 폭풍우 같은 바람이 불어왔다. 견딜 수 없는 파괴력에 그는 묘옥을 놓치고 말았다. 정겸은 외눈고개 바깥으로 날아갔지만 손을 뻗치는 묘옥은 고개 안쪽으로 빨려 들었다. 정겸은 그녀의 이름을 불렀다. 묘옥도 그를 부르려 했으나 그녀가 울컥 토해낸 건 한 움큼의 피였을 뿐이다. 은빛 벌레는 그녀의 안에 존재하지 않았다.

"아아…… 안 돼!"

정겸이 절규하는 가운데 또 한 번의 폭발이 있었다. 빛이 어둠을 채우면서 아무 것도 보이지 않았다. 하늘에서 땅으로 추락한 정겸은 내리막길을 수차례나 굴러 내려갔다. 코로 풀냄새가 몰려오고 익숙한 산천이 어지럽게 회전했다. 호박처럼 둥그런 물체도 그를 따라 함께 굴렀다. 밤하늘을 직진하는 구름의 행렬은 멈추지 않았다. 온 세상이 뒤집히면서 정신을 잃기 직전이었다. 그때 풍덩 하고 몸이 차가운 물속에 빠졌다. 정겸은 정신을 차리고 손을 휘저어 물위로 솟아올랐다. 꽤 깊이가 있는 시냇가였다. 빙글빙글 도는 세상이 차츰 진정되어 갔다. 산짐승 소리가 들려왔고 익숙한 나무들이 보였다. 그는 자신과 함께 굴러 떨어진 것을 보았다. 사마귀 대가리와 흡사하게 생긴 검은 돌이었다.

외눈고개 바깥으로 튕겨 나온 사람은 그 혼자였다. 비천자들은 보이지 않았다. 그러나 묘옥의 모습도 보이지 않았다. 그는 탁봉의 머리를 흔들고 질문을 퍼부어 댔지만 검은 돌은 그에게 아무런 답도 주지 않았다.

"묘옥 낭자……."

정겸은 털썩 무릎을 꿇었다. 시냇물에 자신의 얼굴이 비쳤다. 스무 살의 젊은이는 더 이상 없었다. 환갑이 된 노인의 주름진 얼굴이 있을 뿐이었다. 정겸은 그대로 정신을 잃어버렸다.

환향자(還鄕者)

1

깨어난 후 아무리 찾아봐도 검은 표지석은 보이지 않았다. 정
겸은 산속을 헤매다가 사람들과 마주쳤다. 그들은 정겸이 입은
옷과 품에 안은 돌을 이상한 눈으로 바라보았다. 그들은 정겸이
따라오기라도 할까 봐 찌푸린 인상으로 길을 가르쳐주었는데
하나같이 '어르신' '노인장' '할아버지' 따위의 호칭을 썼다. 정
겸은 자신이 꿈을 꾸고 있거나 육신은 사라지고 혼백만이 저승
을 떠도는 모양이라고 생각했다. 살을 꼬집어보니 아팠다. 꼬집
힌 팔도 꼬집은 손가락도 젊은이의 신체가 아니었다.

그는 산길을 따라 걸었다. 길 곳곳마다 어제는 보이지 않던
다리나 사찰 따위가 생겨나 있었다. 같은 길을 태풍 같은 기세
로 걸어갔던 게 바로 어제 일이었다. 하루 만에 어떻게 이런 변
화가 가능한 건가.

주위를 둘러보았지만 외눈이 표시된 나무는 보이지 않았다.
곳곳에 등장했던 동심원의 문양도 사라졌다. 가을이 한창인 고
개는 울긋불긋한 단풍 아래 새소리 벌레 소리만이 요란했다. 어

디선가 배를 자극하는 선지국 냄새가 풍겨왔다. 하루 동안 먹지 못해 배가 몹시 고팠다. 냄새가 나는 쪽으로 걸음을 옮겼으나 숨이 차고 눈이 핑핑 돌아 그대로 주저앉고 말았다.

"탁봉아, 이게 어찌 된 일이지? 팔다리에 힘이 없구나. 내가 왜 노인이 되었을까? 외눈고개를 벗어난 건 분명한데 내 모습이 왜 이렇게 되었는지 알려다오, 묘옥 낭자는 죽었는지, 격섬채동 포를 쏘던 안 장군은 어찌 되었는지, 비천자와 더불어 너도 죽 었느냐? 말 좀 해보아라. 왜 돌이 되어 아무 말도 하지 않는 것 이냐?"

"저기…… 어르신……? 괜찮아요?"

돌에 대고 말을 쏟아내던 정겸은 자기를 부르는 소리에 고개 를 들었다. 지게를 멘 젊은이가 이상한 눈길로 바라보고 있었다.

"독사가 우글대는 곳인데 왜 여기 앉아 계세요?"

2

정겸은 친절한 젊은이의 부축을 받아 근처에 있는 주막으로 갔다. 산속에 왜 주막이 있는지 의아했다. 젊은이는 단풍이 절정인 종자고개에 유산(遊山)을 즐기는 사람들이 늘어나서 술과 밥을 파는 곳이 많이 생겼다고 했다. 정겸이 이 고개 이름은 외눈고개라고 하자 젊은이는 그런 이름은 들어본 적이 없다고 했다. 배에 얼굴이 붙은 것들은 나타나지 않았냐고 묻자 젊은이는 어이가 없다는 표정을 지었다.

오래된 데다 심하게 찢어지기까지 한 구군복 차림에 검은 돌을 안고 있는 노인은 곧 소문 거리를 원하는 사람들에게 둘러싸였다. 그들은 국밥 한 그릇을 주는 대신 미친 노인의 이야기로 하루의 재미를 찾으려 했다.

정겸이 지금이 몇 년 몇 월인지 묻자 누군가가 숙종께서 제위한 지 37년(1711년)되는 가을철이라고 알려주었다. 숙종은 정겸이 모르는 이름이었다. 그의 어제는 현종 12년 신해년이었다. 그는 40년 후의 섭주로 돌아왔음을 깨닫게 되었다. 정겸은 급한 목소리로 그동안 이 마을에 배에 얼굴이 붙고 창을 든 괴수 무리들이 나타나 사람을 죽이지 않았는지 물었다. 그나마 예의가 있는 사람은 웃음을 참는 침묵으로 답했고, 예의가 없는 사람은 '이 영감 완전히 돌았군!' 하고 가벼운 입을 놀렸다. 정겸은 비천자가 결국 조선 땅을 밟지 않았음을 깨닫고 기쁨의 미소를 지었다.

식사를 마친 정겸은 돌을 품에 안고 주막을 나섰다. 사람들에게 순흥 가는 길을 물으니 방물장수 하나가 방향이 같으니 따라 오시라고 했다. 그는 세상물정을 많이 겪어 미친 노인 하나쯤 동행해도 아무 문제도 없다는 눈치였는데, 오히려 허황된 이야 기라도 들으면서 걷는 게 혼자 가는 것보다 덜 심심하다고 여기는 듯했다.

정겸은 방물장수를 통하여 순흥이 어떻게 바뀌었는지 들을 수 있었다. 퇴임을 앞둔 사또가 선정을 베풀어 순흥은 그 어느 지역보다도 살기 좋은 고을이라고 했다. 운명을 예감한 정겸이 사또의 이름을 묻자 방물장수는 지체없이 '이선규'라고 답했다.

순흥에 당도한 정겸은 방물장수와 이별하고 어머니가 계신 산소를 찾아 곡을 했다. 산소는 반듯하게 벌초가 되어 있었다. 정겸은 가까이에서 소를 치던 농부에게 산소를 누가 이렇게 잘 관리해주었냐고 물었다. 나이가 지긋한 농부는 여기 묻혀있는 아낙의 아들과 고을의 사또 어른은 둘도 없는 친구였는데, 아낙 의 아들이 40년 전에 행방불명이 되어 사또께서 늘 이렇게 벌초 를 해주시고 명절 때도 챙겨주신다고 했다. 얘기를 하다말고 농 부는 놀란 표정을 지으며 정겸의 얼굴을 뜯어보았다. 정겸도 이 웃집 철부지였던 꼬마의 얼굴을 기억하고 있었지만 자신이 지 명수배자였다는 어제가 떠올라 황급히 자리를 피했다.

정겸은 배다른 형제들이 살던 집터에도 가 보았다. 그곳에는 약방이 들어서 있었다. 그는 묘옥을 구하느라 옥에 갇히게 되었 던 관아가 같은 자리에 있기만을 바랐다.

그곳의 현령이 내가 아니었다면 정겸은 찾아올 결심을 못했 을 것이다.

3

　지금까지가 나를 찾아온 정겸의 외눈고개 이야기다. 그에게
는 하루였지만 내게는 40년의 세월이었다. 그의 진술을 토대로
나는 정겸이 겪었던 수기를 영웅 신화처럼 완성했는데 이는 한
때 나의 가장 소중한 벗이었던 사람에 대한 작은 배려였다. 정
겸이 미쳤음을 좀처럼 인정하기 어려웠다. 어떻게든 좋은 모습
으로 기억하고 싶었고, 우리가 나누었던 의리가 사후에도 잊혀
지지 않길 바랐다. 그럼에도 무책임한 첨삭이나 과장은 없었다.
대부분의 묘사는 정겸의 입에서 나온 그대로를 옮긴 것이다.

　내 마음은 착잡하기 그지없었다. 안타깝게도 그는 자신보다
이 세상을 걱정하고 있었기 때문이다. 불쌍한 내 친구가 쫓기는
몸으로 살다가 그만 미쳐버렸음은 부정할 수 없는 사실이었다.
그는 사람을 죽인 일에 연루되어 실패한 인생을 살았고 숨어 사
는 세월 동안 홀로 온갖 심적 괴로움을 감수해야만 했을 것이
다. 그런 그의 정신이 온전치 못했대도 하등 이상할 것이 없다.

　그는 미쳤다.

　틀림없이 미쳤다.

　나는 정겸의 정신에 악영향을 끼친 원인이 나라에서 금하는
불온서적이라고 믿어 의심치 않는다. 도망자의 몸으로 앞날의
희망을 상실한 그는 어느 날, 어떤 연유로 사특함이 가득한 귀
신의 이야기를 접했고 자아를 잃을 정도로 빠지고 말았다. 비천

자라는 이름을 지면에서 보았고 섭주의 어느 고개에 그 괴수들이 살고 있다는 환상에 시달렸다. 옛날 종자고개에서 사람들이 사라진 건 사실이지만 호랑이 다섯 마리가 포수들에게 사살된 후 더 이상의 실종은 없었다. 정겸의 재주를 남달리 아꼈던 나로서는 그의 광기가 안타깝기 그지없었다.

그는 빠져들기 시작한 원린자 귀신의 환상에 안지천 장군의 이야기를 뒤섞었다. 나는 40년 전에 북방 오랑캐를 두려움에 떨게 했던 육번 안지천 장군이 수하 장수들을 이끌고 군영을 탈영한 후 행방불명되었다는 소식을 들은 적이 있다. 순흥 옥사의 죄수 명부는 화재 때 불에 타버려 확인할 길이 없지만 거기 안지천이 없었음은 불을 보듯 뻔한 일이다. 만약 그가 옥사에서 정겸과 함께 있었다면 관리들 중에서 그를 알아볼 사람이 하나쯤은 있었어야 마땅할 것이다(정겸은 시덥잖은 시골 관헌들이 안지천을 못 알아본 것이야말로 당연한 일이라고 했다. 게다가 안지천은 마탁봉을 구하기 위해 변장까지 했다고 반박했다).

내 생각에 같은 서자의 몸으로서 무관으로 출세해보고자 노력했던 젊은 정겸에게 안장군은 동일시의 영웅이었을 것이다. 그런 영웅과 함께 난세를 헤쳐 나가는 모험을 할 수만 있다면! 암담한 신세로 떨어진 정겸으로서는 충분히 가져봄직한 환상일 것이다. 그가 감옥에서 만난 안지천이란 인물은 거짓 행세를 한 사기꾼임이 분명하다.

당시 안지천의 실종에는 많은 설이 따랐다. 외국으로 넘어갔다느니, 자결을 했다느니, 산야에서 은거했다느니 하는 이야기들이다. 그러나 정겸이 주장하는 외눈고개에서 사상 초유의 대포를 가져오기 위한 무용담은 없었다.

정겸은 바위보다 작은 돌을 들이대며 탁봉의 머리라고 주장했다. 가까이 들여다보면 이계의 풍경이 머릿속에서 지나치는 순간이 있을 것이라고 했다. 그런 요술같은 일은 일어나지 않았다. 내가 만져본 돌은 사마귀 머리를 닮긴 했으나 그저 평범한 돌일 뿐이었다. 문제는 탁봉의 머리가 아니라 정겸의 머리였다.

그는 외눈고개에 대규모 수색을 해줄 것을 거듭 간청했지만, 그런 곳은 존재하지 않는다고 일언지하에 거절했다. 나는 외눈고개를 모른다. 내가 아는 곳은 종자고개이며, 그곳은 산행길이 좋은 명승지가 되어 범죄가 끊어진 지 오래이다. 정겸은 내가 언성을 높이자 풀이 죽었는데, 맘 한편으로 딱했다. 나는 그가 온전한 정신을 찾아 여생을 마치길 바랐고 그렇게 도와주고 싶었다. 그는 나의 제안에 대단히 성을 냈다.

"자넨 내 말을 전혀 믿지 않는군! 그 옷을 입었다고 근엄하게 세상물정 다 아는 것처럼 수염만 쓰다듬고 있다니! 진정 현령의 구군복을 입었으면 박고헌의 반만 되어 보란 말일세!"

나는 대꾸하지 않았다.

미친 사람과는 더 이야기를 나눌 수 없다는 생각에서였다. 그의 입을 막기 위해 나는 어쩔 수 없이 지명수배자라는 사실을 잊지 말란 말을 되풀이해야만 했다. 정겸은 입을 다물었다. 눈이 내리깔리고 어깨에 힘이 빠진 그 모습이 아직도 선명하다.

괜한 말을 했나 싶었다. 나락으로 떨어진 그의 입장에서 생각을 하지 못한 경솔함이 후회스럽다.

어쨌거나 그는 내 친구였다. 나는 인생에서 단 한 번도 성공을 거두지 못한 그를 이제라도 편히 쉬게 해주고 싶었다. 초가집을 마련하고 신분을 감추게 한 후 작은 밭뙈기라도 마련해줄 생각이었다. 그가 비록 광인 김정겸일지라도 탈옥 수배자 김정겸이어서는 안 되었다.

다음 날, 그를 묵게 한 여각을 찾아가 보니 이미 정겸은 사라지고 없었다. 떠나기 전 그는 서찰 한 통을 남겼는데 그 안에는 어머니를 돌봐주어 고맙다는 글이 적혀 있었다. 나는 한 번만이라도 친구의 얼굴을 보고 싶었지만 두 번 다시 그를 만날 수 없었다.

4

그는 미쳤다.

틀림없이 미쳤다.

아니, 그는 미치지 않았다!

서서히 미쳐가는 것은 나다.

정겸이 사라진 지 며칠 지나지 않아 흉흉한 소식이 돌아다녔다. 인근 섭주 현의 종자고개에 이유를 알 수 없는 살인사건이 속출한 것이다. 다수의 무리가 휘두른 긴 흉기에 온몸이 엉망진창으로 깨진 변사체가 여기저기에 널렸다고 한다. 단풍을 즐기러 온 사대부들이 신체가 절단된 주검이 되었다. 그중에는 여인들도 있었는데 겁간의 흔적은 없었다. 오로지 살인, 또 살인일 뿐이었다.

고개의 주막들은 희생자들이 흘린 피로 멀리서 보면 붉은 집으로 보일 지경이라고 한다. 섭주 현령 장언직은 산적이 출몰했다고 판단해 관헌들을 풀었으나 어떤 흉악한 산적 떼도 이토록 잔혹한 살인을 하지는 않을 것이라고 단언했다.

며칠 후 목격자가 나타났다.

약초 캐던 사람이 비가 쏟아지는 밤에 주막을 덮친 살인귀들을 보았다고 했다. 사람이 아닌 귀신이라고 했고, 하나가 아니라 똑같이 생긴 것들이 몰려다닌다고 했다. 창을 들고 야심한 시각에 들판을 돌아다니는 그들을, 처음엔 몸집이 작아서 아이들인 줄 알았다고 했다. 그들은 육! 육! 하는 새소리를 내며 사람이 보이면 닥치는 대로 창을 휘둘러 찌르고 빨아 죽인다고 했다. 벌거벗은 아이들이 어른들을 죽이는 광경에 약초장이는 무서워 오줌을 지렸다 하는데 그 순간 번개가 치면서 그들의 얼굴이 드러났다고 한다. 섭주 현령은 곤장을 쳐서 약초꾼을 쫓아 보냈다. 아이들의 정체가 배에 눈과 입이 붙은 괴물들이라는 이야기를 믿을 수 없었던 것이다.

그 섭주의 동헌이 지금 텅 비었다고 한다. 마을 사람들도 몽땅 사라졌다고 한다. 관찰사는 내게 파발마를 보내 당장 섭주로 달려가 협력 수색을 하라고 명했다. 안동 현령도 같은 명령을 받았다. 이 글을 쓰는 동안 심하게 몸이 떨려온다. 약초꾼이 본 것은 정말 정겸이 겪었다던 그 괴물들인가. 마을이 텅 비었다는 건 그것들이 사람들을 식량으로 쓰려고 잡아갔단 말인가.

정겸은 격섬채동포가 발사되었을 때 자기 혼자만 인간계로 돌아왔다고 했다. 그렇다면 이것은 어떻게 된 일일까. 나는 지금까지 썼던 정겸에 대한 기록을 다시 한번 읽었고, 그의 입장이 되어 깊은 사색도 해보았다. 그리고 그토록 부정했던 《귀경잡록》까지 읽은 후 제 6장을 참조 문헌으로써 이 기록의 중간 부분에 첨가했다. 이런 노력이 이어지자 내게도 서서히 깨달음이 왔다.

정겸은 미치지 않았다.
오히려 가장 위험한 존재는 정겸인지도 모른다.

나는 정겸의 말을 믿어주지 않았고 직접적인 표현은 안 했으나 거지꼴로 돌아온 그를 귀찮아하는 듯한 인상을 주었다. 지금 내 머리를 떠도는 예감은, 정겸이 세상을 향해 바람직한 경고를 해놓고도 그것이 받아들여지지 않자 박고헌의 길을 따른 것 같다는 쪽으로 쏠리고 있다.

정겸이 비천자 괴수들을 이끌고 이 세상을 향해 분노의 창질을 시작했다고 생각하기는 싫다. 만약 그게 사실이라면 원인 제공자는 내가 아닐까? 머리가 혼란스럽다.

자, 이제 곧 나는 관찰사의 부름으로 수색 지원을 하러 간다. 목적지는 섭주의 종자고개다. 단단히 무장을 하고 가라는 관찰사의 명에는 생각보다 큰 위험이 도사리고 있다. 한 달 후면 퇴임할 몸이건만 감히 명을 거역할 수는 없다. 전투가 벌어진다면 나는 물러서지 않을 것이다. 휘하의 장졸들은 담력이 세고 일당백의 실력을 지닌 대장부들이다. 하나 불행하게도 내게는 화포가 없다.

임무를 마치고 돌아오지 못하리라는 예감도 든다. 그래서 어렵게 완성한 이 〈외눈고개 비화〉를 튼튼한 궤짝에 넣어 잠궈 놓을 생각이다. 아들을 불러 만약 내가 돌아오지 않으면 궤짝을 개봉한 후 이 기록을 되도록 많은 사람들에게 알리라고 신신당부 할 작정이다.

오늘 밤이 지나고 날이 밝으면 나는 장졸들과 함께 종자고개로 오를 것이다. 그곳에 내 친구가 있기를 바라며, 사태가 원만하게 해결될 수 있기를 바란다. 나의 벗 김정겸이 미치지 않았음을 뒤늦게야 인정하노니, 다시 만나 서로에 대한 사심(邪心)을 거두고 정답게 술잔을 기울일 수 있기를 고대한다.

우상숭배

권윤헌

1

민가를 발견한 권윤헌의 입에서 안도의 한숨이 새어 나왔다. 칠흑 같은 어둠 속에서 홀로 불을 밝힌 오두막은 환각이 아니었다. 양반 체면을 구길까봐 만세 함성을 참았다. 자칫 산 속에서 노숙이라도 해야 할 판이었는데 천지신명이 도왔다. 권윤헌에게 바깥에서 잠을 잔다는 것은 '도적이여, 칼로 목을 따고 재물을 가져가시오' 하는 행위나 다름없었다.

말을 끌던 관노(官奴) 바우는 이런 첩첩산중은 이름 모를 짐승이 위험하지 도적 따위는 없다며 큰 소리쳤지만 권윤헌은 듣지 않았다. 그는 스물여섯 살이 된 지금까지 궂은일이라곤 해본 적 없던 대물림 양반 사대부였다.

"이놈 바우야, 길 잃은 나그네가 마을을 찾았는데 네 표정이 왜 그리도 섭섭하냐?"

"마을요? 여긴 마을이 있을 곳이 아닌데요."

"이 바보야, 산간 마을이란 바로 이런 깊은 골짝 촌락을 말하는 거야."

"까마득한 산골 오지에요?"

"당연하지. 이게 다 주상전하께서 조선팔도의 구획을 두루 정비하고 살피신 덕이야. 고립무원 산야에서도 하룻밤 묵어갈 집이 나오니 감군은(感君恩)이란 바로 이런 경우를 두고 하는 말이지. 아둔한 네가 큰 분의 큰 뜻을 알기나 하겠느냐?"

"나리를 이런 곳으로 보낸 그 주상이요?"

"어허! 그놈의 입!"

"이건 마을이 아닌데…… 집이 한 채밖에 없는데……."

바우의 경계심은 멈출 줄을 몰랐다.

"어두워서 안 보이는 거겠지. 어디 저 오두막 하나 뿐이겠느냐?"

"집 주인이 재워줄지. 안 재워줄지도 모르는데 김칫국물부터 마시지 마세요. 이런 산골짝에 사는 작자라면 자기 아버지도 알아보지 못할 놈일지 모르니까요."

"그게 무슨 소리냐?"

"사람 죽이고 도망친 죄인이 숨어 사는 덴지도 모른단 말입니다."

권윤헌은 자기보다 열 살 더 먹은 바우가 던진 말에 겁먹은 얼굴이 되었다. 바우는 미심쩍은 눈길을 오두막에서 거두지 않았다.

하늘에는 별 하나 떠있지 않았다. 그 아래 펼쳐진 산간 오두막은 귀신이 나올 것처럼 을씨년스러웠다.

아무리 깊은 산속이라도 그렇지 그곳은 집을 올릴 만한 택지가 아니었다. 나무를 베어내지도 돌을 치우지도 않았다. 마치 산에게 양해를 구한 듯 빽빽한 나무와 바위틈을 비집고 들어가 누추한 집을 지어 올렸다. 그게 아니라면 먼저 집을 지은 후 나무와 돌을 새로 심고 갖다 놓았다는 말인데, 무질서한 배치는 가히 집 안팎의 활동을 방해할 정도였기에 그런 가능성도 들어맞지 않았다.

오두막이 비탈길에 세워진 것도 이상했다.

사흘 전, 권윤헌과 바우는 어명을 받들어 함경도 함흥으로 길을 떠났다. 그리고 오늘, 정평을 지나 걸어올라간 북향 산간에서 길을 잃고 말았다. 산을 내려가면 역참과 여각이 있을 텐데 날이 저물도록 길이 나오지 않았다. 울창한 나무들이 끝도 없이 반복되면서 어느 때부터 한 치 앞도 가늠할 수 없었다.

바우가 노숙을 하자고 제안했지만 산속에서 자야한다는 말에 겁이 난 권윤헌은 계속 길을 찾으라 야단을 쳤다. 벌레 소리조차 들리지 않는 이상한 첩첩산중을 죽도록 헤매던 둘 앞에 진로 방향이 전혀 다른 새 길이 나타났다. 길은 앞이 막혔고 좌우로만 나있는 ㅜ자 형국으로, 왼쪽으로 내려가거나 오른쪽으로 올라가야만 하는 비탈길이었다. 문제의 오두막은 경사가 급한 비탈길의 정중앙에 한쪽으로 비스듬히 기울어진 채 서 있었다. 집 뒤편에 뭔가가 줄을 지어 웅크리고 있는 것처럼 보였지만 울창한 수림에 달도 뜨지 않은 밤이어서 시야가 뚜렷하지 않았다.

"이상한 집이야……."

바우가 말을 오두막 쪽으로 이끌었다. 권윤헌은 집이 점점 자신에게 다가오는 것 같은 느낌을 받았다. 오두막 뒤편에 '웅크리고 있는 것'의 정체가 서서히 드러났다. 나무와 짚을 이용해 삼각 꼴로 지은 움집이었다. 뿔처럼 생긴 똑같은 움집 12채가 비탈면에 줄을 맞추어 서 있었다. 안은 텅 비어 있었으나 겉모습은 꺼림찍했다. 시대와 동떨어진 양식, 그럼에도 나름의 질서 정연함에서 불교나 도교와는 다른 사교(邪敎)의 원시성이 느껴진 까닭이다. 빗살무늬토기나 돌로 만든 도끼가 유행하던 고대 시대의 자연 신앙과 관련이 있어 보였다.

"맙소사, 나리! 저게 뭐지요?"

"낸들 알겠느냐?"

권윤헌의 불안한 눈이 비탈을 훑었다. 산사태라도 나면 피할 방법이 없을 텐데 이런 곳에 움집을 지은 이유가 뭘까. 해괴한 기운을 눈치챈 건 짐승도 마찬가지였다. 말은 더 나아가지 않겠다는 듯 앞발을 굴러대며 코로 훈김을 뿜었다.

말에서 내린 권윤헌이 오두막으로 걸음을 옮겼다. 사람이 집에 가까워지는 것이 아니라 집이 사람에 가까워진다는 착각이 자꾸만 들었다.

"이리 오너라!"

"나리! 여기가 어디 한양의 기와집인 줄 아세요? 산적이 사는 집인지도 모르는데."

바우가 주인의 팔을 잡아당기고는 직접 목소리를 높였다.

"주인장 계시우?"

아무런 기척도 없었다. 부스럭거리는 소리도 없었고, 촛불 빛이 움직이지도 않았다. 권윤헌이 뭔가 깨달았다는 듯 고개를 끄덕였다.

"가만, 가만, 여긴 혹시 사당이 아닐까?"

"어째서요?"

"위치를 보거라. 이 오두막은 열두 채의 움막 중 가운데 자리
에 지어지지 않았느냐?"

"어, 그러고 보니······."

바우가 오두막과 열두 움막의 위치를 살펴보았다. 정확한 삼
각형. 움집의 외형처럼 13채의 배치 역시 세모꼴이다. 위에서
내려다보면 더욱 흥미로운 도형을 발견할 수 있을지도 몰랐다.

"촛불을 켜놓았음은 누군가 다녀갔다는 말일 텐데 아마도 치
성을 드리는 무당인지도 모르겠구나."

"무서운 소린 그만 하세요, 나리. 사당이 아니라 주인이 잠시
출타중인 평범한 집일 테니."

마침내 권윤헌은 결심했다.

"확인해보면 알겠지. 문을 열어 보거라."

2

문은 잠겨 있지 않았다. 방안을 들여다본 바우의 놀란 목소리가 권윤헌의 귀를 때렸다.

"나리! 여긴 당집이 아닙니다요! 서책밖에 없어요!"

"뭣이? 서책?"

바우가 주인을 돌아보았다.

"산적이 아니라 다행입니다요! 산속에 숨어 지내는 선비의 오두막인가 봅니다요."

"오오, 정말이냐?"

서책이란 말에 얼굴이 밝아진 권윤헌은 바우를 밀치고 열려진 방 안을 들여다보았다. 허물어져 가는 외관과는 달리 깨끗하게 만들어놓은 사랑방이었다. 가구는 전혀 없었으나 누울 자리를 제외하고는 온통 서가였다. 엄청나게 많은 책이 가지런히 꽂혀 있었는데 자리가 없어 바닥에 쌓인 것들도 있었다. 책방이라고 해도 손색없을 공간이었다. 오동나무 재질의 서안(書案)이 방 한구석을 차지하고 있었고 그 위에는 귀퉁이가 닳은 벼루와 두꺼비 모양의 연적, 그리고 붓 네 필이 놓여 있었다. 벽에는 커다란 곳간 열쇠 하나와 두 개의 활이 걸려 있었다. 선비의 몸가짐을 알려주는 정갈함에 권윤헌은 감동받았다.

"오오, 어떤 고명하신 분이 세상을 멀리하고 이런 첩첩산중에 은일한단 말인가?"

처음의 불길했던 예감은 사그라들었다. 저명한 은둔 학자가 불쑥 나타나 처세의 가르침을 선사하는 행운이 자신을 기다릴 것만 같았다.

이렇게 된 이상 집 안으로 들어가는 것은 실례다. 문을 닫고 바깥에서 공손하게 주인을 기다려야 한다. 촛불을 켜놓았으니 아마 멀리 가지는 않았을 터이다. 그러나 금석문과 서지학에 조예가 있던 권윤헌은 오두막에 가득한 책이 어떤 학문을 담고 있는지 궁금해 미칠 지경이었다. 제목만이라도 볼 수 있기를 원한 그는 한참을 망설이다가 바우에게 말했다.

"주인이 오는지 잘 보고 있거라."

"뭘 하시려고요?"

"잡어가 잉어의 풍류를 알겠느냐?"

권윤헌은 신발을 벗고 방 안으로 들어가 가장 먼저 손에 닿는 서적을 뽑았다.

"나리! 주인도 없는데 밖에서 기다려야 하는 것 아닙니까요?"

권윤헌은 답하지 않았다. 바우가 방 안에 따라 들어온 사실도 깨닫지 못했다. 그는 손에 쥔 책 제목을 보고 있었는데 두 눈이 무섭게 부릅떠져 있었다.

"바우야, 너는 글을 읽을 줄 아느냐?"

"모릅니다요. 왜 그러십니까요?"

"이건 선비가 읽는 책이 아니니라."

"무슨 책인데요?"

권윤헌은 답하지 않았다. 속도를 더해 다른 책들을 꺼내가며 제목을 확인하고 있었다. 얼굴은 새파랗게 질렸고 손발도 부르르 떨렸다.

"나리! 무섭습니다요! 대체 왜 그러세요?"

"여기 있는 어느 한 권도……" 그는 책을 떨어트렸다. "갖고 있어서는 아니 될 책들이다."

바우가 책을 주워 들었지만 글을 몰라 닭 고갯짓만 했다.

권윤헌은 충격을 받았다. 서가의 책들은 국법으로 금지하는 이단에 관한 서적이었다. 지은 지 100년이 넘은 책도 있었고, 근래에 나온 책도 있었다. 선현의 가르침이란 예상은 틀렸다. 깨끗한 사랑방 안에 모인 것은 동서고금을 통튼 사악함의 정수였던 것이다!

서가에는 280명의 신도를 죽여 제물로 바친 밀승신성교(蜜蠅神聖敎)의 교주 천승도가 저술한 교리문답서 《만씨멸구유일승집(萬氏滅口唯一蠅集)》이 있었고, 한때 조정의 사관이었다가 '생명을 알아보고 변화하는 빛'을 쏘인 후 발광하여 세자의 어린 사촌 둘을 쇠도리깨로 때려죽였던 살인마 고탁규의 무서운 가짜 역사서 《동국원린사초(東國遠麟史草)》도 있었으며, 미지의 세력과 결탁해 방화와 살인을 일삼고 나라를 뒤엎을 반란을 주도했던 완덕의 《서역신왕직설(西域辰王直說)》 등이 있었다.

권윤헌이 떨어트린 책이 바로 《서역신왕직설》이었다. 그 역시도 이 불경한 서책에 관해 들은 바 있었으나 직접 책장을 넘겨보긴 처음이었다. 완덕은 노비였으나 그 문장은 믿기지 않을 만큼 탁월했다. 소문에 의하면 완덕은 이상한 약초를 씹고 100일 동안 금식한 뒤 '붉은 하늘이 귀띔해주는 목소리(血雲之蒼天)'로부터 미지의 법력을 전수받아 상전벽해의 지혜자로 거듭났다고 하는데, 그 말이 진실이거나 이 책이 가짜이거나 둘 중 하나였다. 물론 권윤헌은 금서에 얽힌 소문을 요망한 잡설이라고 일축해 온 사람이었다. 그러나 내용의 어처구니없음을 떠나 이런 사악한 물건들이 한자리에 모여 있음에는 모골이 송연할 수밖에 없었다.

'대체 이런 서책 더미에 파묻혀 은거하는 놈은 누굴까?'

권윤헌은 또 다른 책 한 권을 꺼내다가 팔뚝에 소름이 끼쳤다. 앞에 꺼내본 책들은 지금의 충격에 비하면 약과였다. 수없는 왕조가 참초제근(斬草劑根)의 수배를 내렸음에도 끈질기게 살아남았고 오히려 왕조의 비참한 교체를 내려다보며 기세등등했던 예언서가 거기에 있었던 것이다. 살인과 저주, 역성혁명의 반란을 몰고 온 사특한 책, 바로 뱀 껍질의 선비 탁정암이 지었다고 알려진 《귀경잡록》이었다.

바우도 똑같은 책을 꺼내들고 있었다. 대부분의 책 제목이 《귀경잡록》이었다. 권윤헌이 손에 쥔 《귀경잡록》은 빛이 바랜 고본이었으나 바우가 꺼낸 책은 깨끗한 사본이었다. 권윤헌은 오두막 주인이 이단의 서적들을 필사해 유통하는 악당임을 확신했다.

《귀경잡록》은 권윤헌도 잘 알고 있었다. 되살아난 시체, 혼백을 소환하는 비술, 천상계의 사악한 존재, 죽음을 몰고 다니는 요승 따위 온갖 요설이 장(章)마다 가득한 이 책이 일으킨 풍파는 그리 멀지도 않다. 불과 한 달 전에도 의금부에서 이 책과 관련된 자를 참수형에 처한 바가 있었기 때문이다.

지은 지 수백 년이 지났으나 아직도 기찰포교들이 관련자를 붙잡으러 다닐 정도로 《귀경잡록》의 영향력은 시공을 초월해왔다. 국기를 뒤흔드는 변란에는 항시 이 책이 연루되었다는 주장도 있었다. 권윤헌은 왕조의 정통을 고집하는 보수파(保守派)였고 따라서 이런 불온한 책이 생명력을 얻는 것에 겁을 냈다. 철밥통같은 관료 세계에서 성공하길 바라는 마음 하나로 살아왔던 권윤헌은 세상이 바뀌면 자신이야말로 일순위로 제거당할 것이라는 망상적인 공포를 갖고 있었다. 그는 백성들의 고혈을 사정없이 빨아 왔고 그들에게 어느 정도 악명까지 떨치고 있었다. 실세에게는 납작 엎드렸으나 그 실세의 힘이 지속되지 않을 것이다 싶으면 즉시 태도를 바꾸었다. 지체 높은 탐관오리를 따라 처세해왔던 그는 적을 많이 만들었고 투서도 꽤 받았다. 이번에 함경도 산골짝까지 출장을 오게 된 일종의 좌천도 위아래 기름 친 작자들의 도움을 받을 수 없을 정도로 그가 무리하게 부정부패에 손을 댔기 때문인데…….

"웬 놈이냐!"

누군가의 고함에 권윤헌의 상념은 끊어졌다. 돌아본 그는 비명을 지를 뻔했다.

열린 문 앞을 가로막고 있는 사람이 있었다. 깨끗한 방 안과 전혀 어울리지 않은 모습이었다. 피 묻은 저고리를 걸친 그자는 한 손에 목이 잘린 노루를, 다른 한 손에 도끼를 들고 있었다. 그러나 그보다 무서운 건 얼굴이었다. 음침한 산야, 야심한 시각에 어울리지 않게 가면을 쓴 얼굴이었기 때문이다.

목제 탈은 얼굴과 하나로 합쳐진 듯 피부에 찰싹 밀착해 기괴했다. 코에 뻥 뚫린 두 구멍과 입가에 나있는 작은 틈을 제외하고는 여백이 없었다. 갈색이 아닌 시커먼 안료를 칠한 탈은 양반탈과 흡사했지만 표정이 완전히 달랐다. 여섯 개의 커다란 눈은 그악스럽게 늘어져 귀까지 닿았는데 어느 구멍으로 바깥을 보는지 알 수 없었고, 어금니 형상의 돌기가 솟아있는 입꼬리 역시 지나칠 정도로 올라가 눈과 잇닿아 있었다. 웃는 것처럼 보이지만 시선만으로도 사람을 죽일 수 있을 만큼 무서운 표정이었다. 이마 한가운데에는 흰 색의 한자가 새겨져 있었다. '주신(主神)'이라는 두 글자였다.

"누구냐 묻지 않았느냐? 대체 어떻게 이곳을 찾았지?"

탈바가지의 목소리가 부르르 떨렸다. '대체 어떻게 이곳을 찾았냐'는 질문에는 노여움 못지않게 당혹스러움도 섞인 것 같았다.

"감히 성지를 무단침범 하다니 정체가 무엇이냐?"

탈바가지가 노루를 내동댕이치자 몸통밖에 없는 짐승의 사체가 축 늘어졌다. 도끼를 내세우며 탈바가지는 사납게 들이닥쳤다.

"살려주시오! 일부러 들어온 게 아니오!"

권윤헌이 애원하다가 나동그라졌다. 그는 문 뒤에 숨어있는 바우를 언뜻 보았지만 목구멍이 마비되어 소리가 나오지 않았다. 탈바가지가 도끼를 번쩍 쳐들자 촛불로 확대된 그림자가 벽을 가득 채웠다.

"정체를 밝혀라! 네놈이 누구인지!"

그때 바우가 문짝을 박살내며 탈바가지를 덮쳤다. 호랑이 같은 기세에 떠밀려 도끼를 놓친 탈바가지는 방바닥에 얼굴을 처박았다. 탈은 벗겨지지도 깨지지도 않았다. 바우는 탈바가지의 등덜미를 붙잡고 땅에다 연거푸 머리를 처박았다. 탈바가지가 팔을 뒤로 뻗치며 반격했지만 바우도 만만치는 않았다. 필사적으로 엎치락뒤치락하는 몸싸움이 펼쳐졌다. 권윤헌은 어쩔 줄 몰라 일어선 채 지켜보기만 했다.

"나리! 말에 가서 얼른 이놈 묶을 줄을 가져 오세요!"

바우가 탈바가지의 등에 올라타 소리쳤다. 권윤헌은 퍼뜩 제 정신이 들어 말에게 달려간 뒤 봇짐 두 개를 비웠다. 봇짐 천을 둘둘 말으니 오랏줄로 대용할 만했다. 탈바가지의 팔을 뒤로 꺾은 바우가 줄을 건네받아 손목을 묶어버렸다. 이 틈에 권윤헌은 발목을 묶어 제압에 성공했다.

권윤헌은 공포와 흥분으로 벌벌 떨면서 소리쳤다.

"이놈! 너는 사람을 죽이려 했다! 내 당장 한양 포도청으로 네놈을 압송하리라!"

"도둑이 오히려 매를 든다더니(賊反荷杖) 바로 이런 경우로구나." 탈바가지 안에서 목쉰 음성이 터져 나왔다.

"닥치지 못할까. 이놈! 감히 나라의 중신더러 도둑이라니!"

"나를 압송하겠다고? 나라의 중신? 네가 정말 관헌이라도 된단 말이냐?"

여섯 개의 눈이 권윤헌을 쏘아보았다.

"말해보아라! 네놈은 관헌이냐?"

"그렇다. 나는 대궐의 밀명을 받아 잠입한 권윤헌 포도대장이다!"

권윤헌은 탈바가지의 동패가 바깥에 있을 것을 염려해 한바탕 거짓말을 늘어놓고 옆에 서 있던 바우를 가리켰다.

"여기 이 사람은 너를 체포하기 위해 특별히 동행한 훈련원 최고의 무관인 박우영 부장포교다! 살아난 걸 다행으로 알거라!"

탈바가지 안에서 웃음소리가 나왔다.

"내가 무슨 죄를 지었길래 잡아간다는 말이냐? 남의 성지에 몰래 들어온 것은 네놈들이 아니더냐?"

"흥, 성지? 범죄현장이라고 그러지? 우린 네놈이 이 산속에서 사악한 책을 필사해 유통시키려 했음을 잘 알고 있다!"

"내가 책을 유통시키려 했다고?"

3

거짓말에 재미가 붙은 권윤헌은 기세를 올려 정말로 대역죄인을 사로잡은 포도대장처럼 행세했다. 간만에 어깨에 힘을 주고 큰소리를 치니 묘한 흥분으로 마음이 들떴다. 그는 바우를 시켜 탈바가지를 무릎 꿇리고 그 앞에 선 채 서가를 가리켰다.

"이놈!《귀경잡록》을 비롯한 이 간흉한 서책들이 뚜렷한 물증이거늘 어디서 시치미를 떼느냐? 네 놈은 불온서적 창고인 이곳을 가리켜 스스로 성지라고 칭했겠다?"

"저 책들은 우주만물의 신령들을 학문하는 경전이다. 도를 깨우치기 위함이지 유통하려는 것이 아니다."

"《귀경잡록》의 사본이 이렇게나 많은데 거짓말을 하느냐?"

"《귀경잡록》은 원린자(遠麟者, 외계인)들을 다룬 책이다. 그들을 경계해야 한다는 탁정암의 주장이 틀렸다는 걸 알려주고자 여러 판본에 새로이 주석을 첨가했을 뿐이다. 참 진리를 터득하려는 학업의 필사였다는 말이다."

바우는 불안한 시선으로 바깥을 살폈다. 칠흑같은 어둠뿐이었다. 숨어있는 동패가 나타난다면 좋을 일이 아니었다. 도끼 든 놈을 사로잡은 괴력의 소유자였지만 바우는 침묵에 싸인 12채의 움집을 보자 겁이 났다. 저건 대체 뭘까…….

권윤헌이 한층 목소리를 높였다.

"탈박으로 숨긴 네놈의 정체는 무엇이냐?"

"이 탈은 벗을 수 있는 것이 아니다. 내 이름은 천승도라고 한다."

권윤헌이 서가 귀퉁이에 꽂힌 책 한 권을 뽑아 들었다.

"이《만씨멸구유일승집(萬氏滅口唯一蠅集)》의 저자도 천승도라고 하지. 너는 이자의 후예인가, 아니면 이자와 동명이인인가?"

"그렇지 않다. 그 책을 쓴 사람이 바로 나다."

"이놈! 어디서 거짓을 늘어놓느냐? 이 책이 나온 시기는 지금으로부터 100년 전이야. 네가 이 책의 저자라면 대체 나이가 몇이란 말이냐?"

"나는 올해로 154살이 된다. 네 고조 할아비 뻘이 되겠지."

그가 웃자 검은 탈이 들썩였다. 웃음을 멈춘 탈바가지가 여섯 개의 눈으로 하늘을 올려다보았다.

"저 너머 세계의 사도들께서 내게 불멸의 몸을 주셨다. 나는 한 가지 규칙만 어기지 않는다면 영원히 죽지 않는 몸이야."

권윤헌은 그를 지그시 내려다보았다. 조롱당한다는 느낌이 가시질 않았다.

"어이, 박 포교. 이놈의 탈을 벗겨버리게."

"예!"

바우가 다가와 우악스럽게 탈을 잡아당겼다. 검은 머리가 비명을 지르며 바우에게로 향했지만 탈은 떨어지지 않았다.

"놔라! 무지막지한 놈아! 이게 탈로 보이느냐?"

"더 세게 잡아당기게. 박 포교!"

바우가 힘을 주자 고통에 겨운 비명이 새어나왔다. 탈은 얼굴에서 떨어지지 않았고, 턱 아래로 검붉은 핏물이 주르르 흘러내렸다. 깜짝 놀란 바우가 손을 놓았다.

"살려주시오. 일부러 들어온 게 아니오."

탈바가지가 권윤헌의 음성을 흉내내며 낄낄거렸다. 분노한 권윤헌이 탈바가지의 멱살을 잡아 흔들었다.

"말하라! 네놈 혼자냐, 동패가 더 있느냐?"

"너는 약한 자에게만 강한 놈이로구나. 내가 묶이지 않았던들 이렇게 우쭐댈 수 있었겠느냐?"

권윤헌을 노려보는 여섯 눈이 번쩍거렸다.

"너는 포도대장이 아니야……. 허여멀끔하게 기생오라비같이 생긴 너는 무예를 배워본 적도 없어. 그러나 네게서는 부패의 냄새가 난다. 무관은 아니겠지만 관리임은 틀림없어. 백성의 피를 빠는 관리. 네가 포교라고 칭하는 저 무식한 놈은 아마도 너를 따르는 노비쯤 될 테지."

"이놈! 의금부로 끌려가 주리 압슬을 받아보면 내가 포도대장인지 아닌지 알 것이다!"

"닥치고 빨리 나를 풀어라. 이 무엄한 놈들아! 어떻게 이곳까지 발을 들였는지 모르겠다만 내가 없으면 너희들은 이 산을 내려가지 못해!"

권윤헌은 뜻밖의 고함에 주춤했다. 하지만 그의 내면은 절대로 겁을 내선 안 된다고 다짐하고 있었다. 이놈을 포도청에 넘기면 예전의 벼슬로 복직할 수도 있을 기회가 아닌가. 쌓인 책들이야말로 그 꿈을 이뤄줄 뚜렷한 물증이니까 말이다.

"왜 산을 못 내려가? 너를 죄인처럼 질질 끌고 이 산을 내려갈 텐데."

갑자기 탈바가지가 당황한 듯 몸을 부르르 떨었다. 이상하게도 '질질 끌고 간다'는 말에 그는 반응했다.

"아무 것도 모르는 너희 둘, 내가 하는 말을 명심해라. 나는 죄지은 자가 아니라 제사를 주관하는 제주(祭主)다. 내일 밤 자정이 되면 하늘에서 이 땅으로 내려오는 사도들이 있어. 너흰 절대로 그들을 감당하지 못해. 죽어봐야 저승 맛을 알겠나? 어서 나를 풀어라. 그러면 그분들이 오기 전에 이 산을 벗어날 수 있도록 길을 안내해주겠다."

"사도란 대체 누구냐?"

"저 너머 세계, 우주 삼라만상의 지혜로운 존재들이다. 그들은 1년에 한번씩 내려와 인간계를 관장하는데 내일이 바로 그날이다."

"사악한 서책들만 보다보니 네 머리가 어떻게 된 것이로구나."

"나는 불치의 병을 앓고 있었는데 그분들이 낫게 해주셨다. 죽지 않는 불멸의 몸을 주셨단 말이다. 그 대가로 나는 100년이 넘도록 제사장 노릇을 하고 있는 거야."

"거짓말은 그만해라."

"거짓이 아니다."

"영원히 죽지 않는다는 놈이 끌고 간다는 말에 왜 그리 겁을 내느냐? 네가 불멸인지 아닌지는 의금부에서 밤새도록 주리를 틀려 보면 알 것이다."

"내 말을 들어, 이 아둔한 것들아! 내가 도와주지 않으면 너희들은 혼백조차 남기지 못하고 죽어!"

권윤헌도 바우도 그가 처음의 태도와는 달리 안절부절못하고 있음을 알았다. 탈바가지는 수시로 바깥을, 그것도 하늘을 살폈다. 이놈이 대체 무엇을 겁내는 거지? 권윤헌은 배에 힘을 주고 목소리를 높였다.

"흥, 우리가 둘이서만 여길 온 줄 아느냐! 무장한 포교들이 곳곳에 숨어 있느니라. 너희같은 무리들을 소탕하기 위해 어명을 따른 36명의 대장들이 전국 각지로 파견되어 있고, 내가 맡은 곳이 여기 함흥이란 말이다. 우리들은 며칠 후 한양에서 만나 각자의 성과를 비교할 것이다. 그리하면 나라를 좀먹는 너희 사교의 무리들은 남김없이 토멸될 것이야."

권윤헌이 연이어 허세를 부리자 탈바가지도 협상의 여지를 포기한 것 같았다. 그는 갑자기 허리를 죽 펴고 음성을 척 깔았다.

"36명이 파견되었고 한양에서 만난다고?"

"그렇다."

"네게서 연지와 분 냄새가 진동을 하는데? 너는 글공부를 해왔지만 자리에 오래 앉아있지 못하고 생각이 흐트러지기 일쑤야. 하고 싶은 일은 많은데 정작 뭘 해야 할지 몰라 피만 뜨겁게 달아오르는 놈이지. 네가 살아온 날들이 내 눈에는 훤하게 보인다. 그래서 너 같은 놈이 벼슬을 얻으면 위험한 거야. 스스로에게 치미는 분노가 약한 백성들에게로 날아가거든. 말했다시피 너는 무관이 아니야. 관상을 보니 백성을 잘 다스리지도 못하고 힘 있는 놈한테나 영합해 출세를 바라는 작자가 틀림없어. 너는 여자를 밝히고 여자 앞에서만 당당한 놈이야. 네 몸에서 풍기는 냄새는 분명히 여색과 관련이 있어. 혹시 너는 채홍사가 아니냐?"

권윤헌의 얼굴이 홍당무처럼 빨개졌다.

"채홍사? 듣는 게 처음이로구나. 그게 무엇이냐?"

"모르는 척하고 있구나. 채홍사는 채홍준사(採紅駿使)라고도 하는데 왕의 음탕한 생활을 위해 전국 팔도에서 미녀를 뽑아 갖다 바치는 벼슬이야. 아무리 좋게 말을 꾸며도 여자를 팔아넘기는 거지. 여자가 왕의 마음에 들면 작위도 받고 토지, 노비도 받게 돼.

너희는 이 산을 벗어날 방법을 모를 테지만 나는 이 산속에서만 살고 있지 않아. 나는 세상에 일어나는 일을 어둠 속에서도 잘 알고 있다. 연산군 시절에나 있었던 그 벼슬이 지금 왕조에 또 부활되었단 것까지 잘 알고 있단 말이다. 네가 말한 36명의 대장이란 건 아마도 전국 각지에서 미녀를 모으기 위한 36명의 채홍사일 거다."

권윤헌은 기분이 상했다. 이 피 묻은 인간 백정이 자신의 처세술에 관해 족집게처럼 알고 있다는 데 기분 상했고, 어쨌거나 나라의 관리임에 틀림없는 채홍사를 마치 포주쯤으로 비꼬는 데에 기분 상했다.

"나는 채홍사가 아니야. 하지만 네가 어디서 들은 풍월은 있는 모양이로구나. 채홍준사 벼슬이 지금 왕조에 부활된 건 사실이야. 하지만 그건 황음(荒淫, 함부로 음탕한 짓을 함) 때문이 아니야. 주상전하께오서 아들을 낳지 못했기 때문이야. 왕가의 대를 이으려 팔도의 건강한 여인을 찾는 일이 어디 잘못된 일이라더냐?"

"하하하, 변명할 걸 변명해야지. 겨우 아들을 낳기 위해 한양에서 함경도까지 여자를 찾는단 말인가?"

탈바가지가 웃음을 멈추고 은근하게 말했다.

"내가 데리고 있는 절세 미녀가 하나둘이 아니다. 네가 왕에게 간택되어 큰 벼슬을 얻을 수 있도록 내가 도와줄 수 있다. 거짓이 아니다. 바로 확인시켜 줄 것이니 어서 나를 풀어줘라."

권윤헌이 코웃음을 치려 할 때였다. 바깥 어딘가 깊은 곳에서 쇠를 두드리는 소리와 함께 여자 목소리가 뒤를 이었다.

"살려 주세요! 거기 누가 계신다면 제발 살려 주세요!"

권윤헌과 바우가 서로를 쳐다보았다. 탈바가지의 여섯 눈알이 불안하게 바깥을 쳐다보았다.

4

권윤헌과 바우는 탈바가지를 질질 끌고 마당으로 나온 뒤 소리쳤다.

"어디요? 대답하시오! 누가 살려달라고 했소?"

"살려 주세요! 땅속에 갇혀 있어요!" 여인의 목소리는 하나가 아니라 여럿이었다.

"이럴 수가! 그대들은 대체 누구요?"

권윤헌이 분주하게 땅을 둘러보며 소리의 진원지를 찾았다.

"탈 쓴 자가 거기 없나요?"

"내가 사로잡았으니 조금도 걱정할 것 없소!"

"아, 싸우는 소리가 나길래 저희는 그놈이 또 누군가를 잡아 온 줄 알았어요! 우릴 구출하러 오신 거군요! 잡혔다니 다행이에요! 살려 주세요 나리!"

"혹시 이놈에게 동패가 있는지 알고 있소?"

"그자 혼자에요!"

"알겠소! 지금 어디 있소?"

"집 뒤편으로 돌아가면 땅굴이 있어요. 풀로 덮어놔서 뚜껑이 잘 안 보일 거예요."

두 남자가 집 뒤편으로 빠르게 움직였다. 끌려가는 탈바가지의 어조가 간곡했다.

"부탁이야. 저들을 풀어주면 나는 그분들에게 무사하지 못해. 제발 그냥 무시해버리고 내가 하자는 대로 해. 안 그러면 너희들도 죽어."

"닥쳐라 이놈! 이제 보니 네놈은 인신매매를 업으로 하는 놈이었구나."

"그렇지 않아. 자네처럼 나도 채홍사 비슷한 일을 하고 있단 말이야. 하지만 내가 여인들을 바치는 존재는 이 나라의 왕보다 더 높은 분들이야. 자네도 직접 눈으로 보면 믿을 수 있을 걸세. 오래 걸리지도 않아. 내일 밤이면 모든 게 끝난다구. 제발 일을 어렵게 만들지 마."

"이놈이…… 자네라니? 내가 네 친구인 줄 아느냐? 나는 채홍사가 아니야! 박 포교! 뭘 하나?"

"이놈! 포도대장 나리께 예대를 올리지 못할까!"

바우가 탈바가지 얼굴에 발길질을 해댔다.

"나리, 풀로 덮어놓지도 않았어요. 저기 뚜껑이 보입니다요."

바우가 바위로 둘러싸인 대지 한 구석을 가리켰다. 잡초가 무성한 흙바닥 가운데 통로처럼 보이는 나무틀이 보였다. 틀의 손잡이에 사슬이 채워져 있었다. 발소리를 들었는지 지하에서 아우성을 치는 여인들의 목소리가 요란했다. 탈바가지가 한숨을 토하며 하늘을 살폈다. 권윤헌이 부지런히 사슬을 돌려가며 매듭을 풀었다. 뚜껑은 육중했지만 권윤헌은 바우를 시키지 않고 몸소 힘을 써서 개구부를 열어젖혔다. 커다란 사각 나무 문이 쾅 소리와 함께 먼지를 일으켰다. 안은 컴컴해 잘 보이지 않았다. 목소리의 울림도 꽤 거리가 있는 것이 생각보다 깊은 지하였다. 권윤헌이 눈을 가늘게 뜨자 어둠 속에서 사람들의 움직거림이 어렴풋이 느껴졌다. 그리고 그 위로 출렁이는 동아줄 사다리도 차츰 보이기 시작했다.

"모두 몇 명이오?"

"일곱 명이에요!"

여자들이 일제히 화답했다. 남자의 목소리는 없었다.

"놈을 잘 지키고 있거라."

권윤헌은 바우와 탈바가지 천승도를 한번 둘러보고 동아줄 사다리를 타고 내려갔다. 퀴퀴한 냄새 사이로 젊은 여인의 분 냄새가 섞여 들었다. 흔들리는 몸을 균형 잡으며 내려가자 땅바닥에 발이 닿았다. 앞을 가로막은 뇌옥에 그는 소스라치게 놀랐다. 쇠창살이 촘촘히 박힌 뇌옥은 관아의 옥사 만큼 커서 많은 사람을 잡아 가둘 수 있었다. 사람을 납치, 감금하기 위해 땅속에 일부러 이런 시설을 만든 게 틀림없었다. 100년 전의 사교 교주라고 자처하는 천승도라는 놈이 새삼 무서워졌다. 한시바삐 위로 올라가고 싶었다.

"나리! 살려 주세요!"

누군가 다가와 창살을 붙잡았다. 여인의 향기가 확 몰려오자 권윤헌은 뒤로 물러서면서 침착하게 부싯돌을 꺼냈다. 세 번 돌을 부딪쳐 종이에 불을 붙인 그는 더러워진 저고리 차림에 상처 투성이인 여인의 얼굴을 보고 깜짝 놀랐다. 감금의 현장도 현장이지만, 그의 앞에 나타난 여인은 경국지색이란 말이 무색할 만큼 아름다운 용모를 갖고 있었던 것이다.

"낭자는 뉘시오?"

"청아라고 합니다. 자세한 건 여기서 나가 알려드릴 테니 어서 저희를 풀어주세요."

그러자 청아라는 여인의 뒤편에서도 여섯 명의 여자들이 나타나 살려달라는 말을 반복했다. 비단 재질의 옷을 보고 권윤헌은 그녀들이 양갓집 규수들임을 알았다. 하나같이 미모가 출중했으나 처음에 보았던 청아라는 여인 만큼 그의 마음을 사로잡지는 못했다.

권윤헌이 쇠창살을 잡아당겨 보았지만 뇌옥은 꿈쩍도 하지 않았다. 종이에 붙인 불도 서서히 꺼져갔다.

"이걸 어떻게 열지?"

"그놈이 열쇠를 갖고 있어요!" 청아가 소리쳤다.

"엿가락처럼 생긴 시커먼 열쇠 아니오?"

권윤헌은 오두막 벽에 걸린 열쇠를 기억해냈다.

"맞아요. 나리! 그 열쇠예요."

"잠시만 기다리시오. 내 열쇠를 가져와서 여러분들을 구출해 드리리다."

"아! 감사해요. 나리! 절대 이 은혜는 잊지 않겠어요!"

청아가 뻗친 손이 권윤헌의 어깨에 닿았다. 권윤헌은 그녀에게 속히 자유를 주고 싶어 다급히 줄사다리를 올랐다. 어둠에 익숙해진 그의 눈에 지하 뇌옥 옆에 놓인 직사각형 물체가 보였다. 죽은 사람을 넣는 관 같았다.

"저건 뭐요? 사람이 죽어 있소?"

"아니에요! 탈을 쓴 놈이 잠을 자는 침소예요!"

"침소?"

"네. 그자는 우리를 감시하면서 저 안에서 잠을 잤어요."

섬찟한 대답이었다. 오두막집을 놔두고 지하의 관 속에서 잠을 자다니. 여섯 개의 눈알을 가진 탈바가지가 매일 내려와 여

우상숭배 **179**

자들을 노려보며 관속에 드러눕는 꼴을 상상하자니 등골이 오싹했다.

"나리! 어서 열쇠를 갖고 와 저흴 구해주셔요!"

청아가 가슴에 손을 모은 채 권윤헌을 바라보았다. 권윤헌은 이 여인이 계속 자기에게 관심을 가져주길 진심으로 원했다. 만백성을 범죄의 위기에서 구할 관리가 바로 자신이라며 평정심을 찾으려 노력했지만 떨리는 가슴은 진정되질 않았다. 그는 관을 내려다보지 않으면서 위로 올랐다.

어느새 하늘엔 동이 터오고 있었다. 어둠이 한결 옅어진 하늘 아래에는 바우의 뚝심에 무릎을 꿇은 천승도가 몸을 심하게 떨고 있었다. 여태까지와는 다른, 기가 꺾인 모습이었다.

"제발 나를 풀어주시오. 포도대장 나리! 내가 도와준단 말은 저런 계집들을 드린다는 말뿐이 아니오. 주상전하가 아들을 낳을 수 있도록 '그분들'께 부탁드리겠단 말이오! 주상전하가 아들을 낳을 수 있도록. 그분들은 지상에서 온갖 영묘한 술법을 부릴 수 있소! 무엇이든 할 수 있어요. 나리가 대대손손 호강하도록 그분들과 내가 만들어주겠단 말이오! 제발 부탁이오! 내가 없으면 당신들은 이 산을 절대로 못 내려가요!"

권윤헌은 답 대신 질문을 던졌다. 방 안에 있던 열쇠가 지하뇌옥을 여는 열쇠가 맞냐고. 그의 마음은 온통 청아에게로 쏠려있었다. 천승도는 힘없이 고개를 떨구었다.

열쇠를 가져온 권윤헌이 지하로 내려가 문을 따자 청아가 달려나왔다. 그녀는 감사의 인사로 잠시 동안 덥석 안기었는데, 온 하늘의 별이 몰려드는 느낌에 권윤헌은 현기증을 느꼈다.

"감사해요. 나리! 이 은혜 절대로 잊지 않겠어요!"

"이, 인사는 천천히 해도 늦지 않소."

"마음 만큼이나 얼굴도 잘생기신 분이군요! 먼저 올라갈게요! 아버지가 절 부르시거든요!"

그녀는 알아들을 수 없는 말을 남기며 권윤헌의 얼굴에 시선을 둔 채 뒷걸음질쳤다. 권윤헌은 그녀의 처연한 아름다움에 마음을 앗겨, 여인들이 차례로 나오며 구명지은의 인사를 올리는 것도 깨닫지 못했다. 청아는 권윤헌에게 미소를 던진 뒤 가장 먼저 줄사다리를 올랐다.

"한 사람씩 올라가시오! 줄이 견디질 못하오!"

권윤헌의 말에 따라 여인들은 하나씩 하나씩 줄을 잡고 올랐다. 그 사이 권윤헌은 홀린 듯 관에 다가가 뚜껑을 열었다. 관 속은 이상한 상형문자로 가득 차 있었다. 재수 없는 물건이라 도로 뚜껑을 닫아버렸다. 그 사이 여인들은 지하 뇌옥을 벗어나 위로 오르는 데 성공했다. 청아의 얼굴이 보고 싶어 권윤헌도 다급하게 줄을 잡고 올랐다. 바깥에 올라와 보니 여섯 명의 여인들이 천승도를 발로 밟고 돌로 찧고 있었다.

권윤헌은 이리저리 다급히 고개를 돌렸다. 아무리 찾아도 청아는 보이지 않았다.

"바우야! 가장 먼저 올라온 여인을 보지 못했느냐?"

"저기로 달려갔어요. 아버지가 부른다니 어쩌니 하면서……."

권윤헌은 바우가 손으로 가리킨 방향을 보았다. 그곳은 피아를 식별할 수 없을 정도로 컴컴한 나무숲 한가운데였다. 귀신이 나올 것 같은 으스스함을 차치하고라도 치마저고리 차림의 여인이 지나가기 어려운 험로였다.

'자유의 몸이 되고 나니 속이 시원했던 게지, 한 바퀴 산 공기를 들이마시고 이리로 돌아올 거야.'

권윤헌은 그녀를 빨리 만나길 속으로 빌며, 여인들을 말렸다.

"자, 자, 사형(私刑)은 안 되오. 모두들 그만. 매질을 멈추시오."

여인들은 분이 풀리지 않았는지 잔 주먹질을 이어가다가 권윤헌이 거듭 말리자 식식거리며 물러났다. 천승도가 킬킬거리며 바우를 쳐다보았다.

"너는 포교 박우영이 아니라 노비 바우였구나."

권윤헌은 천승도에게 "닥쳐라 이놈" 하고 일갈한 뒤 여인들에게 물었다.

"대관절 여러분들은 어떻게 이 산속까지 오게 된 것이오?"

"납치를 당했지요. 바로 저놈에게."

여섯 명의 여인들은 권윤헌에게 어떻게 이 산속까지 끌려오게 되었는지 경위를 알려주었다. 진술에는 대체로 일관성이 있었다.

그녀들은 한양, 제물포, 부산, 전주, 울산, 평양 등 각자의 지역에서 납치되었다. 모두가 지체 높은 양반의 자녀였고, 하나같이 미혼이라는 공통점이 있었다. (성씨를 제외한) 그녀들의 이름은 정금, 연천, 근미, 효성, 석수, 유빈이었고 10대 후반에서 20대 초반인 영양(令孃)들이었다.

납치 과정이 꿈인지 현실인지 분간할 수 없다는 점에서 꽤나 특이했다. 모두가 자신의 집에서 잠을 자던 도중에 봉변을 당했다. 출입 과정에서 어떠한 제지도 받지 않은 괴한이 불쑥 나타나 이상한 약초를 코앞에 갖다 대면 비명도 지르지 못하고 혼절해 쓰러지는데, 일어나 보면 어느새 입에는 재갈이 물리고 손발은 묶인 채 자루 안에 들어가 있었다고 한다. 집 안에는 힘센 남자들도 많은데 천승도가 어떻게 내실까지 몰래 들어왔는지 의문이었다.

하인들은 믿을 만한 사람들이어서 범인과 내통했다고는 생각되지 않았다. 그렇다면 남는 것은 범인이 주장하는 신통력뿐인데 그는 여섯 개의 눈이 붙은 탈을 얼굴에 쓰고 실제로 그녀들에게 저 너머 세계의 신령을 언급했다. 그분들이 내려준 신통력이 '간택된 그대들을 아무의 눈에 띄지 않고도 성지로 모셔오도록' 했다는 것이다.

여인들은 밤 동안 옮겨지고, 동이 트면 이상한 상자 같은 곳에 갇혀 이동을 하지 않았다. 보쌈 자루에 갇혔기 때문에 바깥을 볼 수 없었지만 옆에서 코고는 소리가 들려 검은 상자 안에 흉측한 납치범과 같이 누워있음을 알았다. 그러나 천승도는 여인들 몸에 손가락 하나 대지 않고 말도 잘 걸지 않았다. 날이 어두워지면 다시 일어나 움직였다.

며칠을 이동한 끝에 낯선 산에 도착한 여인들은 땅속에 마련된 지하 뇌옥에 갇히게 되었다. 먼저 잡혀온 여인도 있었고 나중에 잡혀온 여인도 있었다. 천승도는 여섯 눈이 달린 탈을 단 한번도 벗지 않았고, 구운 노루 고기를 주면서 '그분들이 오실 때까지 맑은 마음으로 기다리라'고 거듭 말했다. 그 이상은 아무런 설명도 하지 않았다. 여인들은 그가 일정한 시간 동안은 뇌옥 옆에 놓인 관 속에 들어가 잠을 자고, 일정한 시간 동안은 밖에 나간다는 것만 알 뿐, 이곳이 어디인지 자신들이 어떤 운명에 처하게 되는지도 알지 못했다.

여섯 명의 여인들이 갇힌 뒤 마지막으로 청아라는 여인이 잡혀왔다. 모두의 예상과 달리 청아는 제 발로 이 산을 찾아왔다고 말하며 이곳은 함경도 함흥이라고 했다. 그녀는 '아버지가 나를 불렀기 때문에' 어렵사리 이곳까지 왔는데 아버지를 찾던 중 탈 쓴 남자의 습격을 받아 붙잡혔다고 했다. 그렇게 일곱 여인들은 공포와 절망 속에서 10여일을 보냈다고 하는데 하늘의 도움으로 권윤헌과 바우를 만난 것이었다.

설명이 끝났을 때 하늘에는 아침이 다가오는 기운이 뚜렷했다. 권윤헌은 아리따운 여인들이 자기를 지켜보고 있어서인지 취조에 열을 올렸다.

"죄인은 듣거라! 네가 사대부 댁 처녀들을 보쌈하여 납치한 행동은 천인공노할 강상죄이다. 너는 네 입으로 옛 사교의 부활한 교주라며 죽은 자를 자처했다. 대체 이 여인들을 어떻게 하려 했느냐? 냉큼 이실직고하거라!"

천승도가 권윤헌에게 몸을 돌렸다.

"죽은 자가 아니다! 내가 바로 밀승신성교의 교주 천승도이다. 12사도께서 나를 죽지 않는 몸으로 만드셔서 150년을 넘게 살고 있는 것이다. 이젠 나를 풀어 달라고 하지 않겠다. 바라는 건 한 가지, 낮 동안만 나를 관 속에 넣어라. 나는 불멸지체이지만 그것은 밤에만 국한되어 있어. 낮에는 햇볕을 피해야 한다. 제발 한 번만 부탁을 들어주기 바란다. 오늘 밤이 되면 다 얘기해주겠다. 너와 나는 타협할 수 있을 것이다!"

그러자 여인들이 일어나 같은 목소리를 냈다.

"실제로 저놈은 낮 동안 관 속에 들어가 잠을 잔 놈이에요! 단지 그것뿐 신비한 도술 같은 걸 행사한 적은 없어요. 불멸은 무슨 불멸? 여자들 곁에서 관에 들어가 잠을 자는 걸 보면 성적(性的)으로 이상한 성향을 지닌 놈일 거예요."

"맞아요. 그 사실이 부끄러우니까 햇볕을 피해야 된다느니 거짓말 하는 거예요."

"우리에게 지옥 같은 고통을 준 놈이에요. 햇볕을 받으면 어떻게 되는지 직접 보자고요. 아무 일도 안 일어날 테니 그때 이자의 얼굴을 보고 싶군요."

"햇볕을 받으면 곪거나 터지는 피부병이라도 있는 거겠지. 그러니 탈로 낯짝을 가린 것 아니겠어요?"

"거짓 믿음을 내세워 사람들 등쳐 먹는 이런 자들은 뿌리를 뽑아야 해요."

권윤헌이 천승도에게 물었다.

"12사도란 누구냐?"

"육십오능음양군자의 열두 제자…… 제발, 제발 나를 관 속에 넣어라…… 제발…….”

“육십 뭐? 그건 또 누구냐?”

“제발…… 나는 제사장에 불과하다니까! 그렇지만 나만이 길을 알아…… 내가 없으면 당신들은 이 산을 헤매다가 12사도를 만나서 다 죽어…… 너희들에겐 내가 있어야 해!”

조용하던 천승도가 다시 흥분했다.

“흥, 포도청에 가서도 그 따위 소리가 나오는지 보자. 가만 있자, 저 물증들을 어떻게 한양까지 옮긴다지?”

권윤헌은 서적이 가득한 오두막을 쳐다보았다. 어느새 양초는 다 타버렸고 그 위로 동이 터오고 있었다. 주위가 빠르게 밝아졌다. 속세보다 아침을 일찍 맞을 수 있는 고산지대였기 때문이다. 꼬박 밤을 샌 입에서 하품이 나왔지만 권윤헌은 물러나는 어둠에 만족한 미소를 지었다. 현행범을 체포한 지난밤이 거짓처럼 여겨졌다. 그러나 천승도의 여섯 눈알은 무섭게 흔들리고 있었다. 그는 모두가 놀랄 기세로 침을 튀겨가며 절규했다.

“나는 경고했다! 내가 없어지면 너희들도 이 산을 내려가지 못해! 나를 어서 관에 넣어라!”

“나리! 이놈을 묶어서 일단 관에 넣는 게 어떨까요?”

갑자기 바우가 덩치에 어울리지 않게 겁을 냈다. 천승도의 태도가 심상치 않다는 것을 느낀 모양이었다. 그 모습에 권윤헌까지도 약간 당황했다. 그러나 여자들은 달랐다. 앙칼진 음성으로 그녀들은 일제히 들고 일어섰다.

“안 돼요! 이 개 같은 놈을 햇볕 아래에 그대로 둬요! 우리에게 어떤 욕을 보인 놈인데!”

"그래요. 놈이 고통받는 걸 보고 싶어요."

"무지몽매한 것들!"

천승도가 소리쳤다. 밝아오는 아침이 그를 둘러싸고 있었다.

"육십오능음양군자는 우주의 기운을 지배하는 자다! 너희처럼 머리에 피도 안 마른 것들은 물론, 100년 전의 나에게도 생명을 주신 분이다. 그분이 바로 천지신명이란 말이다! 내가 한번 죽었을 때 그분은 자연의 근간을 뒤흔드는 법력으로 숨과 피를 재생시켜 주셨다. 이제 그분의 제자들인 12사도가 내려온다! 너희는 알에서 깨어난 옛 왕조의 시조며 군사들에 쫓김 당해 물고기를 밟고 강을 건넌 선현의 이야기를 들어본 적이 있는가? 그런 이야기들이 거짓인 줄 아는가? 아니면 다 진실인 줄 아는가? 그것은 실제 있었던 일로서 진실이며, 인간이 살을 갖다 붙인 위조로서 거짓이다. 이제 곧 알게 될 거다. 이제 곧 후회하게 될 거다. 너희가 모르는 저 세상에는 지혜로 가득 찬 만년존자들이 가득하다. 그들은 지혜로운 만큼 모질기도 하다. 나의 경고를 무시한 너희 미련한 것들! 이제 잔혹하게 처단받을 것이다. 그 어떤 형틀보다 무서운 이계의 고문 도구들이 너희를 품에 안고 싶어 안달을 할 것이다. 도망쳐도 소용없다. 나를 빼놓고 영기가 가득한 이 산을 내려갈 방법을 아는 이는 없다. 그들은 너희들이 어디에 숨든 부처 손바닥 안의 손오공처럼 찾아낼 것이다."

"이놈! 노망난 소리 그만 지껄여라!" 권윤헌이 떨면서 소리쳤다.

어디선가 닭 우는 소리가 들려왔다.

사람이 살지 않는 첩첩산중, 그것도 야생에 가까운 환경에서 가금류의 목소리를 듣는 부조화는 섬찟했다.

"해가 뜨고 있어요!" 근미라는 이름의 여인이 소리쳤다.

"나리! 일단 이놈을 가둬요! 네?"

바우가 권윤헌의 어깨를 흔들었다. 그 손도 떨리고 있었다.

"으아아악!"

탈바가지의 목구멍 안에서 인간의 목청이라고 생각할 수 없는 비명이 터져 나왔다. 검은 피가 입으로 솟구치면서 비명은 막혀버렸다. 태양이 솟아오르는 광경은 순식간이었다. 천승도가 입고 있는 옷이 조각조각 찢어졌다. 그러자 피부에 가득한 깨알 같은 한자들이 햇살 아래에 고스란히 드러났다. 한자뿐만이 아니라 요상한 동심원과 기형의 생물을 표현한 상형문자도 있었다. 권윤헌이 질린 표정으로 물었다.

"도대체 네놈 정체가 뭐냐?"

"되돌리기엔 늦었다! 나는 이렇게 죽지만 너희도…… 죽는다! 너희 모두가…… 죽는다!"

태양이 발하는 아침 빛이 사람들의 몸을 감싸기 시작했다. 천승도의 몸은 금이 간 도자기처럼 지지지직 균열이 생겨 수백 개의 조각으로 변화했다. 얼굴이 내려앉고 팔다리도 먼지를 일으키며 돌멩이처럼 으스러졌다. 균열의 틈 사이로 검은 피와 살점 반죽이 추르르 떨어졌다. '너희는 죽는다'를 외치던 입도 녹아내려 더 이상의 저주는 발설을 방해받았다.

권윤헌과 일행들은 대경실색했다. 바우가 다급히 천승도를 구하려 다가갔지만 녹아내리는 신체에 용암 같은 열기가 솟구쳐 건드릴 수조차 없었다.

"이봐, 말해줘! 어디로 가야 길이 나오지?"

천승도의 몸에 커다란 녹색 불길이 치솟았다. 탈을 제외한 온몸이 타들어갔다. 여인들이 비명을 지르며 서로를 끌어안았다.

"제발! 제발 길을 알려줘! 농담이지? 길은 있겠지?"

탈바가지의 여섯 눈이 바우를 노려보았다. 화염 속에 갇힌 천승도는 열반에 빠진 것처럼 보였다. 불길이 모든 것을 집어삼켰다. 천승도를 이루었던 모든 물질은 화마의 희생물로 변하고, 검은 탈바가지만이 고스란히 남아 땅바닥에 떨어졌다.

태양이 지상을 활짝 밝혔고 손길이 닿지 않는 곳에는 그늘을 만들었다. 녹색 불길은 주위로 옮겨붙지 않고 천승도만을 태우고 난 후 저절로 꺼졌다.

여덟 남녀는 황당무계한 표정으로 서로를 쳐다보았다.

"이게 뭔가요? 귀신인가요?"

"우리가 도깨비에 홀린 건가요?"

바우가 탈바가지를 주워 들었다. 예상과 달리 뜨겁지 않았다.

"나리! 우린 길을 잃어 여기로 들어왔는데 나가는 길을 못 찾으면 어쩌죠?"

탈을 쳐다보니 천승도가 아직도 살아 있어 여섯 눈알로 자신을 노려보는 것만 같다.

"나리! 길을 못 찾으면 어떡합니까요!"

"그러니 빨리 찾아야지." 권윤헌이 가까스로 말했다.

"길을요?"

"청아 낭자를 찾아야 한다."

모두의 시선이 권윤헌을 향했다. 그는 고개를 끄덕였다.

"그 여인은 제 발로 이곳을 찾아왔다고 그랬잖아."

청아

1

청아는 어둠 속을 달리고 있었다. 더 이상 밤이 두렵지 않았다. 나뭇가지가 얼굴을 찔러 대고 밤의 기운이 귀신을 흉내 내도 상관없었다. 여섯 여자들과 달리 청아에게는 목적지가 있었다. 이 낯선 산에서 찾아야만 하는 장소가 있었다. 그녀는 머릿속의 목소리를 따라 제 발로 이곳을 찾았지만, 탈을 쓴 괴한에게 잡히게 되자 목소리가 들리지 않았다. 목소리의 주인공은 바로 아버지였다. 아버지는 어떻게 도망쳐야 할지 가르쳐주지 않았고 침묵만 지켰다. 청아는 괴한이 자기를 해칠까 봐 겁이 났고 아버지를 두 번 다시 만나지 못할까 봐 좌절했다.

그러나 지하 뇌옥을 탈출하자마자 머릿속에서 다시 아버지의 목소리가 들려오기 시작했다. 아버지는 그녀가 어디로 가야할지 알려주었다. 청아는 다시 아버지의 음성이 들리도록 자신을 구해준 젊은 남자가 고마웠다. 그는 나랏일을 하는 사람 같았지만 잘생긴 도련님 같은 남자이기도 했다. 그와 이야기를 나누고 싶었고 아버지를 찾도록 도와달라 말하고 싶었다. 심지어 알지

도 못하는 그 남자를 아버지에게 소개하고도 싶었다. 마치 장래
의 사윗감을 수줍게 소개하는 딸처럼.

그러나 아버지의 엄한 목소리는 청아에게 추상같은 명을 내
렸다.

'내 딸아. 나를 찾아서 천 리 길을 걸어온 내 딸아. 이단의 적자들을
경계해라. 아무도 믿으면 안 된다. 시간이 없으니 어서 나를 구해다
오. 나는 멀지 않은 곳에 있다.'

그녀는 어둠 속을 나아갔다. 돌부리에 채이고 가시덤불에 찔
려도 개의치 않았다. 아버지를 찾기 위한 마음 하나로 그녀는
깎아지른 산등성이를 올랐다. 아버지를 부르며, 아버지의 음성
을 들으며 그녀는 나아갔다. 아버지는 빨리 오라며 재촉하듯 말
을 걸었다.

그녀의 아버지는 10년 전 칼에 목이 잘려 목숨을 잃었었다.

2

청아는 선녀도 울고 갈 용모로 한양 유흥가에서 모르는 사람이 없는 유명 기생이었다. 총명한 머리로 일찍부터 사서삼경을 뗐고 시부(詩賦)는 물론 악기에도 능해 팔방미인이라는 별명을 얻었다. 그녀를 만나려고 돈 있는 남자들이 앞다투어 몰려들었다. 황진이가 그랬듯 청아 앞에서 지조를 무너뜨린 남자가 하나둘이 아니었다. 그중에는 선비들의 우러름을 받는 대 유학자도 있었고 속세와의 단절로 이름난 고승도 있었다. 그들은 수십 년을 따랐던 진리의 가르침을 버리고 청아를 만난 후 생긴 욕망을 쫓았다. 그녀 앞에선 선비도, 학자도, 장군도 아이가 되었다. 대장부들이 무릎을 꿇고 울기까지 했다. 억만금을 가져오겠다, 처자식도 벼슬도 다 버리겠다, 파계를 하겠다, 피가 끓어 눈이 멀어버린 그들은 스스로의 감정만 포장했을 뿐, 불행한 여인이 어째서 기생이 되었는지에는 관심조차 없었다.

청아는 처음부터 기생이 아니었다. 그녀는 운명의 희생자였다. 그런 아버지의 딸로 태어난 운명.

중인의 딸임에도 엄한 양갓집 교육을 시킨 사람은 그녀의 아버지였고, 금지옥엽 외동딸을 신분상승은커녕 오히려 기생으로 떨어지게 만든 사람도 바로 그녀의 아버지였다.

고향이 경기도 김포인 청아는 원래 부모에게 효도하고 학문에 관심이 많은 처녀였다. 그녀의 아비 장양권은 유창한 외국어 실력을 인정받아 청나라를 자주 드나들던 역관이었다. 외교문서를 맡았던 서장관(書狀官) 김장둔은 장양권의 재주를 높이 사

언제나 중요한 자리에 그를 동행시켰다. 상호 긴장과 기싸움의 연속인 외교 교섭은 말 한마디, 행동 하나에도 파장이 엄청났는데, 사람 좋은 온건파 김장둔은 술이 들어가면 대인관계에서 실수를 많이 했다. 장양권은 김장둔의 곁을 그림자처럼 붙어 다니면서 실수를 할라치면 눈치 빠르게 신호를 보냈다. 암묵적인 합의 하에 서장관의 일 처리를 대리하였고, 사람을 설득하는 데도 탁월한 실력을 발휘했다.

청나라 대신들은 언제부턴가 정사나 부사보다도 일개 역관에 불과한 장양권을 눈여겨보기 시작했다. 외교적인 현안을 직접 타진하기도 해 장양권의 수완을 높이 평가했다. 김장둔은 그런 장양권 덕분에 주상전하의 교린(交隣) 정책에 부합하는 완벽한 일 처리를 할 수 있었던 게 한두 번이 아니었다.

사행단 중 하나가 밀정으로 오인 받아 김장둔이 체포된 사건이 있었는데 하루 밤낮에 걸친 변론으로 오해를 풀어 위기를 모면할 수 있었던 것도 장양권의 달변 덕분이었다. 그러나 모든 공은 김장둔이 차지했고, 역관 장양권의 이름은 묻혔다. 김장둔은 기회가 있을 때마다 장양권의 재주를 윗선에 알렸지만, 중인이란 신분에 채워진 족쇄는 쉽게 풀 수 있는 것이 아니었다. 장양권은 성격만 좋았지 앞일을 내다보지 못하는 무능한 관리 김장둔을 가끔 혐오의 시선으로 바라보았지만 내색하지는 않았다. 신분이 가하는 능력 제한에 비위 상했던 장양권은 높은 자리에 올라 굶주린 백성을 위해 애쓰고 싶은 꿈이 있었으나 비정한 현실은 자기 한 몸 추스르기도 어려웠다.

그러던 차에, 김장둔이 51살 되던 해, 알 수 없는 병으로 쓰러지는 일이 생겼다. 그는 본의 아니게 현직에서 퇴임해야 했으며 장양권도 새로운 서장관과 함께 사신 업무를 해야만 했다. 김장둔의 후임 서장관은 이방철이란 젊은 관리였는데 그를 만나고 나서 장양권에게 변화가 생겼다.

∘⊗⊗⊗∘

이방철과 함께 일한 지 몇 달도 되지 않아 장양권의 얼굴엔 화색이 돌기 시작했다.

청아는 평소 말수 적던 아버지가 이방철을 침이 마르도록 칭찬하는 모습을 자주 보았다. 젊은 관리가 보기보다 생각이 급진적이고 당차기가 그지없는데, 그에 비해 조정에는 현실에 안주해 썩어빠진 관리들밖에 없다고 했다. 신분보다 실력을 중시하는 이방철 같은 신진 관료가 더 늘어나 세대를 교체해야 한다고도 했다. 청아의 어머니는 누가 듣겠다며 핀잔을 주었으나 장양권은 '도탄에 빠진 백성들을 위한 현실적인 해결 방안에서 젊은 우리가 의기투합했는데 누가 들은들 뭐 어쩔 거냐'라며 껄껄 웃었다. 아버지의 무릎에 앉은 청아는 술 냄새를 맡을 수 있었는데 이방철을 만나기 전까지 아버지는 술을 입에 대지 않던 사람이었다.

장양권은 귀여운 외동딸의 얼굴을 보며 '아직 우리나라에는 희망이 있고 네가 자라서 어른이 되면 누구나 실력에 따라 등용되는 세상이 올 것이니 학문을 게을리 하지 말아야 한다'고 강조했다. 아직 철부지였음에도 그런 아버지의 모습은 청아에게 지울 수 없는 것이었고, 이 세상 누구보다도 위대한 사람으로 실감하는 순간이었다.

청아는 어느 날 만취한 아버지가 집에 딱 한 번 데려온 이방철을 직접 본 적이 있었다. 당시 어머니는 부족한 살림에 귀한 손님이 왔다며 술상을 보느라 분주했지만 청아는 이방철의 얼굴을 보고 무서웠던 기억밖에 없었다. 왜 그런 기분이었는지는 알 수 없었다. 이방철은 잘생긴 젊은이였지만 지나치게 얼굴이 하얗고, 웃는 모습이 마치 줄로 조작하는 탈을 보는 것 같아 섬뜩했다. 입은 똑같은 간격으로 오르내리기를 반복했고 눈알은 번쩍번쩍 빛을 발했다. '범의 자식에 승냥이 없다더니 아버지를 닮아 영특하기 이를 데 없는 딸이오'라고 칭찬하던 이방철의 목소리에는 듣는 이의 머리를 어지럽히는 기운이 있었다.

그 후 장양권은 이방철을 따라 어떤 모임에 나갔고, 이 때문에 종종 귀가가 늦어졌다. 이방철과 함께 어떤 문제를 연구한다는 명목으로 이상한 책을 들여와 골방에 놓아둔 뒤 아무도 보지 못하게 했다. 이 책들은 남의 눈에 띌 것을 우려했는지 청나라 사행길에도 가지고 갔으며, 조선으로 돌아올 때는 한 권도 갖고 있지 않았다.

청아 일가의 비극은 장양권이 이방철과 함께 청나라 사행길을 다녀온 직후에 일어났다. 몇 달 만에 집에 돌아온 장양권은 평소처럼 청나라 산 비단 피륙을 내놓지 않았다. 대신 색다른 기념품을 소개했는데, 보퉁이에 가득 쌓인 그것은 처음 보는 작물의 씨앗이었다.

청아 모녀는 강낭콩과 비슷하지만 진한 파란색을 띠고 크기도 밤톨 만한 씨앗을 놀란 눈길로 바라보았다. 씨앗들이 마치 구더기처럼 몸을 폈다 오므리며 기어다니는 듯했기에 청아의 어머니는 기겁해 요상한 물건을 당장 내다버리라고 했다. 그러나 장양권은 씨가 굵고 헤아릴 수 없이 많기 때문에 스스로 움직이는 것처럼 보일 수도 있다고 했다.

"천지신명이 우리에게 내려준 새롭고도 획기적인 작물이야. 자라기도 빨리 자라고 수확물도 풍부해. 이제 우리 백성들이 굶주림에서 해방될 날도 멀지 않았어. 청아야, 너는 아비의 깊은 뜻을 이해하고 아비의 목소리에 귀를 기울이거라. 세기의 대업을 이뤄 낸 사람이 중인인 우리 가문이니까 말이다."

장양권의 눈은 알 수 없는 흥분으로 열을 뿜었다.

다음날부터 그는 농사에 쓰는 도구와 씨앗을 챙겨 산골짜기로 들어가더니 밤이 되어서야 돌아왔다. 새로운 청나라 사행이 있을 때까지 농사일에만 매진했다. 모녀가 돕겠다고 따라나서자 불같이 화를 냈다. 일이 몹시도 고되니 집안일에만 신경 쓰라는 이유였는데, 장양권이 원래 농사라고는 지어본 적이 없는 사람이라 모녀는 이 같은 변화에 불안을 느꼈다. 백성의 구제도 새로운 세상도 다 싫었다. 그저 모든 것이 다시 예전대로 돌아가기만을 원했다. 이런 여자들의 마음을 아는지 모르는지 장양권은 매일 새벽마다 장소가 어딘지도 모르는 밭으로 갔고, 밤늦은 시각에야 돌아왔다. 이방철은 더 이상 그를 찾아오지 않았다.

°❀°

그로부터 한 달이 지난 여름, 동네에 이상한 소문이 떠돌기 시작했다. 괴상한 식물에 관련된 이야기로 그 내용이 무서워 아이들이 밤에 뒷간 가기를 꺼려했다.

김포 문수산의 나무꾼 한개동이 길을 잃어 으슥한 골짜기로 접어들었는데 놀랍게도 산속에 나무를 잘라내 개간한 밭이 있었다고 했다. 한 마지기나 되는 넓은 밭에 처음 보는 파란 싹들이 돋아 있었는데, 그 배열이 군대의 열처럼 정확했고, 거미나 메뚜기 따위 곤충이 보이질 않았다고 했다. 한개동이 새싹을 가까이 보려고 허리를 숙이자 무수히 많은 사람들이 속삭이는 듯한 소리가 들려왔다. 듣는 사이 머리가 어지러웠다. 싹에서 얼굴을 멀리하자 소리가 사라졌다. 다시 땅을 내려다보니 파란 싹들이 모조리 사라지고 없었고, 밭 표면에는 흙을 헤집은 흔적만이 남아 있었다. 한개동은 스스로 땅속으로 들어갔다가 나올 수 있는 식물이 있을 수 없다는 생각에 땅을 파보기로 했다.

그러나 흙을 두 손쯤 거두어 내자 땅속에는 거짓말처럼 파란 떡잎을 웅크린 싹이 고스란히 들어 있었다. 한개동이 하나 뽑아보려고 손을 대자 싹이 성난 고양이처럼 떡잎을 확 펼치더니 손을 깨물었다. 한개동이 놀라 넘어지자 밭에서 수천의 파란 싹이 일제히 솟아나왔고 속삭이는 소리들이 다시 귀를 헤집고 들어왔다. 그것은 싹들이 서로 간 의사를 소통하는 소리가 분명했다. 말을 하는 식물이라니 귀신의 농간이 아니고서야 있을 수 없는 일이었다. 한개동은 더위를 먹어 헛것을 보았음에 틀림없다고 판단했다. 그러나 물린 손가락이 아파 내려다보니 독충에 쏘인 듯 크게 부풀어 있었다. 그는 무작정 달려 그곳을 벗어났고 밤이 이슥해서야 집으로 돌아올 수 있었다. 사람들을 모아 얘기를 들려준 뒤 이튿날 문수산을 구석구석까지 아는 사람들 세 명과 길을 나섰다. 하지만 아무리 산을 뒤져도 그 해괴한 밭은 두 번다시 나타나지 않았다.

보름 뒤, 움직이는 식물에 관한 또 다른 증언자가 나타났다. 당시 김포 현감의 명으로 문수산 임야 면적을 통계하는 업무가 추진되고 있었는데 향리 안덕구도 실무자 중의 하나였다. 키우던 개를 데리고 산을 오른 안덕구는 소나무 숲 너머의 한 습지를 측량하고 있었다. 갑자기 개가 수풀 사이로 사라졌다. 진도의 사돈으로부터 선물 받은 혈통 있는 개여서 안덕구는 당장 개를 쫓아갔다. 그늘진 수풀을 헤치며 한참을 나아가서야 자신의 진돗개가 저만치 앞에 허수아비처럼 서 있는 광경을 보았다. 개는 털을 한껏 세우며 으르렁거리고 있었는데 마치 그 앞에 멧돼지라도 있는 듯한 모습이었다.

그러나 개의 앞에는 이제 갓 줄기를 치기 시작한 작은 나무들뿐이었다. 나무는 정확하게 오와 열을 맞추어 서 있었는데 형태가 기괴했다. 양쪽으로 펼친 가지가 사람의 팔, 다시 말해 팔 뼈다귀를 연상시켰고 몸통 가운데에 난 구멍들이 꼭 사람의 눈과 입을 연상시킨 것이다. 나무의 색깔은 전체적으로 파랬고 개구리 살갗처럼 생긴 몸통에는 축축한 진액이 흘러내렸다. 이런 나무가 세상에 있다니, 참으로 재수 없구나, 안덕구는 침을 뱉었다. 그때 개가 나무를 보고 짖기 시작했고, 무수한 속삭임 소리가 안덕구의 귓속으로 빨려 들어와 머리를 핑핑 돌게 했다. 개는 더욱 맹렬히 짖었고 안덕구는 나뭇가지들이 사람의 팔처럼 움직이는 환각을 보았다. 어지러운 머리를 들 때, 떡갈나무에 몸을 숨긴 채 이쪽을 쳐다보는 어떤 남자와 눈이 마주쳤다. 황급히 옷소매로 얼굴을 가리는 바람에 얼굴을 보진 못했으나 한 손에 쥔 호미로 미루어 깊은 산 속에 조성된 이 괴상한 밭의 주인으로 생각되었다.

그가 남자를 부르려는 찰나 소름끼치는 비명이 들려왔다. 오장육부가 찢어지는 처절한 비명의 발원지는 진돗개의 목구멍이었다. 커다래진 안덕구의 눈에 나뭇가지들이 개를 붙잡고 있는 광경이 들어왔다. 그것은 '능지처참'이라고 부르기에 부족함이 없는 잔혹한 광경이었다. 가지들이 사방에서 팔다리, 머리, 꼬리를 잡아당겨 개의 몸은 쭉 뻗어버렸다. 덩치 큰 진돗개보다 약한 나무가 더 센 힘을 갖고 있었다. 가지들이 사람의 팔처럼 움직이자 안덕구는 지팡이를 떨어트리며 비명을 질렀다. 그가 본 것은 환각이 아니었다.

나무들 중에 몸통을 안덕구 쪽으로 트는 것들도 있었다. 그러나 뿌리가 땅에 박힌 때문인지 다가오지는 못했다. 개를 붙잡은 수십 개의 나뭇가지들이 몸통을 휘감고 눈알을 파버린 후 입으로 들어가 꼬리 쪽을 관통했다. 그 사이 다른 가지들은 서두르지 않고 개의 가죽을 벗겼다. 붉은 살점 덩어리가 단말마의 비명을 질렀다.

족보 있는 개고, 임야 면적이고 뭐고, 안덕구는 걸음아 날 살려라 도망쳤다. 밤이 이슥하도록 산속에서 길을 찾지 못해 죽을 위기에 처했다. 나무 지옥을 벗어나서도 스스로 만들어낸 환상의 공포가 정신줄을 짓눌러버렸던 것이다. 다행히 돌아오지 않는 그를 찾아나선 사람들이 있었고, 그들이 지른 고함이 들려 안덕구는 구조되었다.

그는 며칠 동안이나 병석에 누워있다가 등청해 자신이 본 것, 자신이 당한 것을 낱낱이 고했다. 하지만 현감은 그가 무더운 임야 사업의 업무를 피하려고 거짓말을 지어낸 것이라고 판단했다. 안덕구는 움푹 파인 눈을 들고 '그럼 사돈이 준 내 개는 어디 있사옵니까, 사또' 하고 물었고, 현감은 '아마도 복날에 자네가 잡아먹고 시치미를 떼는 거겠지'라고 응수했다. 현감은 그를 향리직에서 잘라버렸고 안덕구는 이를 오히려 다행으로 여겼다. 나중에 강제로 불려가기 전까지 그는 두 번 다시 문수산을 오르지 않았다.

청아는 아버지와 어머니가 싸우는 소리를 자주 들었다. 아버지는 밤늦게 귀가하는 날이 늘었는데 갈수록 이상한 모습을 보였다. 천하의 개혁 욕구로 총기 넘쳤던 눈은 어두운 지혜에 잠식된 듯 음침하고도 차가운 색채를 내뿜었다. 식사를 거르기 일쑤였고 잠들 때는 난생 처음 듣는 언어로 잠꼬대를 했다. 모녀에게 익숙한 청나라 말도 아닌 그 말은 돼지가 꿀꿀거리는 소리와 벌이 윙윙거리는 소리를 섞어놓은 듯해 듣기만 해도 소름 끼쳤다.

불안한 어머니는 남편의 이상한 영농활동에 대해 사사건건 시비를 걸었고, 그럴 때마다 장양권은 아녀자가 상관할 일이 아니라며 고함을 질렀다. 동네 사람들이 안 좋은 이야기를 하고 다니니 산에 가지 말라고 하소연해도 듣지 않았다.

청아의 방에는 작은 불상이 있었다. 아버지가 이방철을 따라 청나라 사행을 다녀왔을 때 딸을 위해 사온 기념품이었다. 청아는 두 사람이 싸울 때면 골방으로 들어가 부처님을 작게 만든 이 불상 앞에 손을 비비며 제발 예전의 아버지를 돌려달라고 빌었다.

3

한 달이 흘렀다. 어느 깜깜한 밤에 장양권이 문을 벌컥 열었다. 평소처럼 농사짓던 모습이 아닌, 갓과 도포 차림이었다. 깔끔한 모습이었으나 야심한 시각에 어울리지 않는 복장이라 모녀는 겁먹었다.

"이번엔 또 어딜 갔다 오는 길이에요?" 아내의 목소리는 처음부터 침착함을 잃고 있었다.

"드디어 열매를 맺었어! 드디어 열매를 맺었단 말이야! 내가 당신하고 청아를 놔두고 가긴 어딜 가?"

"그 옷은 뭔데요?"

"예를 갖춘 거지. 천지신명의 일을 대리 수행했는데 입는 옷에 예의를 갖추는 것은 당연한 거지."

"열매라니 대체 무슨 소리지요?"

"우리나라를 살릴 과실이야, 여보. 이제 조선 만백성은 굶주림에 쓰러져 죽을 일이 없어. 길거리의 어린 것들이 배를 곯지 않아도 된다구. 공자도 맹자도 이루지 못한 완전한 세상을 내가 이뤄낸 거야."

"어디 있어요? 그 열매가?"

장양권은 굳은 얼굴로 잠시 동안 아내의 파리한 얼굴을 쳐다보다가 속삭였다.

"다리 밑의 거지들 움막 앞에 몰래 갖다 놨어."

청아는 무슨 말인지를 몰랐다. 그러나 아내는 차츰 숨이 가빠지더니 무서운 얼굴이 되었다.

"그게 무슨 소리예요? 굶는 백성들을 구제하는 열매라면서요? 당신 대체 무슨 일을 한 거죠?"

"구제를 했지. 굶어 죽는 거지들에게 먹을 것을 줬다니까."

"그럼 왜 몰래 갖다 났어요?"

장양권은 흥분한 나머지 말실수를 했다. 몰래 갖다 났다는 말은 굳이 할 필요가 없었다. 궁지에 몰린 그는 언성을 높였다.

"그럼 내가 미천한 놈들하고 직접 상대를 할까?"

"나를 속일 생각 말아요! 그 열매의 씨앗은 살아 있었어요. 요새 동네에 떠다니는 소문도 그와 비슷한 거예요. 살아 있는 새싹이니, 개를 죽인 나무니…… 열매란 것도 바로 그 나무에서 열린 거 아니에요? 왜 그랬어요? 당신은 산 사람에게 그걸 몰래 먹여 어떤 반응이 있을지 보려는 거잖아요!"

장양권은 아픈 데를 찔린 얼굴로 아내를 노려보다가 화를 누그러뜨렸다.

"여보, 내 말을 잘 들어. 이제 1년을 기다리는 농사는 없어. 이건 불과 몇 달 만에 열매를 맺는 새로운 작물이야. 흉년에도 가뭄에도 끄떡없어. 겨울에도 열리지! 굶어죽는 일이 없어질뿐더러 그걸 먹으면 피곤하지도 않고, 질병조차 걸리지 않는 건강한 사람이 된다구. 단지 이런 일에는 약간의 검증이 필요할 뿐이야. 요즘 동네에 도는 소문은 내가 한 것과는 무관해. 믿어줘, 여보. 우리 영특한 청아가 중인의 딸로 꿈을 못 이루고 사는 그런 삶을 원해? 나는 역대의 어떤 왕조도 할 수 없었던 대업을 이룬 거야."

"검증이요? 그렇다면 내게도 그 열매를 줘요. 당신 아내인 내가 직접 먹어보겠어요."

장양권의 표정이 험악하게 변했다.

"닥쳐! 아녀자가 대장부하는 일에 언제부터 그리 사사건건 간섭이야? 내가 생을 바쳐 대업을 이뤘다는데 알았다고 수긍하는 게 그렇게도 힘이 드나? 백성의 구제도 구제지만 그보다 중요한 건 청아와 당신의 행복이야. 평생 이렇게 중인 신분으로 살 거야?"

"아니에요! 차라리 옛날이 더 나았어요. 이방철이란 사람을 만나고 나서 당신은 변했어요."

"은인을 욕되게 하지 마!"

장양권이 아내의 뺨을 때렸다. 청아가 이부자리에서 일어나 골방으로 달려갔다. 우는 소리가 들려와도 장양권은 딸을 달래주지 않았다. 고개를 숙이며 그는 집을 나섰다. 청아는 부처님께 제발 예전의 가정을 돌려달라고 빌었다. 그러나 불상은 답이 없었다.

그날 밤 청아 모녀는 잠을 이루지 못했다.

남편이 돌아오지 않아서가 아니었다. 마을이 어수선했기 때문이다. 깊은 밤이 되자 사람들 비명이 여기저기서 속출했다. 장독 깨지는 소리, 기둥 무너지는 소리도 있었다. 황소의 울음과 잠에서 깬 닭들의 비명, 개들의 짖어댐에 날카로운 고양이의 울음까지 짐승들도 공포를 숨기지 않았다. 어느 초가집에는 불이 붙었고, 불을 끄러 나온 사람들 중 누군가가 어둠 속을 푸다닥 지나가는 이상한 짐승을 봤다고 했다.

그렇게 잠 못 이룬 밤이 가까스로 지나자 마을 사람들이 바깥에 모였다. 청아 모녀도 남편의 소식을 알 수 있을까 싶어 바깥으로 나왔다.

마을 사람들의 공동 집회소인 언덕 아래에 촌장이 서 있었고 남자들이 주위를 빙 둘러싸고 있었다. 그 안에는 거적때기에 덮인 시체 세 구가 있었는데 뭔가에 습격을 받은 듯 처참하게 할퀴고 긁혀 상태가 온전치 못했다. 다리 밑 거지들의 움막 가까이에 사는 농사꾼 일가였다.

세 구의 시체 옆에는 짐승의 사체도 하나 있었다. 그것은 괴생명체라고 부르기에 부족함이 없는 난생 처음 보는 짐승이었다. 육지보다는 바다 쪽의 짐승과 닮았지만 크기는 사람만 했고 아가미나 비늘은 보이지 않았다. 마치 눈이 그대로 붙어있는 오징어의 내장을 보는 것 같았다. 소의 태반과 비슷하다고 말하는 이도 있었다. 그 축축하고 파란 짐승은 수십 개의 촉수(혹은 바늘침)를 늘어뜨린 채 죽어 있었다.

살구나무 집 김 서방이 괴생명체를 잡은 이야기를 들려주었다. 지난 밤 황소의 울음을 듣고 소도둑이 온 줄 안 김 서방은 부엌칼을 들고 축사로 갔다. 그곳에서 믿지 못할 광경을 보았다. 거대한 오징어 내장이 황소의 등에 올라타 바늘 같은 촉수로 몸을 칭칭 감고 있었다. 황소는 얼굴이 허예져 죽기 일보직전이었고, 축축하고 투명한 괴생명체의 몸은 소에게서 빨아낸 피로 점점 비대해지고 있었다.

크게 놀란 김 서방이 부엌칼로 괴생명체를 찔렀다. 살집이 터지고 피가 쏟아지자 놈은 괴성을 질렀다(잠을 자다가 사람들이 들은 괴상한 소리 중 하나가 바로 이것이었다). 놈은 촉수를 휘두르며 김 서방을 위협했는데 소란을 듣고 이웃집에서 남자들이 몰려왔다. 처음 보는 생명체에 몸이 얼어붙은 그들은 곧 소를 지켜야 한다는 일념으로 공격에 가세했다. 그러지 않았으면 김 서방역시 괴생명체에게 죽었을 것이다.

촌장이 이런 짐승을 본 사람이 있는지 물었지만 답하는 이는 아무도 없었다. 그러나 한 명이 손을 들고 나섰으니 그는 바로 다리 밑에 살던 거지였다. 놀랄 만한 증언이 거지의 입에서 나왔다.

"어젯밤 오두막 앞에 처음 보는 열매가 네 개 놓여 있었습니다요. 그 열매는 개구리참외를 닮아 아주 크고 탐스럽게 생겼어요. 개구리참외 말인데…… 껍질이 정말 개구리 피부 같았습니다요. 오줌 누러 나온 짱쇠가 맨 먼저 발견하고는 어떤 대감마님이 우리에게 적선을 하셨다고 소리쳐 다른 거지 세 놈도 우루루 뛰어나갔습지요. 마침 나는 오전에 장터에서 각설이패에게 얻어먹은 떡에 토사병이 나 설사를 계속 하는 바람에 아무 것도 먹질 못하는 상태였습니다. 놈들은 내게 남겨줄 생각도 잊고 저희끼리 열매를 남김없이 먹어치웠습니다요. 그리고는 잠자리에 들어 코를 골기 시작했습니다. 거지에게도 나름의 도와 예가 있는 법인데 붕우유신의 붕자도 모르고 저희끼리 다 처먹었으니참으로 거지 같은 놈들 아닙니까!

그래도 내가 뭘 어쩌겠습니까? 갈 곳도 없으니 놈들과 함께 누울 수밖에 없었지요. 그런데 자다가 또 배가 살살 아파 깨어나고 말았습니다. 무심코 옆을 돌아보니 열매를 먹은 네 놈들 입에서 신음 소리가 나오지 뭡니까? 그놈들 눈 밑의 살하고 뱃가죽 안에서 뭔가가 움푹움푹 움직거리는 것 같았는데 놈들은 그것도 모르는지 입으로만 끙끙대면서 자는 겁니다. 한 놈의 배는 남산 만하게 부풀었는데 꼭 그 안에 뭐가 들어앉아 있는 것 같았다니까요. 눈을 비비고 봐도 거짓이 아니었습니다요.

어쨌거나 토사병이 도진 나는 바지 안 적실 일이 급해 바깥으로 나가 한바탕 싸는데, 갑자기 놈들이 자는 곳에서 터지는 소리들이 들려왔습니다. 급히 가보니 글쎄 네 거지 놈들 몸이 꽝꽝 터져서 시뻘건 육즙이 되어있질 않겠습니까! 네 놈이 온데간데없이 사라지고 대신에 이런 오장육부 같은 괴물딱지가 꿈틀거리고 있었습니다요. 거지 한 놈당 한 마리씩 배를 뚫고 나온 것처럼 딱 네 놈이요! 그놈들이 생선 같은 눈알로 나를 노려보는데, 하도 무서워서 삼십육계 줄행랑을 놓았습니다요. 뛰다가 또 토사병이 도져 주막집 아주머니가 준 바지를 결국 더럽히고 말았다니까요! 그래도 멈추면 죽을 것 같았기에 계속 뛰었습니다. 틀림없이 그 열매를 먹은 네 놈들 배 속에서 저 괴물이 튀어나온 겁니다요!"

촌장을 비롯한 남자들은 거지의 증언을 의심했다. 사람의 배를 뚫고 나오는 괴물이 대체 어디에 있단 말인가. 그러나 이미 농부 일가 셋이 습격당해 죽은 사실이 있고, 괴생명체의 존재가 분명한 마당이니 사람들은 거지의 움막에 가보았다. 과연 그곳에는 뱃가죽이 찢어지고 온몸이 끔찍하게 터져 죽은 네 거지가 있었다. 괴생명체는 없었다.

촌장은 즉시 발 빠른 자를 사또에게 보내는 한편, 남자들에게 남은 세 마리를 잡으라고 명했다. 마을을 덮친 공포가 너무 컸던지 청아의 아버지에게 관심을 쏟는 자는 없었다.

∘⊰❈⊱∘

그날 낮 동안은 아무 일도 일어나지 않았다. 농민들의 수색은 지지부진해 성과가 없었다. 그러나 오후부터 이상한 일이 벌어졌다. 난데없이 군졸 300여 명이 마을에 당도한 것이다. 수북한 활과 잘 벼린 창으로 무장한 군졸들은 여기저기 차출된 사람들로 섞인 지방군이 아니라 날랜 젊은이들로 구성된 정예병이었다. 그들은 정체를 숨기려는 건지, 아니면 역병을 예방하려는 건지 검은 두건으로 얼굴을 가리고 있었다. 사또에게 보낸 심부름꾼은 아직 돌아오지 않았는데, 사또가 전대미문의 괴생명체에 관한 보고를 가벼이 여기지 않았다 해도 너무나 신속한 군사적 조처였다.

촌장은 예전에 경상도 섭주의 외눈고개라는 곳에서도 비슷한 상황이 있었음을 기억하고 이 서슬 퍼런 군대가 사또가 보낸 지방군이 아니라 그보다 높은 지위의 사람이 특별한 목적을 위해 파견한 특수군이라고 확신했다. 이런 특수군은 언제나 은밀한 임무를 수행하며 임무의 완수를 위해서는 어떤 짓이라도 서슴지 않는 법이라 나이 지긋한 촌장은 경계심을 바짝 세웠다.

군사를 인솔한 장군이 최근 이곳에서 이상한 일이 없었는지 물었다. 촌장은 머리를 조아리며 어제 있었던 일을 보고하고는 이미 썩은 내를 풍기는 괴생명체를 보여주었다. 옷에 醫자가 적힌 군졸들이 괴생명체를 빈집으로 데려가 몸통을 해부하고 속을 샅샅이 살폈다. 장군은 수염이 있을 자리의 두건을 쓰다듬으며 남은 괴물이 몇 마리인지, 이상한 작물을 재배하는 밭이 있는지, 거기서 나온 열매를 먹은 사람이 몇인지 따위를 촌장에게 물었다. 그는 모든 사정을 알고 있었다. 촌장은 아는 사실을 전부 고한 뒤, 향직에서 물러나 쉬고 있던 안덕구를 데려오고 나무꾼 한개동도 불렀다.

장군은 사람을 시켜 마을 호구(戶口)를 조사하고, 역병을 부르는 괴생명체가 있으니 어느 누구도 여기서 나갈 수 없다고 선언했다. 아울러 밤이 되면 괴생명체가 다시 활동하게 되니 서둘러 잡아야 한다며 군사 200명을 수색 작전에 보냈다. 안덕구와 한개동을 길잡이 삼아 남은 군사 100명을 보내 '살아 있는 식물'이 있는 그 밭을 찾아내라고 명했다. 안덕구와 한개동은 산에 오르기가 죽기보다 싫었으나 사태의 심각성을 헤아리고 군졸들을 안내했다.

마지막으로 장군은 청아 모녀를 불렀다.

장군은 서방 이름이 장양권인지, 이방철을 따라 청나라에 다녀온 사실이 있는지, 거기서 뭘 가져왔고 그 시기가 언제인지, 지금 어디에 있고 무슨 짓을 하는지 따위를 물었다. 청아 어미는 장군이 모든 사실을 알고 있다는 예감에 극도로 겁에 질렸다. 그러나 남편의 작물재배에 실제로 아는 게 하나도 없어 제대로 된 답을 하지 못했다. 눈에 노기를 드러낸 장군은 청아 모녀를 집안에 가두고 군졸들을 시켜 감시하게 했다.

모녀는 불안해서 미칠 지경이었다. 청아의 어미는 군졸들의 정체가 궁금했고 그들의 의도가 의심스러웠다. 돌아오지 않는 남편이 원망스러운 한편 심각하게 걱정되었다. 그녀는 만약 무슨 일이 생기면 딸을 데리고 도망치는 방법까지도 염두에 두기로 했다.

◦⊰⊱◦

사태는 신속하게 일단락되었다.

군졸들이 연자방앗간 이 서방네 헛간에서 천장에 붙어 잠들어 있던 괴생명체 두 마리를 발견했다. 촉수에는 발톱을 숨길 수 있는 빨판이 있었는데 접착력이 너무 강해 떼어내려 하자 들보가 흔들거렸다. 두 마리는 마치 뱀이 교미하는 것처럼 서로 촉수를 꼬고 있었는데 낮이라서 그런지 움직임이 느렸다. 군졸들은 괴생명체를 사로잡지 않고 수십 차례나 창칼로 찔러서 죽여버렸다. 간밤에 빨아먹은 피인지, 원래부터 갖고 있던 피인지 폭포수 같은 피가 쏟아졌다. 아무리 찌르고 베어도 괴생명체는 약한 움직임을 멈추지 않았다. 군졸들은 두 마리를 끌어내 미리 죽은 한 마리와 함께 불에 태워버렸다. 말할 수 없는 악취가 등천할 때 저 멀리 산중턱에서도 커다란 불길이 치솟았다. 점점 저녁이 다가오는 하늘 아래 검은 연기는 갈지자를 그리며 올랐다.

"드디어 그 밭을 발견한 모양이군."

장군이 손뼉을 딱 쳤다.

그는 밤이 되면 남은 한 마리가 습격할지 모르니 사람들을 한 장소에 모으라고 지시했다. 원래부터 삼삼오오 모여 있던 사람들은 장군의 말 한마디에 언덕 아래에 한 덩어리로 모였다. 군졸들은 이 같은 작전을 신속하게 전개했다. 장군은 청아 모녀도 함께 데려오라고 지시했다.

마을 사람들은 정체를 모르는 군사들이 자기들을 몰아세운 것도 무서운데 산속의 불길 속에서 요상한 비명이 들려오자 등골이 오싹했다. 그것은 윙윙 하면서 돼지와 벌떼가 시끄럽게 내는 소리처럼 들렸다.

수색에 나섰던 군사들이 돌아왔다. 그들은 아무 것도 먹지 않았고 음식을 준비하라는 말도 하지 않았다. 당연한 일인 것처럼 마을 사람들을 감시했을 뿐이다.

밤이 되자 산속의 밭을 찾으러 갔던 군사들도 돌아왔다. 장양권이 포박되어 그들에게 질질 끌려왔다. 청아 모녀와 눈을 마주치자 그는 들리지 않게 '도망가' 하고 입을 벌렸다. 청아가 아버지를 부르려 하자 청아 어미가 손으로 입을 막았다. 그녀는 남편이 보낸 마지막 인사를 읽었다.

장군이 언덕 아래에 임시 형틀을 갖추고 높은 자리에 앉았다. 부장 한 명이 다가와 '밭을 남김없이 태웠습니다'라고 보고했다. 장군은 흡족한 듯 고개를 끄덕이고 무릎 꿇린 장양권을 향해 소리쳤다.

"죄인은 듣거라! 네놈이 이방철과 공모하여 나라를 뒤엎으려는 음모를 꾸민 사실이 백일하에 드러났느니라. 네놈들은 선대의 대역죄인 탁정암의 글귀를 연구했고, 놈이 가르친 사특한 병법을 실천하기 위해 청나라에서 물괴들을 들여왔다. 본관은 네게 최고의 형을 언도하고 집행할 것이다. 사건의 물증인 밭을 태워버린 것은 악귀의 후환을 한 점 남기지 않으려는 본관의 강한 의지인 동시에, 너 같은 대역죄인에게는 정상을 참작할 여지조차 없다는 깊은 뜻이 담겨 있다.

그러나 너는 너를 먹여주고 입혀준 이 나라를 위해서 사실을 고해야 할 의무가 남아있다. 식솔들을 생각해서라도 사실을 고해라. 씨앗이 더 남아 있느냐?"

장양권이 고개를 홱 쳐들었다.

"장군은 대체 누구요? 불현듯 우리 마을에 나타나 사람들을 혼돈케 하면서 왜 소속과 신분을 밝히지 아니하시오?"

"이놈! 너 때문에 죄 없는 백성들이 몸이 터져 죽고 지금도 생명에 위협을 받고 있거늘 어디서 제 허물은 덮고 치안을 담당하는 관리에게 반항을 보이느냐! 이방철이 그렇게 가르쳤더냐?"

"오해가 있는 것 같소. 나는 굶주린 백성들을 구제하려 했을 뿐 그들을 죽인 적은 없소. 이방철 나리는 앞을 못 보는 내 눈을 뜨게 해주신 분이오. 그분을 욕되게 하지 마시오."

"이방철은 세상에 혼란을 일으키고 어둠의 목적을 실현하려고 너에게 의도적으로 접근했다. 네놈이 역관을 자청하여 사행길을 간 것은 그같은 음모에 동조하기 위해서였어. 아직도 그놈을 두둔하다니 네가 저지른 짓이 얼마나 어마어마한 행악인지 모르는 모양이로구나."

장군이 옆에 선 부장에게 뭐라 말하자 부장이 즉시 보퉁이 하나를 가져왔다.

"흥, 눈을 뜨이게 해주신 분?"

장군이 보퉁이를 풀어서 던졌다. 고깃덩어리 같은 조각 세 개가 장양권의 무릎 아래에 떨어졌다. 그것은 사람 가죽으로 만든 이방철의 얼굴, 그리고 두 개의 손이었다. 눈을 감은 장양권의 얼굴에 말할 수 없는 패배감과 속았다는 배신감이 가득했다.

"이방철도 원린자였소?"

장양권이 물었지만 장군은 대답하지 않았다.

모여있는 마을 사람들 중에 원린자가 뭐야, 하고 쑥덕거리는 목소리가 있었다. 장군은 그 말을 놓치지 않았다. 그는 촌장을 불렀다.

"이 마을 사람들이 모두 54명이라고 했나?"

"그렇사옵니다." 촌장이 머리를 조아렸다.

"하나도 빠짐없이 다 모였겠지?"

"그러하옵니다."

장군이 곁에 선 부장들을 둘러보았다. 부장들은 읍하고 물러나 군졸들에게 손짓해 지시를 내렸다. 사태를 맨 먼저 알아챈 장양권이 소리쳤다.

"모두 죽이려는 게요! 도망가시오!"

군졸들이 칼을 뽑아 마을 사람들을 위협했다. 전쟁이라곤 겪어본 적 없는 농민들은 공포에 질렸다. 대학살의 예고 앞에 누구도 대항할 엄두조차 내지 못했다.

장군이 장양권에게 차갑게 말했다.

"이 사람들 모두가 죽는 것은 결국 네놈 하나가 사악한 학문에 접근했기 때문이야. 잘 보아 두거라. 함부로 금단의 영역을 탐하면 누가 피해를 보게 되는지."

"죽여서 입막음을 하려는 거요? 난 당신이 누군지 압니다!"

장양권이 소리쳤다.

"당신이 누군지 알고 있소! 당신, 척린항마대(剔麟抗魔隊)의 수장 정유숙이지? 이방철의 말이 사실이었어!《귀경잡록》의 진실을 보이지 않는 곳에서 은폐하는 비밀 군대가 있었다니!"

장군은 대꾸하지 않았다.

"정유숙! 명의(名醫) 정유현의 동생! 비밀 유지를 위해 죄 없는 사람들을 기어이 죽일 텐가? 어째서 형과 동생이 이리도 다른 거지?"

장군이 웃었다. 큰 웃음에 두건이 들썩였지만 얼굴이 드러나지는 않았다.

구석까지 몰린 마을 사람들은 더 이상 물러날 곳이 없었다. 살려달라고 빌어도 군졸들은 말을 듣지 않았다. 사람들 틈에는 어머니의 손을 꼭 쥔 청아도 있었다. 그녀는 한 손에 쥔 작은 불상에 대고 필사적으로 빌었다. 이 모든 일이 제발 꿈이기만을……

장군이 허공을 향해 들었던 손가락을 아래로 내렸다. 장군은 이 같은 일을 한두 번 해본 게 아니었다.

대학살이 펼쳐질 찰나, 촌장 집 지붕 위에 뭔가가 기어오르며 나타났다. 무수하게 많은 다리들이 짚을 밟는 소리를 냈고, 이어서 오징어를 닮은 눈알이 나타났다. 축축한 눈알은 좌우로 구르며 사람들을 쳐다보았는데 그 사이 괴생명체의 몸집은 엄청나게 커져 있었다.

"지붕이다! 활을 쏴라!"

부장이 명령했다. 그 소리를 들은 괴생명체는 육중한 몸집으로 날아올라 부장을 덮쳤다. 처참한 비명과 함께 부장의 몸은 둘둘 말려 반으로 끊어진 후 촉수들이 던진 힘에 멀리 날아갔다. 말미잘처럼 하늘거리는 촉수들이 일제히 날아들었다. 칼을 뽑아든 군졸들이 촉수에 묶여 절단되고, 분리된 신체가 하늘을 날았다.

"으아악!"

폭발과 함께 군졸들의 몸에 불이 붙었다. 괴생명체가 눈알 밑에 숨겨진 입을 쩍 벌리자 용이 불을 뿜는 것처럼 보라색의 화염이 분출되었다. 시체가 쌓이고 피가 바다를 이루는 아비규환의 사태가 이어졌다. 거대 생명체의 뜻밖의 기세에 군졸들은 마을 사람들을 버려둔 채 총공격에 나섰다.

이 틈에 청아의 어미는 딸의 손을 잡고 달렸다. 청아는 끌려가면서 뒤돌아보았다.

"아버지!"

딸의 목소리를 들었는지 장양권도 뒤돌아보았다. 그는 금지옥엽처럼 키운 외동딸을 향해 미소 짓고 있었다. 아버지의 인자한 미소를 본 것은 오랜만이었다. 장양권은 눈으로 딸에게 작별 인사를 보내고 있었다. 촉촉한 눈이 이렇게 되어서 미안하다는 진심과, 해주고 싶은 게 많았는데 잘못되고 말았다는 후회를 담고 있었다. 다음 순간 형 집행을 맡은 군졸이 휘두른 칼에 장양권은 참수당했다. 뒤로 손이 묶인 장양권의 몸통이 힘없이 쓰러졌다. 청아가 아버지를 불렀다. 어머니가 청아를 안아 들고 뛰었다. 눈물로 흐려진 청아의 눈에 부상당해 쓰러지는 군사들과 기묘하게 생긴 병장기에 난도질을 당하는 거대한 괴생명체가 보였다. 그러나 거리가 멀어질수록 아버지는 그들에 가려 보이지 않게 되었다. 아버지를 연이어 부르던 청아가 마침내 정신을 잃었다. 어머니의 필사적인 달음박질에 아이의 가냘픈 몸뚱이는 이리저리 흔들렸지만 그럼에도 손에 꼭 쥔 불상을 놓지는 않았다.

4

날이 서서히 밝아왔다. 곧 있으면 권윤헌이 150년 이상 생존한 밀승신성교 교주 천승도를 햇볕에 놓고 태워 죽이는 일이 벌어질 판이었다. 이 사실을 모르는 청아는 기암절벽을 오른 후 이슬이 방울진 푸른 숲을 지났다. 독사가 우글대는 숲이었지만 아직 햇볕이 강할 때가 아니어서 변온(變溫)동물들은 밖으로 나오지 않았다. 청아가 운이 좋은 건지 머릿속의 아버지가 베푼 은혜인지 알 수 없었다.

청아는 잠시 바위에 앉아 쉬었다. 살아온 나날들이 주마등처럼 머릿속을 스쳐 지나갔다.

아버지의 죽음을 눈앞에서 보고 고향 마을을 도망 나온 게 10년 전이었다. 그녀의 어머니는 군졸들의 추격이 두려워 며칠을 쉬지 않고 걸었다. 제천에 도착할 때까지의 추격은 없었고 검문 받는 일도 없었다. 그러자 아버지의 기행동과 괴생명체와 이상한 군사들과 엮인 일들이 모두 꿈결처럼 여겨졌다. 그러나 그 모든 것은 분명히 벌어진 일이었고 다시는 돌아갈 수 없는 과거가 되어 버렸다.

그 뒤 청아가 겪었던 일을 상세하게 기술할 생각은 없다. 주마등처럼 빠르게 지났다는 기억처럼 그것은 청아에게도 지우고 싶은 과거이며, 괴생명체나 이상한 군대 따위, 즉《귀경잡록》을 중심으로 돌아가는 이 이야기와도 크게 동떨어진 감이 있기 때문이다. 기생이 된 청아를 상세하게 묘사하는 것보다 그녀가 어떤 불행한 운명을 맞아 화류계로 떨어지게 되었는지 정도만 짚고 넘어가고자 한다.

제천에 사는 청아 어미의 동생은 원래부터 노름과 사기로 집안을 떠들썩케 한 난봉꾼이었지만 유일한 혈육인지라 갈 데라고는 그곳밖에 없었다. 청아는 매일 바깥을 맴도느라 더럽고 무질서한 외삼촌의 집에 얹혀살면서 눈칫밥을 먹게 되었다. 모녀는 길쌈을 다니면서 겨우 생계를 이어 나갔지만 외삼촌은 옛날 버릇을 고치지 못하고 투전판만 쏘다녔다. 그는 해가 지날수록 고와지는 청아의 미모를 이용해 돈을 벌자고 누나에게 제안했지만 청아 어미는 남매간의 의절까지 내세우면서 단호히 반대했다.

그러나 1년 후 그녀가 폐병에 걸려 죽자 외삼촌은 뜻을 이루고 말았다. 그는 청아를 잘 돌봐달라는 누나의 유언을 무시한 채 차마 사람으로서 할 수 없는 짓을 했다. 이제 막 처녀티가 나기 시작하는 청아는 어느 날 어머니의 사령제(死靈祭)를 지내러 가자는 외삼촌의 말을 믿고 길을 나섰다. 하지만 삼촌을 따라 그녀가 도착한 곳은 절이 아닌 기루였다.

"이곳의 여주인이 나하고 친한 사람이란다. 내가 빌려준 돈을 받을 일이 있어서 그러니 여기서 잠시만 기다리거라."

외삼촌이 여주인이 안내한 방에 청아를 두고 나가면서 한 말이었다. 그는 아버지가 마지막에 그랬던 것과 달리 청아와 눈을 마주치지 않았다. 여주인은 꿀물을 타주면서 청아의 뺨을 건드리고 머리를 쓰다듬기도 했다. 외삼촌은 돌아오지 않았는데 빌려준 돈이 아니라 조카를 팔아넘긴 돈 100냥을 들고 도망친 것이었다(나중에 청아가 들은 바에 의하면 그는 노름판에서 사기 협잡을 일삼다가 칼을 맞고 죽었다 한다).

그렇게 하여 청아는 기생이 되었다. 자살 시도를 두 번이나 할 만큼 그녀의 삶은 순탄치 않았다. 화류계는 그녀가 한 번도 생각해본 적 없던 무서운 인생이었고, 모범적인 삶을 살았던 처녀가 감당할 수 있는 세상이 아니었다. 그녀는 오랜 세월을 함께 버티며 칠이 벗겨지고 금이 가기 시작한 부처님께 빌고 또 빌었지만 언제나 그랬듯 불상은 아무런 답을 주지 않았다. 현실은 그녀의 생각대로 쉽게 풀리는 것이 아니었다.

거금을 주고 미인을 얻은 여주인은 본전을 뽑을 생각에 청아를 놔주지 않았다. 닳고 닳은 그녀는 순진한 처녀를 여우 같은 여인으로 만들었고, 어떻게 미모로 남자들을 조종할 수 있는지를 가르쳤다.

시간이 흐르고 세상 겹겹이 들어찬 어둠을 차례로 겪으면서 청아는 사나운 팔자에서 벗어날 수 없는 현실을 인정했다. 4년 만에 그녀는 아버지가 준 불상을 강물에 던져버렸고 그와 함께 무서운 여자가 태어났다. 과거의 청아는 없었고 새로운 청아가 나타났다. 어떤 남자도 그녀의 미혹에서 벗어날 수 없었다. 양반 사대부들은 그녀에 의해 허위 의식이 까발려졌다. 그럼에도 그녀를 잊지 못해 집도 가족도 버리고 매달렸다. 청아는 높은 자리에 있는 사람일수록 그들을 심하게 농락했다. 특히 병조나 군대에 연관된 수뇌부 장수들이라면 원한이라도 있는 것처럼 한층 애간장을 녹였는데, 여색에 넘어가 실토한 군사기밀을 다른 벼슬아치에게 알려 어떤 장군을 좌천되게 한 일도 있었다. 청아는 만나는 사람마다 얼굴을 두건으로 가린 장군을 아는지 물었으나 어느 누구도 그녀의 원수를 아는 이가 없었다. 모른다는 답변이 떨어지면 청아는 금세 본래의 모습으로 돌아갔다. 그녀는 과거의 아픔 속으로 떨어지지 않았다. 단지 잊지 않고 있을 뿐이었다.

기루의 여주인도 차츰 청아의 무서움에 혀를 내둘렀다. 그녀는 장미 속의 가시였고 벌꿀속의 독침이었다. 청아는 자신을 팔아넘긴 외삼촌을 잊고, 그녀를 업고 도망쳤던 어머니를 잊고, 새 세상을 만들겠다던 아버지를 잊었다. 그녀는 철저하게 과거를 잊었다. 그런데 어느 날 죽은 아버지가 말을 걸어왔던 것이다.

。◦✖◦。

그 일은 청아가 악몽을 꾸고 난 후에 일어났다. 꿈속에서 그녀는 고향인 김포의 문수산에 있었다. 집도 사람도 옛날 그대로였지만 그녀는 어린아이가 아니었고 기생의 비단옷을 걸치고 있었다. 손에는 예전의 불상이 쥐여져 있었다. 낯익은 마을 사람들이 그녀가 있는 쪽으로 도망쳐 왔는데 그들은 그녀를 보지 못하고 그대로 지나쳤다. 연자방앗간 아저씨가 달려오다가 청아와 부딪칠 뻔했다. 덩치 큰 아저씨와의 충돌이 두려워 그녀는 손으로 얼굴을 가렸는데 아저씨는 그림자처럼 투명하게 그녀를 통과해 지나쳐 갔다.

청아가 고개를 들자 마을 사람들을 죽이려고 칼을 든 군졸들이 그 뒤를 따라오는 모습이 보였다. 수백 명이나 되는 군졸들은 옛날에 본 모습 그대로였지만 어딘가 다른 점이 있었다. 얼굴을 가렸던 두건이 사라졌던 것이다. 청아는 그들의 끔찍한 맨얼굴에 비명을 질렀으나 군졸들은 그 비명도 들리지 않는지 추격을 계속했다. 군졸의 우두머리인 장군이 마지막에 말을 타고 달려왔는데 그 역시도 두건을 쓰고 있지 않았다. 그는 한 손에 장검을, 한 손에 아버지의 머리를 들고 있었다. 눈을 감은 아버지의 얼굴은 끔찍하다기보다 가엾어 보였다. 벼락이 때리는 굉음과 함께, 오징어 내장처럼 생긴 괴생명체가 고목 너머로 보이기 시작했다. 산을 집어삼킬 듯 커진 몸집은 마치 거대한 성곽을 보는 것 같았다.

그때 청아의 손에서 빛이 솟아올랐다. 불상에서 찬란한 빛이 퍼져 주위를 황금색으로 물들였다. 군졸들이 말에서 떨어지고 괴생명체가 나무를 쓰러트리며 비틀거렸다. 장군도 빛이 눈부셔 얼굴을 가렸는데 이 바람에 아버지의 머리를 놓쳤다. 아버지의 머리는 땅에 떨어지는 듯하다가 저절로 날아올라 허공을 부유하다가 갑자기 눈을 커다랗게 떴다. 청아는 비명을 지르며 잠에서 깨어났다.

일어나 보니 자신의 침소였다. 향과 분 냄새가 진동하는 방 안에는 짙은 어둠만이 있을 뿐 아무 것도 없었다. 한바탕 악몽이 잊으려던 과거를, 예전의 자신을 상기시켰다. 청아의 냉소적이던 표정이 허물어지고 눈물이 쏟아졌다. 그리움에 사무쳐 그녀는 아버지의 이름을 불렀다. 그러자 반응이라도 하듯 머릿속에서 아버지가 말을 걸어왔다.

내 딸 청아야, 나는 죽지 않았다. 나는 살아 있단다. 못된 놈들의 음모에 걸려서 갇혀 있을 뿐이란다. 오늘이 오기만을 얼마나 손꼽아 기다렸는지 몰라. 어서 나를 구해다오.

그 뒤 같은 일이 반복되었다.

현실처럼 생생한 그 꿈은 몇 달씩이나 이어졌고, 한두 번 들려 그저 환청이겠거니 무시한 목소리도 매일매일 계속되었다. 그와 함께 열이 펄펄 끓기 시작해 청아는 일을 나가지 못하고 몸져누웠다. 여주인이 의원을 불러왔지만 백약이 무효였고 머릿속의 목소리는 커지기만 했다. 지체 높은 단골손님들은 청아를 만날 수가 없어 애가 타고 몸이 달아올랐다. 그들의 성화를 못 이기던 여주인은 마침내 무당까지 불러왔는데, 무당은 청아가 신병을 앓고 있으며 신내림을 받아야만 나을 수 있다고 했다. 이를 듣고 있던 청아는 자리에서 벌떡 일어나 무당의 머리채를 잡고 나를 부른 건 아버지이지 잡귀가 아니라고 소리쳤다. 여주인도 무당도 지켜보던 사람들도 겁에 질렸다.

여주인은 청아를 풍광 좋은 시골로 보내 요양하게 했다. 청아의 단골손님인 경기도 수사가 강화도에 별장삼아 쓰는 새 기와집을 마련해주었다. 그러나 청아는 별장에 든 이튿날, 머릿속의 목소리를 따라 아무도 모르게 길을 나섰다. 아버지가 가르쳐준 길, 바로 함흥의 첩첩산중이었다. 길을 나선 순간 그녀의 열병은 거짓말처럼 사라졌다.

보이지 않는 아버지가 돕기라도 하는지 그녀는 여행에 어려움을 겪지 않았다. 여인의 몸으로 떠난 산행에는 어떠한 고난도 장애도 없었다. 그러나 아버지가 오라고 한 함흥의 산속에서 그녀는 탈바가지를 쓴 무서운 자에게 붙잡혔고, 천만다행으로 어떤 귀공자의 도움으로 탈출에 성공해 다시 아버지를 찾아가는 중이었다.

◦⊗◦

잠시 쉬었던 청아는 아버지의 목소리를 따라 다시 길을 나아갔다. 시간은 빠르게 흘렀다. 새벽은 아침이 되고 고산지대의 태양이 주위를 밝혀 온 세상의 녹색이 살아났다. 밤이 가져다주었던 무서움이 덜어졌다.

갑자기 산악을 뒤흔드는 비명과 함께 눈부신 빛이 하늘로 솟구쳤다. 그녀는 햇볕에 노출된 천승도가 죽은 사실은 몰랐지만 곧 아버지를 만날 수 있음을 본능적으로 깨달았다. 신비스런 빛은 그녀의 꿈에 자주 등장한 유사 소재였던 것이다.

그녀는 수만 리 길을 걸어왔고 이 산속에서도 수많은 나날을 헤맸었다. 이제 아버지를 만날 때가 되었음이 확실했다.

머릿속의 목소리가 어느 한 방향을 정확하게 지시했다. 그녀는 목소리를 따라 고개를 돌렸다. 눈앞의 울창한 숲이 이상했다. 그녀의 눈에 비친 녹음은 그 짙기가 여느 숲보다 과도했는데 마치 인공적으로 염료를 부어 푸르름을 더한 것 같았다. 그렇다면 이것은 적으로부터 자신을 보호하려는 위장은 아닐까.

틀리지 않았다. 내 딸아. 너의 맑은 눈은 거짓된 현상 너머의 진실을 보았다. 나는 그 곳에 갇혀 있다. 어서 나를 구해다오.

청아는 숲속으로 걸어 들어갔다. 가시덤불이 앞을 가리고 뾰족한 돌이 바닥에 가득해 나아가기가 힘들었다. 진입을 막으려고 누군가 일부러 조성한 길이란 생각에 청아는 오히려 힘이 났다. 상당한 시간이 걸린 뒤에야 그녀는 장애물을 통과해 광활한 개활지에 당도할 수 있었다. 풀을 깎고 나무를 뽑아 탁 트인 그곳은 분위기가 심상찮았다. 땅의 기운이 묘했고 흙 색깔이 틀렸다.

어서 나를 꺼내다오. 청아야. 나는 이 안에 갇혀 있단다.

이 트인 공간은 매장지가 아니었다. 땅은 평평했고 묘비 하나 있지 않았다. 거친 자갈과 일부러 가져다놓은 듯한 낙엽은 이곳을 그냥 지나치도록 유도하는 눈속임의 장치였다. 푸르름이 지나친 주변의 나무들은 낙엽을 떨어트릴 일이 없었다. 진짜 나무가 아니었으니까. 이제 청아에게는 보통의 토양과 뚜렷이 구분되는 다른 색깔의 흙이 분명하게 보였다. 그녀는 진실을 볼 수 있는 신통한 눈을 준 아버지에게 감사를 올렸다. 머릿속에서 어서 나를 꺼내달라는 목소리가 아우성을 쳤다. 청아는 손으로 흙을 파기 시작했다.

시간이 흘렀다. 무릎이 들어갈 깊이로 구덩이가 생기자 땅속에 박혀 있던 나무 자루가 모습을 드러냈다. 뽑아보니 녹슨 칼이었다. 원형으로 스무 개가 박혀 있었다. 혈맥과 기운을 막으려는 누군가의 사악한 짓이 틀림없었다. 청아는 칼을 도구 삼아 땅을 파헤쳤다. 태극문양이 아로새겨진 부적이 연달아 튀어나오고 엽전 꾸러미와 실뭉치도 나왔다. 누가 내 아버지에게 감히 이런 저주를! 청아는 가쁜 숨을 몰아쉬면서 흙을 파헤쳤다. 손톱이 갈라지고 살이 까져 피가 나도 멈추지 않았다. 해는 중천에 떠 정오를 넘어섰지만 청아는 그조차도 알지 못했다.

초인적인 몰두 끝에 큰 구덩이가 파였다. 태극문양과 별표가 합쳐진 기괴한 표식이 등장했다. 조선은 물론 서양에서도 볼 수 있는 문양이 아니었다. 머릿속의 아버지가 그것은 이계의 부적이며 나를 구속하기 위해 사악한 자들이 음모한 결과물이라고 가르침을 주었다. 어떻게 치우면 좋겠냐고 묻자, 아버지는 이계의 부적은 산 사람에게까지 힘을 발휘하지 못하니 떼어서 버리면 그만이라고 했다. 뜻밖에도 간단한 해결책이었다. 청아가 아버지의 지시대로 문양을 잡아당겼으나 예상과 달리 쉽게 떨어지지 않았다. 사각 문양이 들썩이며 별표 표식이 빛을 발하더니 촉수가 나타났다. 문양 아래에 식물의 뿌리처럼 자잘하게 붙은 촉수가 무덤 안에 누워 있는 자에게 붙어 떨어지지 않았다. 아, 저게 바로 아버지인가. 청아는 포기하지 않고 있는 힘을 다해 이계의 부적을 잡아당겼다. 투툭 하고 촉수 끊어지는 소리가 나면서 이계의 부적은 떨어져 나갔다. 표식에 흐르던 빛도 서서히 꺼졌다. 마침내 부적이 분리되자 청아는 급히 무덤 안을 들여다보았다.

"아버지……."

그녀를 부른 존재, 그녀의 아버지가 나타났다. 그것은 청동으로 만든 거대한 불상이었다. 턱에 손가락을 대고 사유를 하는 불상은 어릴 때 청아가 갖고 있던 불상과는 자세가 달랐다. 크기도 훨씬 컸는데 사람의 크기와 같은 등신불(等身佛)이었다. 불상의 표정은 비웃는 듯한 미소를 머금고 있었고, 눈썹은 여덟팔 자를 거꾸로 뒤집어놓은 것처럼 크게 위를 향하고 있었다. 누가 만든 불상인지는 몰라도 제작 자체부터 신성한 불교 신앙에 모독을 품고 있었다. 오만해보이는 표정과 달리 불상의 몸은 여느 고행하는 석가모니처럼 앙상했다. 그러나 그 위에는 한의학자들이 침술을 연구하기 위해 그린 인체도처럼 기묘한 점과 선, 그리고 골격의 표시가 뚜렷했다. 모르는 사람이 이 등신불을 본다면 귀신보다 무서운 형상에 기절초풍했으리라. 그러나 청아의 눈에는 아버지로 보였다.

너를 다시 만나게 되었구나. 내 딸아. 지금 아비는 저주를 받아 이 안에 갇힌 몸이 되었지만 우리가 예전 모습으로 만나게 될 날도 멀지 않았단다. 오늘 밤 저 하늘 끝에서 낯선 귀빈들이 이 산을 찾아오면 신묘한 일이 생길 것이란다. 우리는 그때를 기다려야만 한다. 그러면 심봉사가 눈을 뜨고 심청이가 왕후가 되는 일이 우리 부녀에게도 생기는 거란다.

"아버지가 다시 살아난다는 말씀이세요?"
청아는 움직이지도 않고 말도 하지 않는 청동 불상에 대고 물었다. 그녀의 눈이 광기로 번쩍였다.

그래, 내 딸아. 우리 청아는 역시 심청이보다 더 똑똑한 효녀로구나.

"아버지만 다시 돌아오신다면 무슨 일이든 하겠어요."

시간에 맞추어 그들이 내려오는 장소까지 나를 데려가야 해. 그럼 모든 게 끝난단다.

요망하게 생긴 불상은 변화가 없었다. 그러나 청아는 내면의 소리에 호응했는지 활짝 미소 지었다. 정성이 가득한 몸짓으로 청아는 불상을 등에 업었다. 시간은 오후가 되고 있었다.

귀경잡록

1

권윤헌과 바우, 그리고 여섯 여자들은 주저앉고 말았다. 또다시 그들이 닿은 곳은 천승도의 오두막이었다. 아무리 길을 바꿔 걸어도 산을 벗어나는 길은 나오지 않았다. 아무리 다른 행로를 택해도 같은 길이 반복되다가 다시 오두막이 나왔다. 귀신이 곡할 노릇이었다.

아무리 이름을 불러도 청아 역시 나타나지 않았다. 그녀만이 길을 알고 있을지 모르는데 어디로 숨었는지, 혼자 산을 내려갔는지 응답이 없었다. 권윤헌은 하산 말고 다른 이유로도 그녀가 몹시 보고 싶었다.

납치된 여인 중 근미가 오두막 뒤편에 일렬로 늘어선 움막을 불안하게 바라보았다. 밝은 대낮이라도 삼각 움집은 불길한 공포를 내뿜었다. 현대성이 통하지 않는 원시성과 천승도가 예언한 12라는 숫자의 일치 때문이었다.

"정말 오늘 밤 무슨 일이 일어나면 어쩌지요?"

권윤헌은 답하지 않았다.

"12사도인지 뭔지가 내려오면 어쩌지요! 그러길래 탈 쓴 놈을 살려두자니까요!"

모든 책임이 네게 있다는 듯 바우조차 상전에게 불손했다. 사람이 햇볕에 녹아 타는 광경을 본 그의 공포는 절대적이었다.

권윤헌은 대답이 궁색했다.

"길이 이렇게 반복될 수가 없어. 출발지가 다 달랐는데……."

"그놈이 그랬잖아요! 자기를 죽이면 내려갈 수 없다고! 못된 요술을 부린 거 아닐까요?"

여자들은 애시당초 천승도를 제압했던 바우의 용맹성에 감탄했지만 이제는 그 같은 찬탄도 추락했다. 사대부 여인들 앞에서 바우는 아랫것 기질을 유감없이 드러내고 있었다. 수세에 몰린 권윤헌이 딱했던지 유빈이 말했다.

"나리, 이럴 게 아니라 그 《귀경잡록》이란 책을 우리 함께 읽어보면 어떨까요? 천승도는 그 책에 많은 주석을 달았다고 했잖아요? 길이 안 나오는 것은 바우 말대로 그자가 못된 술법을 걸었기 때문일 수도 있어요. 어쩌면 책 속에 술법을 푸는 방법이라도 있을지 모르잖아요?"

권윤헌이 입을 삐쭉거렸다. 천승도가 햇볕에 녹아버렸을 때 그의 위풍당당함도 함께 녹아내렸다. 길은 나오지 않는데 경고했던 밤마저 다가오자 두 번 다시 남자다움을 발휘할 수 없었다. 말은 하지 않아도 그가 보여주었던 모든 것들이 사실상 '허세'였음을 여자들은 잘 알고 있었다.

"그것도 좋은 방법이겠소. 낭자."

모기 만한 소리로 권윤헌이 답하자 여자들이 천승도의 오두막으로 몰려갔다. 글을 읽을 줄 모르는 바우도 그녀들을 따라갔다. 권윤헌은 자신에게 안기었던 청아를 생각했다. 너무나도 짧은 한 순간이었지만 너무나도 긴 여운이었다. 그 여인만 있으면 이 산을 내려갈 방법을 찾을 수도 있을 텐데…….

모든 이가 단락을 나누어 《귀경잡록》을 읽었고 수시로 몸을 떨었다. 나라에서 금하는 책을 무단히 읽는다는 무서움 때문이 아니라, 책이 전하는 우주적 기상천외함과 은밀한 지식에 대한 두려움 탓이었다.

"아! 비슷한 내용이 나오네요! 23장을 보셔요!"

석수라는 여인이 소리쳤다. 모두가 제각기 손에 쥔 사본의 23장을 펼쳤다. 권윤헌은 하늘을 올려다보았다. 중천에 떠있던 태양이 아래로 내려가 있었다. 제발 12마리 귀신 같은 건 안 나타나길 빌면서 23장을 펼쳤다.

귀경잡록(鬼境雜錄)
제 23장 신상왕래(神尙往來)편
신은 가는 게 있으면 오는 것도 있음을 중히 여긴다

살아있는 어른에게 정성을 다함을 효(孝)라 하고, 이미 죽은 조상에 치성을 아끼지 않음을 제(祭)라 하는데, 조상을 추모하고 후손의 영화로움을 기원하고 핏줄 간의 화목을 도모함은 제사지내는 자의 뜻한 바이다.

그러나 조선의 은밀한 땅 어딘가에는 이 같은 이치가 거꾸로 되어, 조상도 아니며 또한 죽은 자도 아닌 먼 세상의 존재가 나타나 스스로 위대함을 내세우고 사람을 부려 제례(祭禮)를 다하게 하니 이는 용납하지 못할 일이다. 원린자들이 주관하는 제사 의식이기 때문이다.

신을 자처하는 원린자는 흔히 믿음 깊은 자를 골라내어 눈을 어지럽히는 법력으로 혼을 뺏은 뒤 제주(祭主)의 역할을 내린다. 상왕래(尙往來)의 도리를 내세워 인간에게 하나의 얻음을 주되 저는 오히려 두 가지를 가져간다. 그들이 왜 후손도 아닌 낯선 인간에게 영화로움을 주겠는가? 널리 인간을 복되게 하기 위해서(弘益人間)라고 답한다면 이는 개가 웃고 소가 춤출 일일 것이다. 원린자를 믿는다면 반드시 해로운 일이 생긴다. 가까이로는 인신공양(人身供養)의 거짓 정성으로 사람이 죽어 나가고, 멀리로는 못된 사이비(似而非) 믿음들이 생겨나 결국 가정을 어지럽히고 나라까지 혼돈케 만든다.

一

도화원(圖畫院)에 소속된 최웅하는 독창적인 그림 실력으로 하늘이 내린 화공이라는 평이 자자했다. 그가 두각을 나타낸 분야는 인물화와 풍경화였는데 묘사가 남달랐다. 세밀한 필치로 가꾼 인물화는 사람의 실제 모습 그대로를 종이 속에다 옮겨놓은 듯 극도로 사실적인 재현이 압권이었고, 굵은 선의 풍경화는 거대한 자연 앞에 인간은 한없이 작은 존재라는 압도적인 기백이 있었다.

문제는 표현 방식이었다.

양반 사대부건 저잣거리의 초동급부건 인물화의 주인공들은 하나같이 인상이 음침했다. 단순히 어두운 표정을 띠었을 뿐 아니라, 보이는 세상 너머의 말할 수 없는 비밀을 간직한 듯한 모호한 얼굴은 사람들로부터 재수 없다는 평판을 받기에 충분했다. 실제로 인물화의 시선은 빛으로 번득였고 생명력이 넘쳤는데 어떤 평자는 최응하의 인물도를 보노라면 그림 속의 인간이 종이를 뚫고 튀어나올 것 같다고 했다. 그래서인지 최응하의 실력은 인정해도 초상화를 부탁하는 이는 별로 없었다. 최응하는 자신이 원하는 대상을 스스로 골라 인물화를 그렸다.

풍경화의 소재도 조선의 여느 산천초목과는 달랐다. 그는 주로 장마나 산불 혹은 태풍 같은 처참한 재난 현장을 즐겨 그렸다. 시커먼 하늘도, 휩쓸리는 나무도, 산산조각나는 초가집도, 비명 지르는 이의 모습도 일반적인 산수화나 풍경화에서는 볼 수 없는 것이었다. 그것은 자연의 위대함이 이만하기에 인간들은 분수껏 살아야 한다는 표현의 노력이라고도 보이는데 뛰어난 완성도에 비해 효과는 신통치 않았다. 보는 이들이 그 같은 자연의 교훈을 얻기보다는 간이 철렁거리는 무서움부터 맛보았던 것이다. 그림 속의 재해는 무언가 초자연적인 존재와 관련이 있어 보였으나 실체가 지극히 막연해 어떻게 설명할 방법이 없었다.

목숨이 경각에 처할, 그토록이나 악천후인 환경에서 어떻게 종이도 젖지 않고 그림을 그릴 수 있었는지 사람들은 비결을 물었다. 최응하는 꿈에서 본 풍경을 그림으로 그렸을 뿐이라고 답했는데 허황되다 여겨 아무도 그 말을 믿지 않았다. 단지 최응하가 비상한 기억력을 가졌기에 재난 현장을 벗어나서도 생생한 그림을 그릴 수 있었을 것이라 미루어 짐작할 뿐이었다.

최응하는 뛰어난 실력을 가졌으면서도 화풍 때문에 정신이 깨끗하지 못하다는 평판에 시달려야 했다. 대부분의 사람들에게 무시당한 그의 그림은 오직 소수의 대가들만이 알아보았다. 그들은 화풍을 바꾸면 역사에 이름을 남길 만한 화가가 될 것이라 격려도 했고, 지금의 그림은 귀신 들린 듯 어두운 마음만을 몰고 오니 당장 그만 두라는 협박까지 늘어놓았다.

특히 도화원의 별좌(別坐) 김세칭은 그다지 위세가 높다고는 할 수 없는 소속 관청의 입장을 들어 개인적인 두드러짐을 고집하지 말고 보편적인 화격(畵格)을 가꾸라고 충고했다. 실제로 최응하에게 그림을 부탁한 고관대작들에게 김세칭은 많은 욕을 얻어 들었다. 그들의 주문보다 훨씬 끔찍하고 기이하게 완성된 그림에 고관대작들은 불같이 화를 냈고, 이는 곧 신분 낮은 자가 지체 높은 자에게 보이는 반발이라고 생각했던 것이다. 그렇게 최응하는 자기도 모르는 사이 서서히 도화원의 골칫거리가 되어갔다. 말수 적고 친구도 없던 그는 아무런 대꾸 없이 오직 자신의 주관대로 그림을 그릴 뿐이었다.

그러나 골칫거리는 절로 해결되었다. 어느 날 자고 일어나니 그가 행방불명이 된 것이다.

二

난데없는 폭우가 쏟아지고 벼락이 멈추지 않던 밤(그날은 도성 안의 모든 개들이 일제히 짖어 사람들을 놀라게 했다) 이후로 최응하는 아무 이유도 없이 도화원에 나가지 않았다. 무단결근이 며칠이나 계속되자 김세칭은 그와 유달리 친했던 화공 박현백에게 최응하의 집을 찾아가보라고 했다. 성격이 어둡고 친지조차 없는 최응하가 무슨 사고라도 당한 건 아닌지 걱정이 된 장(長)의 조처였으나, 사실 김세칭은 재수 없는 최응하가 자다가 죽기라도 해 두 번 다시 만날 일이 없기만을 바라고 있었다.

명을 받은 박현백은 도성 변두리에 있는 최응하의 집을 찾았다. 최가 사는 곳은 불법적인 투전판이 성행하고 왈패들의 사기협잡에 싸움판까지 자주 벌어지는 유흥가 우범지대라 훌륭한 미술품을 만들어내는 창작인의 거주지로는 어울리지 않았다. 걸어가는 사이 뒷골목의 음침함이 그를 붙잡았다. 명나라 밀항인으로 보이는 자들이 구걸을 하면서 살기 띤 눈빛으로 그를 쳐다보았다. 박현백은 시선을 마주치지 않고 걸어, 몸 파는 창기들이 붙잡는 호객행위까지 뿌리치며 언덕길 끝의 다 쓰러져가는 최응하의 오두막에 다다랐다.

아무리 불러도 사람이 나오지 않았다. 평소처럼 술에 취해 깊이 잠든 건 아닐까 하는 생각에 박현백은 더 큰 목소리로 최응하를 불렀다. 그러나 인기척은 없었다.

이웃의 바느질하는 노파가 바깥으로 나왔다. 박현백이 노파한테 이집에 사는 화공 청년이 지금 어디 있는지 아느냐고 묻자 노파는 뜻밖의 이야기를 들려주었다.

며칠 전 폭우가 쏟아지던 날, 깊은 한밤중에 이 집에서 자지러지는 비명 소리가 들려왔는데 아무래도 최응하의 목소리 같았다. 평소 말이 없던 사람의 비명이 젖먹이들을 울게 하고 개들까지 짖게 하자 노파를 비롯한 몇몇 사람이 선잠에서 깨어났고, 불길한 예감에 한데 모여 최응하의 집을 찾았다. 무슨 일이냐는 이웃들의 질문에 최응하는 바깥으로 나와보지도 않은 채 방 안에서 이렇게 대답했다.

"참으로 신기한 꿈을 꾸었소. 놀라서 잠결에 소리 지른 것일 뿐 아무 일도 없으니 돌아들 가주시오."

이웃들은 화공의 성격이 유별나다는 평소의 기억을 상기하고 마주치기 싫어 각자 집으로 돌아갔다. 노파는 촛불 켠 문지방에 비친 최응하의 그림자가 허리를 구부리는 걸 보았다. 긴 물체를 쥔 손을 열심히 움직이는 것으로 보아 그림을 그리는 것 같았다.

다음 날부터 최응하가 보이지 않았다. 노파는 그가 도화원에서 퇴청도 못하도록 일만 하는 줄 알았다고 했다. 아직껏 돌아오는 모습을 보지 못했기 때문이다. 며칠이나 도화원에 나타나지 않았다는 소식을 들은 노파는 진심으로 걱정하는 눈치였다. 그녀는 자기 집에 들어갔다가 그림 한 점을 갖고 나왔다.

"이게 그 화공 양반이 우리 손녀를 그려준 그림이랍니다."

어린 계집아이를 그린 인물화였다. 박현백은 감탄했다. 화선지 안의 어린아이가 살아 숨쉬는 것 같은 사실성이 틀림없는 최응하의 인물도임을 알려주고 있었으나, 이 그림에선 특유의 기괴함을 찾아볼 수 없었기 때문이다. 그림을 채운 건 해맑은 아이의 얼굴이 나타내는 애틋한 감정일 뿐이었다. 화풍을 바꾸라는 지시를 귀에 못이 박히도록 들었던 최응하는 못 그리는 게 아니라 안 그렸을 뿐이었다. 그는 마음먹은 대로 화풍을 이끌어갈 수 있었다. 결코 따라잡지 못할 실력을 알아본 박현백은 출신이 미천하여 성공하지 못한 최응하의 현실을 동정했다. 다 쓰러져가는 집을 보자니 인정받지 못한 그의 실력이 너무나도 아까웠다.

문득 박현백은 이 외로운 화가가 배고픔과 생활고 끝에 집에서 죽어버린 것은 아닐까 하는 불길한 예감에 휩싸였다. 별좌에게 보고할 문제도 있고 해서 그냥 돌아갈 수도 없었다. 문고리를 흔들어보니 잠겨있지 않은 것 같아서 그대로 방 안에 들어갔다.

최응하는 없었다. 그는 아마도 그림을 그리다가 어딘가로 나간 것 같았다. 살림도 가재도구도 그대로였고 옷도 무질서하게 널려 있었다. 노파가 본 문지방의 그림자는 그림을 그리고 있었던 게 확실했다. 문 앞에 놓인 서안 위에 완성된 지 얼마 안 된 그림이 두 점 놓여 있었던 것이다. 어린아이의 초상화에 감동했던 박현백은 새로운 그림을 보는 순간 등골이 오싹했다.

그것은 무서운 짐승을 그린 그림이었는데 그런 기괴한 생김새는 난생 처음이었다. 짐승이라기보다는 차라리 악귀라고 불러도 좋을 모습이었다. 호랑이를 닮았지만 비늘이 있었고 눈도 여럿이었다. 어딘가 두꺼비를 닮았는가 하면 또한 올빼미를 연상시켰고 뱀이나 자라와 흡사하기도 했다. 거대한 날개가 네 개나 붙어 있었다. 모든 흉칙한 짐승들의 외양은 바로 이 괴물로부터 비롯되었다 해도 과언이 아닐 정도였다. 앞을 노려보는 그 거대한 짐승은 살아있는 것처럼 사실적으로 그려져, 당장에 피가 흐르는 이빨을 들이밀고 종이를 솟구치고 나와 쳐다보는 이의 머리통을 집어삼킬 것만 같았다. 최응하는 과연 이 괴물을 꿈에서 보았기 때문에 놀란 것일까? 박현백은 단서가 될 만한 게 없나 싶어 그림을 샅샅이 뜯어보았다. 과연 오른쪽 아래에는 작은 한자로 육십오능음양군자지충견(六十五能陰陽君子之忠犬)이라는 뜻 모를 이름이 있었다.

또 하나의 그림은 불덩이들을 그린 그림이었다. 하늘을 나는 불덩이는 모두 열두 개였는데, 제각기 커다란 눈과 입이 붙어 있었다. 죄지은 인간에게 벌을 내리려는 저승 불의 모습을 보자 박현백은 간이 콩알만 해졌다. 이번에도 뭔가 적혀있지 않을까 싶어 눈을 돌리던 그에게 이런 글귀가 보였다.

'나 최응하는 계시를 받아 이제 그분들을 만나러 간다.'

박현백은 한숨을 토해냈다. 어두운 그림만 그려왔던 최응하가 결국 마음이 병들어 실성을 한 모양이었다. 집을 나간 그가 어디를 배회하는지 더 이상 알고 싶지 않았고 찾고 싶은 마음도 들지 않았다. 박현백은 갓끈을 대충 묶고 서둘러 그곳을 나와 도화원으로 돌아갔다. 무서운 그림 두 점에 대해서는 언급하지 않고 단지 최의 행방을 알 수 없다는 보고만 별좌에게 올렸다. 퇴청해도 좋다는 허락을 받은 그는 주막으로 달려가 독한

술을 마셨다. 최웅하에 대한 동정심은 더 이상 없었다. 우연히 보았던 무서운 그림을 뇌리에서 지우고 싶을 뿐이었다. 시간이 흘러도 최웅하는 도화원에 나타나지 않았다. 그가 어디로 사라졌는지 아는 이는 아무도 없었다. 점점 사람들은 그를 잊었다. 박현백은 어떤 방법을 써도 무서운 그림을 뇌리에서 지울 수 없었다. 무서움에 떨어 잠 못 이루고 일상적인 생활도 불가능해졌다. 간신히 잠이 들면 안개 사이에서 날개 달린 거대 괴물이 나타나는 악몽이 그를 괴롭혔다. 시름시름 앓기 시작하던 그는 결국 3년을 넘기지 못하고 죽어버렸다.

三

최웅하가 사라지고 8년이 흘렀다. 도성 변두리는 대궐의 주도 아래 도로 정비 사업의 바람이 불었다. 명나라 사절단이 조선 육로를 가리켜 '이동을 위한 통로가 아닌 시궁창이며 전염병이 득시글거리는 끔찍한 진창길'이라 지적하자 망신을 당한 공조가 대대적인 작업에 들어갔던 것이다. 돌을 옮기고 흙을 퍼 나르기 위한 노동력 동원에 그 어느 때보다 도성은 사람들로 붐볐다. 뜨내기 방랑자들이 대다수였기에 이들이 뭘 하다 온 사람들인지 신원 관리는 허술하기 짝이 없었다. 예정일 내의 완공만이 중요해, 처녀 16명이 행방불명된 사건에 신경 쓰는 이는 아무도 없었다.

시신이 발견되거나 겁간을 당했다는 고변이라도 있어야 범죄 수사가 개시될 터인데, 사라진 여자들은 말 그대로 '어느 날

자고 일어나니 자취를 감출 뿐'이었다. 사람들은 철없는 아가씨들이 뜨내기 청년과 눈이 맞아 지긋지긋한 도성 빈민가를 벗어난 줄로만 생각했다. 물론 실종된 처녀들의 가족은 관가에 신고를 하고 도피가 아니라 납치 범죄의 가능성을 읍소했지만, 매일매일 도로 정비 사업의 진척을 허위로라도 보고해야만 하는 관리들은 미천한 백성들의 사정까지 신경 쓸 여유가 없었다.

◦⊗⊗⊗◦

　도로 건설 구역의 7개 순라 초소를 지휘하는 포교 이원출은 어느 날 저녁 괴상한 보고를 받았다. 등에 관을 둘러멘 남자가 찾아와 16명의 처녀들이 사라진 사건에 책임이 있으니 자수를 하겠다는 것이다. 이원출은 상명하복에 충실한 세속적인 관리였으나 16명의 실종사건을 익히 들어 알고는 있었다. 정의감보다 호기심이 앞선 그는 고된 업무 후의 귀가도 잊고 자수자가 억류되어 있는 돈대(墩臺, 성곽에 세워 적을 감시하고 봉화를 올려 통신수단으로 활용하기도 한 건물)로 향했다. 포졸의 안내를 받아 취조를 위한 별실로 들어간 이원출은 깜짝 놀랐다.
　자수자는 남자였다.
　그가 메고 온 관은 어두컴컴한 별실 구석에 세워져 있었다. 벽에 붙은 횃불이 남자의 얼굴을 비추었다. 탈로 얼굴을 가려 나이를 짐작할 수 없었는데, 탈은 한 번도 본 적 없는 해괴한 짐승의 머리를 형용하고 있었다. 저승사자가 기르는 개라고 표현하면 어울릴 물괴의 탈 앞에서 이원출은 할 말을 잊었다. 그것은 비늘과 지느러미가 붙어 있지만 호랑이의 눈과 무늬를 갖고 있었으며 악룡의 수염과 이빨을 붙인 모습이었다.

감히 포교를 능멸하는 처사에 이원출이 호통을 치려는 순간, 남자가 이 탈은 얼굴과 붙어버려 떼어낼 방법이 없다고 먼저 입을 열었다. 그의 목소리는 겉모습 만큼이나 어두운 면모가 다분했으나 차분했고 기품이 있었다. 한때 도화원의 화공으로 일했던 최응하라고 자신을 소개한 그는 여기까지 오게 된 이야기를 풀어놓기 시작했다.

그는 예지력이 있는 꿈을 꾼 후 그 광경을 그림으로 그려왔는데, 8년 전 육십오능음양군자와 12사도가 꿈에 나타나 속세와의 모든 인연을 끊고 우주와 합일하라는 가르침을 주었다고 했다. 잠에서 깬 그는 일장악몽(一場惡夢)일 뿐이라고 놀란 가슴을 진정시켰지만 꿈은 계속되었다. 잠이 들 때마다 눈과 입이 붙은 거대한 12개의 불덩어리가 나타나 검은 진리의 길을 보여줄 터이니 운명을 따르라 말을 걸어왔다.

"네가 그간 그렸던 그림이 우리를 부른 것이다. 너는 깨닫지 못할지라도 우주의 비밀에 어렴풋이 다가간 진심이 네 화풍을 결정한 것이다. 너는 이제 우리를 만나 한갓 환쟁이의 하루살이에서 벗어나 십오한 우주의 천체도를 이룩할 것이다. 그것이 너를 부른 위대한 분의 대의다. 우리를 따라가자."

불이 건네는 말은 무서운 한편 매혹적이었다. 최응하는 일렬로 날아가는 불을 따라 꿈결 속을 걸었는데 발 아래 집들이 지나가고 성곽이 지나가고 국경선이 지나갔다. 그는 어느 깊은 산속에서야 땅에 발이 닿아 걸음을 멈출 수 있었는데 잠을 깨보니 꿈은 그대로 현실이 되었다.

12개의 불덩이는 전포를 걸친 장수로 변했고 그들의 머리는 12간지, 즉 쥐(子), 소(丑), 호랑이(寅), 토끼(卯), 용(辰), 뱀(巳), 말(午), 양(未), 원숭이(申), 닭(酉), 개(戌), 돼지(亥)의 형상을 띠었다. 그들은 손에 쥔 병장기를 최응하의 목에 겨누며 우리는 육십오 능음양군자를 모시는 열두 사도들이며 너는 앞으로 그분을 모실 제사장의 지위를 얻었으니 영광됨을 알아야 한다며 임명의 표시로 얼굴에 탈을 씌웠다. 탈은 피부와 밀착해 떨어지지 않았고 그로부터 최응하는 병들지 않고 죽지도 않는 불멸의 몸을 얻게 되었다. 그러나 그는 영원히 그들로부터 도망칠 수 없는 죄수이기도 했다. 탈은 12사도와 그를 하나로 연결하는 끈이어서, 12사도처럼 그 역시도 낮의 햇볕을 쬐면 목숨을 건질 수 없는 불완전한 불멸의 몸이 된 것이다.

제사장이 된 최응하에게 제례의 가르침이 내려졌다. 1년에 한 번씩 내려오는 12사도를 위해 여인들을 잡아와 공양하라는 지시였다. 최응하는 우주합일 비밀의 터득이 산 사람을 갖다 바치는 행위와 어떤 연관이 있는지 알지 못하였으나 치성이 지극하면 답을 얻을 수도 있다고 믿어 그들의 지시를 실행에 옮겼다.

그들이 준 약초로 집단 최면 효과를 만들어 사람들의 눈에 안들키고 여자들을 납치해 밤 동안 이동하다가 낮이 되면 관 속에 들어가 햇볕을 피했다. 관은 바윗덩어리로 위장할 수 있어서 낮에도 사람들에게 들키지 아니했다. 12사도는 그의 치성을 당연한 듯 받아들였다.

해를 거듭할수록 최응하의 마음은 흔들렸다. 그것은 그의 마음속에 한 가닥의 인간성이 남아있었기 때문이었던 듯싶은데, 12사도는 결코 이 사실까지 알지 못했다. 납치당한 처녀들은 오들오들 떨며 살려달라 빌었고, 12사도는 인정사정없이 여인들을 하늘의 빛 무리로 이끌어 날아올랐다. 그녀들이 어떻게 되었는지 12사도가 그녀들을 어떻게 했는지 최응하는 결코 알지 못했다. 겉으로만 괴짜요, 심성은 순박한 최응하는 가책을 느꼈을 것이다.

12사도는 약속했던 우주합일의 비밀을 가르쳐주지 않았고 오히려 더 많은 여인들을 요구했다. 인신공양을 할수록 최응하는 처음처럼 치성에 집중할 수 없었다. 사람들이 그리워졌고 인간 세계로 돌아가고 싶었다. 관청에 출근하여 야단을 맞는 일이 그리워졌고, 늘 해맑게 인사하던 이웃집 꼬마 아이도 보고 싶었다. 그는 외로운 산속에서 나무에 혹은 바위에 예전의 화풍과는 다른 아름다운 그림을 그리기 시작했다. 이 사실을 알게 된 12사도는 딴 마음을 품으면 육십오능음양군자가 진노하여 개 돼지로조차 윤회할 수도 없는 우주의 먼지로 만들어 버린다며 그의 그림을 빛으로 태워버렸다.

그쯤에서 최응하는 그들이 천지신명이 아님을 깨달은 듯하다. 마지막 납치 이후, 최응하는 불멸의 몸조차 포기할 과감한 자수를 결심했다. 그가 보쌈 자루에 넣어 12사도에게 보낸 마지막 처녀는 알고 보니 8년 전 옆집에 살던 계집아이였던 것이다. 성장이 너무나도 빨라 환한 얼굴로 초상화를 그려줬던 그 어린 것인 줄도 몰랐다. 그는 그 사실을 예전처럼 꿈으로 알게 되었다. 꿈속에서 낯익은 이웃집 노파가 우리 손녀를 찾아달라고 사람들을 잡고 울부짖고 있었다. 노파가 주저앉은 마당은 바로 최응하가 간밤에 처녀를 납치했던 집이었다. 여태껏 마력의 탈바가지는 최응하에게 환상적인 꿈만을 부여했는데 그의 마음에 남아있던 양심이란 것이 생생한 진실을 불러온 것이다. 그것은 몹시도 인간적인 면모로 가득 찬 꿈인 동시에 그를 부른 존재들이 거짓된 신이었음을 알려주는 예언이었다.

그는 관을 둘러메고 햇볕을 피해가며 도성 안으로 돌아왔다. 8년 만의 결심이었다.

이야기를 다 들은 포교 이원출은 잠시 침묵을 지키다가 희생자들이 지금 어디 있느냐고 물었다. 최응하는 처녀들이 우주의 별천지로 끌려가 다시 만날 수는 없다고 답했다. 그럼 납치의 증거를 대보라 하자 최응하는 여인들이 입었던 옷을 관 속에서 꺼내보였지만 그걸로 포교를 납득시키기에는 부족했다. 이원출은 집단최면비술을 써보라고 했고 최응하는 지금은 여인들을 납치할 시기가 아니어서 비법을 쓸 수 없다고 했다. 이원출은 코웃음을 치고 옥사의 공짜밥이 그리워 거짓말을 하냐고 소리쳤다.

최응하는 믿지 않을 줄 알았다면서 자신이 자수를 한 것은 당신의 공적을 세워주려는 의도가 아니라 인간 세상에 경고를 하기 위함이라고 답했다. 내일 낮, 해가 떠오르면 자신은 한 줌의 재가 될 터이니 그 모습을 똑똑히 바라볼 것이며, 내가 사라지고 남는 탈을 포도대장에게 보내 은밀하게 연구하라고 말했다. 그렇지 않으면 인간 세상은 위험에 처하게 된다고 거듭 강조했다.

　이원출은 그를 옥에 넣지 않고 쫓아 보냈다. 최응하는 가지 않으려고 했지만 포졸들은 밥을 얻어먹고 싶으면 나가서 도로 보수 작업을 하라고 매질하여 보냈다.

　다음 날 이원출이 출근을 하니 야간에 수직을 선 포졸들이 몸을 떨면서 달려왔다. 조금 전 동이 틀 무렵, 짐승의 탈을 쓴 미친 놈이 나타나 포교 어른을 찾았는데 해가 뜨자 몸에 큰 녹색 불이 붙어 타버렸다는 것이다. 그가 남긴 것이 두 개 있었는데, 하나는 '눈을 떠라! 그렇지 않으면 그놈들한테 다 죽는다!'라는 유언이었고, 또 하나는 덩그렇게 남은 해괴한 탈바가지였다.

　이원출은 탈을 받아들고 요리조리 관찰했다. 그 안에는 처음 보는 붉은 돌기들이 무수하게 튀어나와 있었는데 자세히 보니 지렁이처럼 움직이는 것 같았다. 무생물인 탈이 마치 생명을 가진 듯해 꺼림칙했다. 이원출은 재수 없는 탈바가지를 최응하의 부탁대로 포도청에 바쳐 조사를 요청하는 대신, 나루터의 초소를 순시하는 오후의 업무 중에 한강에다 던져버렸다.

　도로 정비 작업은 계속되었고 인근에서 처녀들이 실종되는 일은 더 이상 일어나지 않았다.

結

　우주의 만세 군주를 입에 담고 스스로 위대한 존재의 신하임을 자처하는 12사도는 요망한 술법을 부리는 괴력난신(怪力亂神)이요, 인간을 공물 받아 우주를 나는 기구 안에서 해부하고 실험하는 사악한 원린자들이다. 절대로 그들에게 속으면 안 된다.

이들은 음양의 조화가 맞지 않아 낮에는 활동할 수 없는데 이를 위하여 행동을 대신할 첩자를 만드니, 이가 곧 제사장이라 이름 붙여진 인간이다.

12사도에게는 파동을 일으켜 사람의 꿈을 들여다보는 재주가 있어 적절한 수행자를 선택한 뒤 제사장이란 그럴 듯한 자격을 부여한다. 병마에 걸리지 않고 천수를 누릴 수 있다는 거짓 불멸의 몸을 주는 한편 살아있는 인간을 채집해오게 한다.

이들은 속임수가 업이요, 실제로는 용력이 강하지 않은 종족들일 것이다. 변신을 자주 하는 것만 보면 알 수 있다. 이들의 본래 형상은 불분명한데 그것은 어느 별을 침공하든지 거기 거주하는 자들이 무서워할 만한 모습으로 탈바꿈을 하기 때문이다. 위압적인 과시로 상대방을 공포로 몰아넣는 동시에 그 별에 사는 이들을 연구한다. 이 글을 읽는 자들은 12개와 관련된 초자연의 봉변을 당하면 놀라지 말고 분연히 일어나 싸울 것을 촉구한다. 속임수가 업인 작자들의 전법은 기껏해야 어설픈 허허실실(虛虛實實)일 터이니.

이들의 진의는 결국 그 별을 침범해 손아귀에 넣으려는 야욕인데, 우리나라에서 특히 여인들만 납치한 것은 이들이 번식, 즉 사람의 생산과 관련한 기능을 연구하기 위함인 듯하다. 더 이상 낳을 수 없도록 씨족을 근절하고 번식을 막음은 이들에게 매우 중요한 병법 전술이기 때문이다.

최응하는 특유의 예지력으로 원린자가 흥미를 가질 법한 그림을 그렸고, 결국 그런 그들에게 유인당해 잠결에 집을 건너고 강을 건너서 첩첩산중까지 끌려갔다. 12사도는 가마솥처럼 생긴 그들의 비행기구 안으로 사람을 끌고 가는데, 최면 상태에서 벌어진 납치니만큼 당하는 사람은 신이 들려 영험함을 얻은 줄 착각하게 된다. 실제로 최응하가 사라지기 전날 개가 짖고 폭풍우가 몰아쳤음은 신령스런 분위기를 더하는 데 일조했겠지만, 실제로는 그들이 몰고 온 거대한 쇳덩어리 비행기구가 내뿜는 추진의 힘 때문이며, 예상대로 일각에서는 '하늘을 채우는 이상한 빛'에 관한 목격담까지 있다.

그들은 신이 아니며 구성 가운데 제 삼성인 녹존성 부근의 원린자일 뿐이다. 원린자는 모셔야 할 신이 아니라 척화의 값어치도 없는 또 다른 오랑캐이다.

조상이 아닌 괴력난신을 모시는 행위는 제사가 아니라 우상의 숭배에 불과하다.

조상은 요구하지 않는다. 스스로 그러한 마음이 우러나 음식을 준비하고 추모의 마음을 가지는 것이 제사다. 원린자는 하나를 베푸는 척하면서 두 가지를 가져감으로써 사특한 농간을 부린다. 거듭 말하노니, 그들의 야욕은 곧 인간의 파멸이다.

이 장을 쓰는 지금도 육십오능음양군자의 이름을 판 12사도의 음모에 넘어간 자들은 팔도에 하나둘이 아니며, 바다 건너 나라에도 멀어지지 않는 탈박을 쓴 자들이 무수히 존재한다. 한 가지 우리가 가져볼 만한 희망은 최응하처럼 눈을 뜬 자들이 얼마든지 더 나올 수도 있다는 사실이다. 이원출 같은 무능한 관리 때문에 최응하의 거룩한 양심선언은 성과를 얻지 못하였으나, 만약 이 글을 진지하게 읽어 도를 깨우친 자가 있다면 열두 마리 사악한 원린자를 잡아내어 조선의 발전에 후환을 남기지 않는 일도 분명 가능할 것이다.

　《귀경잡록》 원문의 아래에는 천승도가 달아놓은 주석이 있었다. 그것은 주로 탁정암이 후세에 그릇되게 지식을 전한다고 지적하는 내용인 동시에, 육십오능음양군자와 12사도를 찬양하는 내용이기도 했다. 천승도는 12사도의 위대함을 지지하는 증거로 자신이 영생불사의 몸을 얻었음을 내세우고 있었는데 낯을 포기한 절반의 영생에도 만족한 모양이었다. 그러나 오직 그뿐, 마의 산을 내려가는 방법은 어디에도 나와 있지 않았다.

　"없어, 어디에도 없어……."

　권윤헌이 절망적인 음성으로 말했다.

　"낭자들…… 모두가 힘든 건 알겠지만…… 다시 한번 길을 따라 가봅시다. 하늘을 보시오. 곧 있으면 해가 떨어질 거요."

　그는 볕이 약해진 하늘을 가리켰다.

　모두가 고통이 목에 걸린 얼굴로 따라 일어섰다. 바우 역시 순순히 주인의 말에 따랐다. 싸운들 시간낭비에 불과하며 득이 될 게 없음을 깨우친 모양이었다. 권윤헌이 앞장섰다. 잠시 그는 청아 생각을 했다. 텅 빈 12개의 움막이 서서히 멀어져갔다.

만겁(萬劫)과 찰나(刹那)

1

청동등신불(靑銅等身佛)을 앞에 두고 청아는 다소곳이 앉아 있었다. 컴컴한 토굴 안이었다. 바깥과 차단된 암흑의 공간에서 얼마나 시간이 흘렀는지 그녀는 알지 못했다.

천장 틈새를 뚫고 들어온 햇살에 청동불의 얼굴이 힐끔 비쳤다. 신열에 들뜬 청아는 신성모독의 증표로 왜곡된 대자대비의 얼굴을 알아보지 못했다. 그녀에게 청동불은 꿈에도 그리던 아버지일 뿐이었다.

이곳으로 들어온 데는 이유가 있었다. 아버지는 밤이 될 때까지 그놈들이 눈치채면 안 되니 어서 자기를 안전한 곳으로 옮기라 했다. 천리안을 가진 아버지의 안내로 길을 나아가니 멀지 않은 곳에 토굴이 있었다. 뼈다귀들이 즐비했으나 청동불은 어떤 맹수도 접근할 수 없으니 안심하라고 했다. 청아는 아버지 말씀을 믿었다.

짧다면 짧고, 길다면 긴 상봉이었다. 그녀는 아버지에게 묻고 싶은 것이 많았다.

그러나 청동불은 질문을 허락하지 않았다. 머릿속을 파고드는 목소리로 오직 면벽(面壁)을 강요했을 뿐이다. 그놈들이 올 때까지 정신을 집중하라고 했다. 청아는 아버지가 시킨대로 가부좌를 틀고 명상에 빠져들었다. 서서히 아버지의 말씀이 머릿속을 파고들어 왔다.

"천상의 영기가 은혜로 강림하고 대지의 원기가 복종으로 상승하니 이로써 천지간 상화가 이루어지고 만유(萬有)가 생겨나 각기 제 자리를 찾았다. 이 같은 천지창조의 주체를 인간들은 천지신명이라 이름 불러 오묘함을 드높여 금단의 밀약을 지켜왔으나, 실상 그 존재들은 감히 멋대로 이름 지어 올릴 수 없는 절대 위엄자들이다.

한낱 인간들이 저희 나라 저희 쓰는 언어에 맞추어 이 이름, 저 별칭을 갖다 붙이고 저희의 뜻대로 신들을 형용화하니 그 오만방자함과 미련함에 치를 떨 노릇이다.

한때 조선에서는 탁씨 성을 쓰는 요사(撓士)가 나타나 감히 위대한 존재들을 업신여겨 '멀리 사는 곳의 상상 속 짐승(遠麟者, 원린자)'이라는 천위모독(天威冒瀆)의 호칭으로 부르고, 그들의 정체는 인간을 혼돈케 하고 세상을 침범하려는 별천지의 오랑캐이니 경계하고 퇴치해야 한다고 요망한 저술까지 남겼으니, 혼백을 갈기갈기 찢어 죽여도 분이 풀리지 않을 불경한 작자로다.

또한 그 책의 영향을 받은 인간들이 이곳저곳에서 봉기해 위대한 존재들이 타고 내려온 신성한 구름에 불을 지르거나, 위대한 존재들의 신통방통한 법력을 흉내 내고, 심지어 그들을 직접 잡아내어 찌르고 잘라 죽이기도 하니 이는 태어남의 은혜조차 모르고 부모에게 칼을 겨누는 흉행(凶行)이다.

위대한 존재들이 드러나면 인간은 보잘 것 없는 출생과 창조의 비밀을 남김없이 알게 될 터이니 이야말로 세상에 더할 수 없는 혼돈이 일어나는 바, 은밀하게 나타나 지혜의 등불을 밝혀주는 위대한 신명들의 의도를 너희 인간들은 어찌하여 깨닫지 못하느냐?

굶주림에 허덕이는 백성에게 수확 빠른 종자로 배부름의 은혜를 내림이 어찌 나라의 근간을 뒤흔드는 범죄가 될 것이며, 손발이 여럿 달린 가축을 보내 노동을 대신케 함이 어찌 무서워 놀라 자빠질 물고 목격담이 되겠느냐? 신농(新農)의 장려와 목축의 혁신으로 남아날 마우견양(馬牛犬羊)을 인간의 양식으로 전용(轉用)함이 위대한 분의 선견지명임을 어찌하여 깨닫지 못하느냐?

허나 어리석은 너희들이 택한 건 배부르고 등이 따신 삶이 아닌, 새로운 세력을 불러들여 애서 일군 밭에 불을 지르고 촉수 달린 신수(神獸)를 잔혹하게 찌르고 베어 죽인 사악함일 뿐이었다. 내가 보니 너희들은 세월이 흐르는 동안 각종 과학을 연구하고 지혜와 기술을 연마해 살아가는 나날들을 점차 발전시켜 너희 스스로 네 발로 걷는 동물보다 나음을 입증했다. 그러나 굵어지는 머리에 견주어 공손 또한 커져야 하거늘, 너희들을 있게 해준 위대한 존재들을 향한 공경

심은 오히려 작아지기만 하니 이는 막 걸음마를 배운 어린 것이 부모에게 발길질부터 해대는 불칙한 처사가 아니고 무엇이겠느냐."

아버지의 설법은 끝이 없었다. 청아는 조용히 말씀을 경청했는데, 언제부턴가 토굴 안에는 녹색의 광휘가 생겨나고 동그랗게 생긴 별들이 그녀의 주위를 맴돌았다.

그러나 그녀에겐 신비의 천체도도 눈에 들어오지 않았다. 그녀가 기대한 건 아버지와 딸 사이의 살가운 대화였다. 아버지는 일체의 질문을 허락하지 않고 지혜로 가득 찬 초월적인 이야기만 늘어놓았다. 그 누구도 알지 못했던 우주의 지식을 하나하나 깨우쳐 나감에도 청아는 선택된 존재라는 희열을 만끽하지 못했다. 뺨을 타고 흘러내리는 눈물은 그녀가 피와 살로 된 사람임을 알려주는 증거였다. 그러나 청동불은 눈물을 흘리지 않았다. 비웃는 듯한 모독의 표정에는 티끌 만한 변화도 없었다.

이야기를 듣는 동안 시간이 얼마나 흘렀는지 알 수 없었다. 아버지의 목소리에는 시간과 공간의 인지를 망각케 하는 무형의 법력이 있었다.

Z

밤이 왔음에도 권윤헌 일행은 수풀을 헤치며 나아가고 있었다. 어둠이 짙었으나 스쳐 지나가는 나무들은 익숙했다. 볕이 쨍쨍했던 낮에 권윤헌은 가장 큰 소나무에다 붓으로 出자 표시를 해놓았었다. 매번 다른 샛길로 들어 미로 같은 산을 돌파하려 했으나 그럴 때마다 거짓말처럼 出의 표식이 나타났다. 끝없는 시도와 끝없는 좌절의 반복 사이, 날은 저물고 마침내 어둠이 찾아왔다. 사람들을 이끌던 권윤헌은 입을 뗄 기운조차 남아나지 않았다. 일곱 명의 눈이 그에게로 쏠렸다. 바우는 물론 여자들의 인내심도 이제는 바닥을 드러내고 있었다.

"하루 종일 걸었지만 같은 길이에요. 우린 이곳을 떠나지 못할 운명인가 봐요."

한양에서 잡혀온 유빈이 말했다. 자포자기하는 사람은 주로 땅바닥을 쳐다보는 법인데 그녀의 눈은 별이 떠 있는 하늘로 가 있었다. 어여쁜 눈망울이 정말 하늘에서 12개의 불덩어리가 내려오는지를 살피는 것 같았다.

"이건 쥐를 잡아 가둔 상자 같아. 서양에는 쥐가 복잡한 길을 찾아나가는 걸 구경하는 상자가 있대. 바깥에서 쳐다보는 사람은 재밌겠지만 쥐는 갇힌 줄도 모르고 계속 같은 길을 돌면서 헤매는 거지."

"우린 쥐보다 더 못한 신세야 언니. 다 죽게 생겼다고."

"난 이젠 한 발자국도 못 걷겠어. 열두 마리 귀신이든 뭐든 상관없어. 죽일 테면 죽이라고 해."

"배고파. 어디 칡뿌리라도 없나?"

"산짐승도 안 보이는데 칡뿌리가 어디 있어? 그러고 보니 이 산도 가짜일지 몰라. 세상에 아무리 걸어도 길이 이렇게 되풀이되는 산이 어디 있어?"

"산짐승은 있어. 그놈은 우리한테 노루 고기를 줬잖아."

"종일 먹질 못했으니 지금은 그거라도 절실하네."

모두가 경쟁하듯 짜증스럽고 불길한 소리를 늘어놓았다. 불안은 쉽게 전염되는 법이라 권윤헌은 나서야 될 때라고 생각했다.

"힘든 건 알지만 그래도 힘내어 걸어봅시다. 천승도가 말한 사도라는 것이 꼭 나타난다는 보장이 없으니 지나친 걱정들은 하지 마시오."

"나리도 그자가 저절로 불에 타 녹아 없어지는 걸 봤잖아요. 허튼 소리를 한 것 같진 않은데요."

제물포 아씨 효성이 말했다.

"그놈을 죽이는 게 아닌데……."

유빈이 혼잣말하다가 권윤헌과 눈이 마주쳤다. 그녀는 즉시 입을 다물었지만 미안한 표정을 짓지는 않았다. 다른 여자들의 얼굴도 비슷했다.

"왜 다들 이러시오? 산을 못 내려가는 게 내 탓은 아니잖소?"

"나리보고 뭐라 그런 게 아닌데……."

권윤헌은 소매로 이마에 흐르는 땀을 닦았다.

'날 위로해줄 사람은 아무도 없나? 나도 나름대로 최선을 다했다구!'

바우가 소리쳤다.

"아무리 생각해도 그 탈바가지를 죽이는 게 아니었어요!"

"내가 그놈을 죽였느냐?"

"그렇다고도 볼 수 있지요!"

"대체 내가 어떻게 그놈을 죽였다는 말이냐?"

"포도대장도 아니면서 왜 어깨에 힘을 주고 객기를 부리셨나요?"

"이놈아, 그거야 도끼 든 미친놈이 덤비니까 기선제압 차 부득이하게 취한 허세였지. 너도 부장 포교 역할을 잘 맡지 않았느냐?"

"제 말은 적당히 때려잡고 살살 숨통을 트이게 해줘야 할 놈을 왜 끝까지 구석으로 몰아넣어 이 사달을 만들었냐 그 말입니다!"

바우는 여섯 명의 여인들을 손가락으로 가리켰다.

"저 아씨들을 구하러 지하로 내려간 사람도 나리였지요. 사내놈들이 갇혀 있었다면 그런 일은 나 같은 놈을 시킬 텐데요."

"그건 또 무슨 소리냐?"

"어여쁜 아씨들이 한꺼번에 나타나니까 나리 눈이 뒤집어져서 사리판단을 제대로 못 하신 거란 말입니다!"

권윤헌은 기가 막혀 입을 떡 벌렸다. 버르장머리 없는 놈을 야단치고 싶었으나 목구멍에서 '이, 이' 하는 소리밖에 나오지 않았다. 문득 눈을 들어보니 일곱 사람의 눈이 자신에게로 쏠려 있었다. 말없는 시선에 '왜 하산 길을 아는 천승도를 죽였느냐'는 힐난이 고스란히 담겨 있었다.

권윤헌은 사람들에게서 돌아앉았다. 뱃속 깊은 곳으로부터 자기혐오의 쓸쓸함이 올라왔다. 청아 생각이 났다. 여기 있다면 그 여인도 저들처럼 나를 비난할까, 아니면 나를 위로해줬을까…… 대체 지금 어디에 있는 걸까…….

석수가 말했다.

"저, 모두 그만들 하세요. 이 밤만 견뎌보면 아무 일도 아닐 수……"

어딘가에서 우르릉거리는 소리가 들려왔다. 하늘인지 땅속인지 분간할 수 없었다. 앉아서 다리를 주무르던 여인들이 벌떡 일어났다. 천둥 비슷한 소리는 멈추지 않았다. 똑같은 소리가 위치만 달리하면서 여기저기에서 들려오고 있었다.

여덟 명의 머리가 소리의 방향을 쫓아 일치되어 움직였다. 지축을 뒤흔드는 파동이 그들에게로 맹습해왔다. 소리의 진원지는 땅속이었다. 천둥소리가 조금씩 가까워졌다. 멀리 있는 나무에서부터 가까이 있는 나무까지 차례로 이파리를 흔들며 격동하는 게 증거였다. 몇 그루가 육중한 소리와 함께 휘어지자 모두가 비명을 질렀다. 새들이 불안한 몸짓으로 날아올랐다. 길짐승들도 튀어나와 우왕좌왕했다. 낮에는 보이지 않던 짐승들이 산속에 엄연히 존재한다는 사실에 사람들은 몸을 떨었다. 이것들이 여태 모습을 나타내지 않았던 이유가 뭘까.

"산사태가 나려나 봐요!" 바우가 소리쳤다.

땅의 요동이 심해지는 가운데 공포로 얼어붙은 여덟 사람은 엄폐물을 찾느라 야단이었다. 그러나 산속 어디에도 그들이 의지할 만한 장소는 없었다.

"산사태가 아닌 것 같은데……"

권윤헌이 말했다.

지진의 징후가 멎었다. 바위는 움직이지 않았고 처절하게 팔다리를 휘젓던 고목들도 언제 그랬냐는 듯 자리를 지켰다. 산짐승, 길짐승도 어딘가에 숨어 다시는 나오지 않았다. 여덟 남녀는 어리둥절한 시선을 주고받았는데, 떨어져 쌓인 이파리들만이 그들이 겪었던 일이 꿈이 아님을 알려주고 있었다.

"아앗! 저길 봐요!"

효성이 손가락으로 하늘을 가리켰다.

하늘 한가운데서 연속적으로 번갯불이 번쩍거렸다. 어둠을 찢는 여러 가닥 굽은 광채는 정확히 같은 지점에서만 등장했다. 번갯불은 몇 차례나 더 번득였지만 천둥소리가 들려오지 않았다.

"어째서 번개가 연거푸 같은 곳을 치지?"

권윤헌이 말했다.

번득이는 간격이 빨라졌다. 산속이 대낮처럼 밝아졌다가 깜깜해지기가 열 차례 이상이나 반복되었다. 순간 권윤헌은 하늘 높은 곳에서 벼락을 가져오는 먹구름 같은 것을 보았다. 눈을 가늘게 떠 쳐다보자 거짓말처럼 번개가 멎었다. 온 사위는 다시 칠흑 같은 어둠 속으로 떨어지고 하늘에는 총총한 별들만이 남았다.

'밤하늘에 별이 이렇게 가득한데 번개가?'

권윤헌은 의아해했다. 그러나 그를 제외한 일곱 명은 다른 상황을 궁금해 하고 있었다. 하늘을 수놓은 별 무리 가운데 일부가 서서히 사라지고 있었던 것이다. 번개가 멎어 지금은 보이지 않는 하늘의 중심에 밤보다 더욱 어둡고 장대한 무엇인가가 내려와 별을 가리고 있었다. 번갯불이 더 번득인다면 실체를 확인할 수도 있겠으나 안타깝게도 희망은 이루어지지 않았다.

대신 장대한 어둠의 중심 — 사람들이 먹구름이라고 서둘러 판단한 — 으로부터 번갯불이 아닌 작은 빛이 여러 개 생겨났다. 그 빛은 서서히 아래를 향해 움직였다. 낙하에 따라 크기와 밝기도 상당해지고 있었다. 피처럼 붉은 빛은 긴 꼬리를 그리며 천승도의 오두막 곁에 세워진 움집의 배열처럼 비스듬한 각도로 떨어졌다. 여덟 사람이 처한 위기만 아니었다면 붉은 유성들의 낙하는 한 폭의 장관이었을지도 모른다.

"저 빛들은 뭐지?"

"뭐긴 뭐예요? 모두 12개잖아요."

정금이 떨리는 목소리로 말했다.

3

머리 위로 돌멩이와 흙먼지가 떨어졌다. 청동 불상의 표정엔 변화가 없었으나 청아의 내면으로 흘러들던 인류의 시원(始原)은 중단되었다. 둘 사이에 흐르던 우주적 교감이 끊어졌다. 대지를 뒤흔드는 파동에 청아가 눈을 뜨자 녹색 빛으로 일렁이던 천체도의 표류도 사라졌다. 눈앞에 있는 건 청동불의 차디찬 얼굴뿐이었다.

"시간이 되었다. 나의 딸아."

"밖에 누구죠? 탈을 쓴 사람인가요?"

"우리가 만날 존재는 신경 쓸 것 없다. 너는 일체의 잡념을 거두고 내가 전해준 천상의 지혜에만 귀 기울여라. 나의 진언이야말로 사파(邪派)의 적자들에게 내릴 불벼락 징벌이요, 우주 왕생의 길을 인도하는 지침일지니."

청동불은 청아의 질문에 답하지 않고 명령을 내렸다.

"이제 나를 여기서 데리고 나가거라."

"아버지, 왜 저에게 아무 말씀도 해주지 않으시나요?"
청아의 눈에서 눈물이 쏟아졌다.

"10년 전이랑 상황이 비슷해서 저는 불안해요. 그때도 어머니와 저를 버려두셨잖아요."

청아가 청동불의 어깨에 손을 올려 가까이서 얼굴을 마주했다. 비웃는 표정에 변화는 없었다. 그녀는 아버지가 말해주길 바랐지만 머릿속으로 들어오는 소리는 없었다.

"말씀해주세요. 아버지가 기다리는 자들은 누군가요? 그들과 싸우시려는 건가요? 저는 또 아버지를 잃을까봐 두려워요."

"두 번 다시 그럴 일은 없단다. 청아야. 나는 오늘이 오기만을 손꼽아 기다린 거야. 다시 네 아버지가 되기 위해서 말이야. 지금 바깥에서 일어나는 일은 나에게 저주를 내린 자들이 내려왔음을 알려주는 신호란다. 그들은 내 상대가 되지 못하니 걱정할 것이 없어. 저주만 풀어내면 나는 다시 원래의 모습을 찾을 수 있단다. 그러면 삶을 새롭게 출발할 수 있어. 너와 나 다시 예전처럼 살아갈 수 있단 말이다. 그만! 묻는 것은 이제 그만! 시간이 없으니 어서 나를 도와다오. 내 딸아. 속히 나를 그곳으로 데려가 다오. 거기 가기만 하면 내가 설명하지 않아도 너는 모든 걸 알 수 있단다."

아버지의 목소리에 청아는 한숨을 내쉬었다. 과거의 충격 때문일까. 부녀의 해후가 오래 지속되지 못하리라는 불길한 예감이 그녀를 놓아주지 않았다.

아버지의 음성은 화를 참는 듯 은근해졌으나 청아는 깨닫지 못했다. 예전에도 그랬듯 아버지는 한 번 고집을 부리면 절대 꺾을 수 없는 사람이었다. 이 점만 보더라도 청동불은 틀림없는 그녀의 아버지였다.

"그럴게요."

마침내 청아는 결심했다. 더 이상 묻지 않고 아버지를 도우리라 마음먹었다.

"아버지가 하시는 일을 믿어요. 다른 사람은 몰라도 저는 항상 그렇게 믿어 왔어요."

청아가 청동불을 들쳐 업었다. 피로가 일거에 몰려와 휘청거렸다. 머리 위에서 소리 없는 벼락이 잇달아 번득이더니 토굴 틈새로 밝은 빛을 던졌다. 번쩍번쩍하는 짧은 순간, 사악하게 일그러진 청동불의 표정을 청아는 보지 못했다.

"청아야. 내가 아까 진언으로 사파의 적자들에게 불벼락 징벌을 내린다고 했지? 여기서 진언(眞言)이란 '참된 말'이 아니라 '주문(呪文)'을 가리키는 거란다. 그놈들을 만나거든 네가 반드시 외워야 할 주문이 있어. 절대로 실수하면 안 되니 잘 듣고 외우도록 하거라."

불상의 무게를 이기지 못해 그녀는 자주 휘청거렸다. 고왔던 처녀의 지친 몰골은 가엾어 보였다. 이에 상관없이 청동불은 어서 가자고 재촉할 뿐이었다. 그녀는 아버지가 가르쳐주는 주문을 외우며 길을 나아갔다.

토굴을 벗어나 신선한 밤공기를 맡자 청아는 자신이 갇혀 있던 지하 뇌옥이 기억났다. 거기서 자신을 꺼내주었던 젊은 관리가 생각났다. 심성이 착해보였던 그분이 나타난다면 분명 자기를 대신해 아버지를 업어줄 것 같았다. 함께 이 산을 내려가면,

심봉사의 눈을 뜨게 한 심청이가 왕후가 되는 것처럼 그분은 자신의 왕이 되어줄 것 같았다. 그러나 그는 어디에도 보이지 않았다.

4

"오, 천승도의 말이 거짓이 아니었어요! 저 불이 바로 그자들인가 봐요!"

"12개의 움막 쪽으로 떨어지고 있어요! 12사도가 틀림없어요!"

"우린 이제 어쩌죠?"

불꼬리를 깃발처럼 휘날리며 떨어지는 유성에 여인들은 경쟁하듯 아비규환의 목청을 냈다.

권윤헌은 《귀경잡록》의 예언이 허황된 글이 아닌, 실제로 눈앞에서 벌어지는 현실임을 깨닫고는 더 이상 머뭇거리지 않았다.

"저 불의 정체가 무엇이든 오두막에서 가장 멀리 떨어진 곳으로 움직입시다."

바우가 냉큼 일어나 여자들을 오두막 반대편 길로 하나하나 보냈다.

"卍자 표식이 있는 나무까지 돌아보지 말고 달려요! 그곳이 천가 놈 오두막에서 가장 먼 곳이니까!"

여자들이 치맛자락을 움켜쥔 채 달렸다.

크고 묵직한 음향과 함께 대지가 흔들거렸다. 콰쾅거리던 음향은 정확하게 12번을 반복한 후에야 잠잠해졌다. 그것들이 마침내 지상에 착륙한 모양이었다. 권윤헌은 뒤돌아보았으나 예상과 달리 칠흑 같은 어둠 뿐, 산에 옮겨 붙은 불은 보이지 않았다. 바우가 자신처럼 뒤돌아보며 따라오고 있었다.

여덟 명은 무작정 달렸다. 나무들이 빠르게 스쳐 지나가고 그들이 뛰어가는 서슬에 숲은 거칠게 살랑거렸다. 권윤헌의 뇌리

에 매관매직(賣官賣職)의 부정행위로 대궐에서 이 함경도 산골
짝까지 쫓긴 일이 떠올랐다.

'내가 천벌을 받고 있는 게지. 여기서 살아 돌아갈 수만 있다
면 다시는 탐관오리로 살지 않으리……'

등 뒤에서 산야를 격동시키는 울부짖음이 들려왔다. 하나가
내는 게 아니라 집단이 지르는 함성이었다. 호랑이의 포효보다
살벌했다. 소리의 방향이 이쪽을 향한 것 같아 여덟 사람의 등
에는 식은땀이 흘러내렸다.

맨 마지막에 달리고 있던 바우가 잔뜩 겁을 먹고 주인을 앞질
러 뛰어갔다. 그때 권윤헌은 바우가 등에 멘 바랑 안에서 마치
신호처럼 깜빡거리는 붉은 빛을 보았다. 빛의 세기는 흰색 무명
천을 간단히 꿰뚫어 십리 밖 어둠 속에서도 알아볼 만큼 강했
다. 권윤헌은 희망과 실망을 번갈아 줬던 하인의 어깨를 난폭하
게 잡아당겼다.

"바랑 안에 이게 뭐냐!"

"뭐라굽쇼?"

권윤헌이 바랑을 잡아당겼다. 뒤돌아보던 바우는 둘둘 감은
흰색 천 속에서 깜빡거리는 빛을 보자 얼굴 표정이 변했다.

권윤헌이 바랑을 풀자 그 안에서 천승도가 쓰고 있던 탈바가
지가 나왔다. 천승도의 온몸을 태우고 유일하게 남은 탈바가지
가 스스로 붉은 빛을 발해 미지의 존재에게 위치를 알리고 있었
다. 놈은 제사장이자 전령이었고, 햇볕에 몸이 타들어 가 죽어서
도 신하된 자의 도리를 다하고 있었다. 불이 번쩍일 때마다 여
섯 개의 눈 사이에 씌인 主神이라는 한자가 섬찟한 야광을 발했

다. 권윤헌은 탈을 손에 쥔 채 소리쳤다.

"말해봐. 이놈아! 이게 왜 네 바랑 안에 있지?"

"그냥…… 기념품 삼아서 챙겨 넣었죠……."

"기념품? 기념품 좋아하네, 이 바보 같은 놈아! 이 탈이 지금 번쩍번쩍거리는 게 저 유성에게 보내는 신호가 아니라면 대체 무엇이겠느냐?"

온 사방에서 짙은 안개가 피어오르더니 한 치 앞을 식별할 수 없었다. 앞이 안 보여 나아가지 못하겠다는 여자들의 고함이 정신없이 귀를 때렸다.

"구렁이에요. 나리. 살려줘요!"

"하늘에서 뱀이 내려와요!" 여자들이 비명을 질렀다.

"뱀이라고?"

권윤헌은 바우를 팽개치고 여자들이 간 방향으로 달려갔다. 안개가 걷히지 않은 숲 여기저기에 하늘로부터 내려와 거대한 몸통을 흔드는 구렁이들이 있었다. 구렁이의 머리는 땅바닥을 향했는데 자욱한 안개는 그것들의 입에서 뿜어져 나오고 있었다. 권윤헌은 다급히 몸을 돌렸지만 뒤편 하늘에서도 시커먼 구렁이들이 밤하늘을 가릴 만큼 가득하게 내려오고 있었다.

"아니야… 이건 뱀이 아니야……."

연기처럼 뿜어지던 안개가 더 이상 나오지 않았다. 안개라고 판단한 그 기체는 바람을 맞아 한 방향으로 날아가 버렸는데 이에 여덟 사람들의 몸은 흠뻑 젖고, 이상한 냄새까지 뒤집어쓰게 되었다. 여덟 사람을 가운데로 몰아넣은 구렁이들이 사방에서 꿈틀대었다. 권윤헌은 그것이 구렁이가 아니라 마디가 진 가죽

재질로 만들어진 거대한 촉수라는 걸 알았다.

촉수가 조금씩 반경을 좁히며 사람들을 내몰았다. 안개가 완전히 걷히면서 숲도 나무도 사라졌다. 어느새 그곳은 끝이 없을 정도로 길이 트인 회색 황무지로 변했다. 이 숲이 인위적으로 옮길 수 있는 공간인지, 아니면 여태껏 눈속임을 당해온 건지 사람들은 몰랐다.

여자들이 뭔가를 보고는 두 사람 뒤의 하늘을 가리켰다.

두 남자가 돌아본 하늘로부터 위압적인 기세로 12개의 불덩어리가 날아오고 있었다. 가까이서 보는 불덩어리는 이제 붉은 빛이 아니라 수십 가지 다양한 빛깔로 변화하고 있었다. 천승도의 탈은 임무를 마쳤는지 더 이상 신호를 보내지 않았다. 불덩어리들이 코앞까지 가까워졌다. 산 채로 구이가 되어 버릴 거란 생각 권윤헌은 얼굴을 가렸다.

그때 다가오던 불덩어리가 허공에서 정지하며 부유했다. 거대한 촉수들이 조금씩 뒤로 물러나 반경을 넓혔다. 보이지 않는 하늘에는 촉수의 꼬리 부분을 쥐고 있는 거대한 물체가 떠 있는 것 같았는데, 거기서 나오는 웅웅거림이 천지를 요동시켰다.

사람들을 관찰하던 불덩어리들은 각기 알맹이를 토해내면서 빛의 세기가 줄어들다가 완전히 사라졌다. 땅으로 내려오는 12개의 알맹이들이 서서히 사람의 형태를 갖추어갔다. 그것은 전포(戰袍)을 입은 열두 명의 장수들이었다. 8척 장신에 살인 무기의 위세가 대단했다. 그들은 칼(刀), 창(槍), 검(劍), 활(弓), 쇠갈퀴(鈀), 두 가닥 창(戟), 도끼(斧), 채찍(鞭), 긴 총(銃), 방패(盾), 철봉(棍), 쇠망치(槌) 등 각자의 무기를 머리 위로 붙잡은 채 낙하의 속도를 조절했다. 일제히 땅에 발을 붙인 12명이 고개를 드니 겁에 질린 권윤헌 일행의 눈에 쥐, 소, 호랑이, 토끼, 용, 뱀, 말, 양, 원숭이, 닭, 개, 돼지의 얼굴이 보였다. 별에서 내려온 괴인들은 몸은 항우에 버금가는 용장이요, 머리통은 12간지의 짐승을 형용화한 신마(神魔)들이었다.

"천승도는 어디 있느냐?" 해마장군(亥魔將軍) 돼지가 권윤헌에게 물었다.

5

둥그렇게 에워싼 12개의 병기가 서서히 거리를 좁혀왔다. 12사
도는 불처럼 타오르는 눈을 희번덕거리며 사람들을 요리조리
관찰했다. 청룡의 머리를 한 진마장군(辰魔將軍)이 긴 수염을 휘
날리며 뿔을 움직거렸는데 기분이 좋아서 취하는 몸짓 같았다.

"이번에는 아주 튼튼한 계집들을 데려왔구나. 천승도가 맡은
바 소임을 게을리 하지 않았어."

"그런데 그놈은 어디 있느냐?" 호랑이 인마장군(寅魔將軍)이
청룡을 보며 말했다.

그들의 음성 하나하나가 범종을 치는 것처럼 사람들의 귀에
쩌렁쩌렁 울렸다.

"선비 놈이 손에 쥔 게 천승도의 탈 같은데? 육신과 분리된
걸 보면 죽었다는 뜻이야."

해마장군이 사납게 쇠스랑을 들이댔다.

"말하라. 천승도는 어디 있느냐?"

"그… 그는 죽었소……."

권윤헌은 거대한 돼지의 서슬 퍼런 행동에 기겁했으나 가까
스로 정신줄을 붙잡았다.

"어떻게 죽었느냐?"

권윤헌이 즉답을 못하자 해마장군이 황금 광채가 너풀대는
쇠스랑을 들이밀었다. 목에 느껴지는 감촉이 불처럼 뜨거웠다.
지금 상황은 꿈도 아니고 환각도 아니었다. 전설의 대력신왕(大
力神王)을 형용화한 신비의 존재들에게 혼백이 찢기어 죽을 현

실에 처한 것이다. 이미 《귀경잡록》을 읽었음에도 권윤헌은 그들이 신령인지 악귀인지 판단할 수가 없었다. 사악한 겉모습 뒤로 이계의 신비스러움 역시 존재했고, 바로 이런 '알 수 없는 깊은 뜻'에 인간인 권윤헌은 지푸라기라도 잡는 심정으로 굽어 살펴달라는 희망을 조심스레 가져보기로 했다.

"묻지 않았느냐! 천승도는 어떻게 죽었느냐!"

"해, 햇볕에 몸이 타들어 갔습니다."

"그놈이 왜 일광(日光)을 쪼였단 말이더냐?"

"더, 더 이상 제사장 노릇을 하기 싫다고 했습니다!"

다급한 김에 권윤헌은 거짓말을 했다. 바우와 여섯 여자들은 가쁜 숨을 몰아쉬며 이 상황을 지켜보았다.

해마장군이 쇠스랑을 약간 뒤로 물렸다. 12사도의 불을 뿜는 눈이 권윤헌에게로 모아졌다. 창을 들고 있던 뾰족한 눈의 원숭이 신마장군(申魔將軍)이 물었다.

"그놈이 일을 하기 싫어 스스로 일광을 쪼였다고?"

"그렇습니다!"

"불멸의 몸을 얻고 불치병까지 낫게 된 천승도가 스스로 목숨을 끊었다고?"

"그, 그렇습니다."

"신왕사도들 앞에서 거짓을 아뢰다니 간덩이가 부었구나."

쥐의 머리를 한 자마장군(子魔將軍)이 검은 눈을 부라리며 불이 붙은 채찍을 치켜들었다.

"거짓이 아닙니다. 화공 최응하처럼 인간 세상이 그립다고 했는 걸요!"

"최응하라고! 네 나이가 대체 몇이길래 옛 시대의 최응하를 알고 있느냐?"

"이야기를 들어서 알았습니다."

원숭이가 창을, 쥐가 채찍을 거두었다. 뿔이 둘둘 말린 양 미마장군(未魔將軍)이 끼어들었다.

"이야기를 들어 알았다고? 우리에게 관심이 많은 것 같은 너는 대체 누구냐?"

"저는……."

주인의 뒤편에 서 있던 바우는 점점 가빠지는 숨을 쏟으며 어떤 광경을 보고 있었다. 그것은 12사도의 몸이 투명해지다가 다시 나타나는 현상이었는데, 그들의 신체 부분들도 구부러지고 일그러지다가 다시 꼿꼿이 펴지길 반복했다. 고통을 느끼지 못하는 듯 그들은 표정도 행동도 그대로였다. 즉 그것은 일종의 '왜곡'이라 불러도 좋을 현상으로, 이를테면 환각이 자아내는 거짓 광경처럼 보인 것이다.

쇠스랑을 보자마자 겁먹어 물러난 주인과 달리 바우는 용기를 되찾았다. 바우는 스스로의 총명함에 감탄했다. 눈에 보이는 것만으로 겁을 주는 놈들일지도 모른다! 저놈들을 붙잡으면 실제로 손에 쥐는 것은 허공일지도 모른다! 그렇다면 허상뿐인 저놈들도 우릴 해칠 수 없는 것이다!

여자들을 돌아본 그는 12사도의 몸이 어딘가 가짜처럼 보이지 않느냐 물었고 몇 명이 그렇다고 답했다. 바우는 12사도라는 거짓 광경을 내세우면서 뒤에 숨어있는 단 한 놈이 있을 것이라 판단했다. 12명이 순서를 바꾸어가며 권윤헌과 대화를 나누었는데 주고받는 말을 들어보니 틀림없이 한 놈이 이어가는 화법이었다.

'별 볼 일 없는 원래의 형체가 떼거지로 만든 가짜들 뒤에 숨어 있을 거야. 확인해보면 알겠지. 이래 죽으나 저래 죽으나 마찬가진데.'

유일한 천민인 그가 이렇듯 지혜를 발휘하게 된 데는 오늘 낮 연천 아씨가 읽어줬던 《귀경잡록》의 공이 컸다.

이들은 속임수가 업이요, 실제로는 용력이 강하지 않은 종족들일 것이다. 변신을 자주 하는 것만 보면 알 수 있다. 이들의 본래 형상은 불분명한데 그것은 어느 별을 침공하든지 거기 거주하는 자들이 무서워할 만한 모습으로 탈바꿈을 하기 때문이다. 위압적인 과시로 상대방을 공포로 몰아넣는 동시에 그 별에 사는 이들을 연구한다. 이 글을 읽는 자들은 12개와 관련된 초자연의 봉변을 당하면 놀라지 말고 분연히 일어나 싸울 것을 촉구한다. 속임수가 업인 작자들의 전법은 기껏해야 어설픈 허허실실(虛虛實實)일 터이니.

"나리! 비켜요! 이놈들은 헛것에 불과해요!"

바우가 주인을 밀치고 끼어들었다.

"천승도는 내가 죽였다! 12마리 짐승 그림자를 앞세워 숨어 있는 요사스런 놈아! 모습을 드러내라! 이 바우에게 허허실실은 안 통한다!"

"이놈아 당장 물러나라!" 권윤헌이 소리쳤다.

"속지 마세요! 저 짐승들 무기가 내 몸에 닿는지 아닌지 확인부터 해보면 알 테니까!."

"제발 가만히 있거라! 저 쇠스랑은 가짜가 아니야!"

바우가 외마디 기합을 지르며 12사도에게 달려들었다. 순간 12사도의 몸이 다시 한번 투명해지고 신체도 구부러져 보였다.

'환각이로구나! 역시 내 말이 맞았어!'

하지만 바우의 착각이었다. 12사도가 한꺼번에 손에 쥔 병기를 내밀자 미지의 강렬한 기운이 솟았다. 바우의 몸이 허공에 뜨면서 열십자 팔을 벌린 상태로 멈추어 굳었다. 12사도에게서 옮겨간 투명성이 바우에게 전달되어 그의 몸은 나타났다가 사라지기를 반복하고 신체도 군데군데가 구부러졌다 펴졌다. 강렬한 바람이 바우의 머리카락과 수염을 날렸을 때 12개의 병기가 바람을 갈랐다. 병기 끝에서 눈부신 보랏빛의 원이 파생되고 바우는 그 안에 갇혔다. 여자들이 비명을 질렀다. 끔찍한 외침과 함께 바우의 온몸은 채썰기를 끝낸 무처럼 잘게 잘려 무수한 부분으로 분해되었다. 눈알이 흘러내리고 살점이 낱낱이 잘려진 자리로 붉은 피 소나기가 때렸다.

보랏빛의 원은 사라지고 바우의 일부였던 머리 가죽과 수염만이 회색 대지로 떨어졌다.

권윤헌이 털썩 주저앉았다. 여섯 여자들도 일제히 12사도 앞에 무릎 꿇은 채 살려달라고 빌기 시작했다.

"흥미로운 꼴도 다 보겠구나. 감히 육십오능음양군자의 12사도에게 덤빌 생각을 하다니."

닭의 머리를 한 유마장군(酉魔將軍)이 가가대소했다.

"다음은 네 차례다. 사내놈은 필요가 없으니까."

축마장군(丑魔將軍)이 황소 뿔로 받는 시늉을 하며 뱀처럼 생긴 조총을 권윤헌의 이마에 겨누었다.

"잠깐만요!"

이판사판이 된 권윤헌은 무서운 계획을 실행에 옮기기로 작정했다. 그는 채홍사였고 천승도 역시 일종의 채홍사 노릇을 해왔다. 전임자가 죽었으니 저들에겐 후임자가 필요할지도 모른다. 희망은 없었으나 유일한 가능성이라고는 그것뿐이었다. 손에 쥔 천승도의 탈을 얼굴에 뒤집어쓰자 귀와 뺨, 정수리와 이마 한가운데에 날카로운 못이 들어와 박히는 고통이 엄습했다. 탈이 저절로 구부러지고 얼굴을 덮어 피부를 조였다. 그 순간 권윤헌은 녹색의 밤하늘에 공처럼 둥근 별들이 무수히 떠다니는 광경을 보았다. 인간을 닮았으면서도 인간과는 다른 형체의 생명들을 보았고, 검은 강물이 흐르는 낯선 세상과 돌로 만든 삼각 움집이 가득한 기묘한 거리를 보았다. 폭발과도 같은 섬광이 모든 영상을 덮어버리면서 그는 현실로 돌아왔다. 이제 그의 눈에 비친 12사도는 거대한 빛의 덩어리로 보였다. 그 빛은 찬란한 위엄으로 가득 찼고, 다가가기만 해도 설레는 미지의 지혜로 충만했다.

권윤헌은 땅을 짚고 일어나 여자들을 버리고 빛 가운데로 걸어갔다.

"12사도께 아뢰오! 저는 천승도를 대신할 사람이오이다!"

"역시 천승도는 네놈이 죽였구나."

"저는 아닙니다! 사도들께서 방금 없애버린 미천한 자가 천승도를 해친 범인입니다."

"왜 그가 천승도를 해쳤나?"

"우리는 주종 관계인데, 함흥으로 가다가 야산에서 길을 잃고 천승도의 오두막에 다다랐습니다. 헌데 천승도가 도끼를 들고 먼저 달려들길래 제 하인이 어쩔 수 없이 그를 해친 것입니다. 지난 일은 잊어주십시오. 제가 이제 천승도보다 몇 배 더 일을 잘 해내겠습니다."

여자들은 사태가 어떻게 돌아가는 지를 권윤헌이 탈을 쓰는 행위 하나로 간단히 알아냈다. 그는 12사도의 정체를 모르고, 여자들은 물론 자신도 어떻게 될 줄 모르고, 앞으로의 일조차 어떻게 될지 모르는 상황에서 눈앞에 닥친 위험을 모면하고자 유치한(그러나 뜻밖의) 결정을 내린 것이다. 두려움에 몰려 침묵을 지키던 여자들의 입에서 권윤헌을 향한 욕설이 쏟아졌다.

"그렇게도 구차하게 목숨을 부지하고 싶은가?" 방패를 든 뱀(巳魔將軍)이 물었다.

"그렇습니다." 공포로 떠는 권윤헌의 답에 비굴함이 가득했다.

"우린 네가 누군지도 몰라! 계시를 내리지도 않은 자를 제주(祭主)로 받아들일 수는 없어."

12개의 목소리가 하나로 합쳐졌다. 권윤헌의 귀에 여자들이 부르짖는 욕설은 더 이상 들리지 않았다.

"저는 여자 바치는 일을 업으로 하고 있습니다. 주상전하가 어명을 내렸습니다. 제게 맡겨주시면 그 누구보다 일을 잘 해낼 수 있습니다."

"그대는 살아남기 위해 비굴한 술수를 쓰고 있구나."

12사도는 무기를 땅바닥에 세워 짚은 채 권윤헌을 흥미롭다는 시선으로 바라보았다.

"어명을 받들었다는 자가 어째서 이런 일이 업이라는 거냐?"

"사실 저는 누구보다 이런 일에 적합한 사람입니다. 주상전하의 어명이란 전국 각지의 미인들을 뽑아오라는 채인(採人)이었기 때문입니다. 저는 채홍사입니다!"

그들이 갑자기 말을 중단했다. 12사도는 권윤헌의 뒤편을 보고 있었다.

권윤헌도 뒤돌아보았다. 그들을 막아선 구렁이 떼 같은 촉수 한가운데가 크게 요동을 치고 있었다. 눈부신 황금빛이 번져오면서 촉수가 녹아내리기 시작했다. 끈적끈적한 점액질이 쏟아졌고 마디가 떨어져 나갔다. 황금빛의 공세는 멈추지 않았고 격심한 불꽃을 튀겼다. 촉수의 마디가 잘려 나가자 사람 하나가 들어올 수 있을 만한 큰 구멍이 생겼다. 권윤헌은 저도 모르게 여자들이 아닌 12사도 쪽으로 물러났다. 큰 구멍 사이로 모독적인 표정의 청동불을 안은 청아가 들어왔다.

"낭자!"

권윤헌이 소리쳤다. 청아는 권윤헌을 알아보지 못하고 청동불에게 말했다.

"아버지! 저놈이에요! 나를 지하 뇌옥에 가둔 놈이 바로 저 탈바가지 놈이에요!"

여섯 명의 여자들은 청아의 광기스런 모습에 기겁했다.

"저 여자 미쳤나봐… 불상을 보고 아버지라고 부르고 있잖아!"

6

비웃는 듯한 표정에 손가락을 턱에 괸 사유청동상(思惟靑銅像)은 처음 모습 그대로 움직이지 않았다. 청아는 엉망진창이 된 몰골과 어울리지 않는 결연한 표정을 지었는데, 무섭게 타오르는 눈과 끊임없이 불상에 귀 기울이는 모습은 광녀(狂女)로 낙인찍기에 부족함이 없었다.

그러나 12사도는 그렇지 않았다. 그들은 사람들이 알지 못하는 무엇인가를 바로 알아챘다. 기세등등했던 그들은 분위기를 일변하여 각자의 무기를 사납게 들이밀었다. 표적은 권윤헌 일행이 아닌 청아와 청동불이었다.

"누구냐 너는! 우리처럼 너에게선 이 별 바깥의 냄새가 나는구나." 묘마장군 토끼(卯魔將軍)가 눈을 부릅떴다.

"정체를 밝혀라. 누가 너를 청동 쇄갑 안에 가두어 봉인했지?" 술마장군 개(戌魔將軍)는 귀에서 불길을 뿜으며 으르렁거렸다.

"우리하고 안면이 있는 자인가?" 오마장군 말(午魔將軍)도 불길이 이는 김을 코로 토해냈다.

12개의 병기가 청아와 청동불의 주위를 만개하는 꽃처럼 둥그렇게 에워쌌다. 검화(劍花)의 조여듦에 청아의 질린 눈은 튀어나올 듯 커졌다. 청동불의 표정에는 변화가 없었다.

"말을 하지 않겠다니 너를 쇄갑째로 녹여 버리겠다!"

"예전에도 나는 이런 상황에 처한 적이 있었다."

청동불 안에서 목소리가 나왔다. 12사도와 대등한 공력의 울림에 여자들이 코와 귀로 피를 쏟았다. 청동불의 영향력 아래에 놓인 청아는 피를 흘리지 않았다. 권윤헌은 적대감을 띤 기(氣)가 전장에 흘러다님을 탈 쓴 자의 혜택으로 볼 수 있었다. 청동불이 목소리를 내자 12사도는 한층 경계심을 세웠다.

"그 당시는 내가 이 나라에서 김국도라는 이름으로 행세할 때였다. 왜나라에서 온 사무라이들이 내 목에 둥그렇게 칼을 겨누고 '검은 돌'이 있는 곳으로 안내하라고 했지."

청동불의 목소리는 까마득한 먼 하늘에서 울려 퍼지는 듯했다.

"나는 이 조선에서 몇 번이나 우주의 힘을 터득하고자 거사를 치렀다. 웃는 낯의 남자로 행세할 때도, 김국도로 행세할 때도, 이방철로 행세할 때도 그랬지. 그때마다 너희 같은 하급 원린자들이 인간과 결탁하여 훼방을 놓는 바람에 힘을 터득하기는 고사하고 고향으로 돌아갈 수도 없게 되었다.

어설픈 12간지 형상을 흉내내 겁을 주는 너희들은 잘 모르겠지만 이 별의 인간들은 우습게 볼 수 없는 존재다. 위대한 육십오능음양군자를 이을 나의 거사가 유독 이곳에서만 실패한 사례가 그걸 입증한다. 천하무적인 나를 이 청동 쇄갑에 가두어놓은 자는 놀랍게도 저 바깥의 원린자가 아니라 이 별에 살고 있는 인간이다. 너희들은 아무 것도 모를 것이다. 우리들에게 어떤 위기가 닥쳐오는지를…….

나는 다시 고향으로 돌아가 힘을 키울 것이다. 내가 기르던 천백족(千百足, 〈지옥에서 온 사무라이〉에 등장하는 날개 달린 지네)들이 다 죽어버려서 나는 시간의 동굴을 통과할 수 없는 몸이 되었다. 나는 오늘이 오기만을 끈덕지게 기다렸고 이제 그 보람을 수확하려고 한다. 하늘에 떠 있는 너희들의 이동 수단을 빌려 내 고향으로 돌아가고자 하니 내 앞을 막지 마라. 그러면 헛되이 피를 뿌리는 일은 없을 것이다."

"네놈이 누구인지 알 것 같구나." 인마장군이 크게 웃었다.

"너는 용맹함도 초월법력도 힘도 아닌 간사함으로 우주를 재패하려고 설치다가 이 별로 도망친 놈이다. 네놈의 추잡한 악명은 모든 종족들에게 알려져 있다. 썩은 시체를 찾는 놈이 분수도 모르고 우주의 힘을 터득하겠다고? 육십오능음양군자의 제자를 거짓 자처하고 위대한 존재들을 배신한 네놈의 악행은 우주천지에서 모르는 이가 없다. 하하하하."

권윤헌은 《귀경잡록》에서 얼핏 본 18장 혹척혹친(或斥或親) 편을 떠올렸다. 아, 저 청동불의 정체를 알겠어! 누군지 안다구! 온 조선을 떠들썩하게 했던 그 무서운 작자가 아직 죽지 않고 저 안에 갇혀 있단 말인가? 대관절 청아 낭자는 왜 저런 놈과 함께 있는 거지? 게다가 아버지라고 부르다니…….

"아버지 이자들이 아버지를 해치려 해요! 어떻게 해야 하죠?"

청아가 보호하려는 것처럼 청동불을 끌어안았다. 12사도는 시간이 아깝다는 듯 빛이 감돌기 시작하는 12개의 병기를 번쩍 쳐들었다.

"후환을 남기면 안 된다. 12공력을 한데 모아서 이놈을 사멸시켜버리자."

청동불이 외쳤다.

"지금이야. 청아야! 내가 가르쳐준 주문을 읊거라."

아버지의 명이 있자마자 청아의 입에서 독경과 비슷한 어떤 주문이 흘러나왔는데, 그것은 청동불이 까마득한 과거의 임진 왜란 시절 김국도라는 이름으로 행세할 때 이 주문의 원래 주인 에게 가르쳐준 초능력의 구결이었다. 마른하늘에 번개와 같은 섬광이 일어나고 검은 회오리를 그리는 돌풍이 불어닥쳤다. 보 호벽과도 같던 촉수들이 파편을 떨어트리며 흔들렸다. 12사도 는 청아가 외우는 소리에 대경실색했다.

"저 계집이 어떻게 티마닥코라이 성인(星人)의 쎌쥴자바 구결 을 알고 있지?"

"……마락까 오 티마닥코라이 갓샤이퀼 꾸이닥 케에에…… 아아악!"

비명과 함께 청아의 주문은 강제로 중단 당했다. 해마장군이 휘두른 쇠스랑이 그녀의 가슴에 박혀 팔각형의 빛줄기를 뿜어 냈던 것이다. 그러나 이것은 몸을 움직이지 못하는 청동불이 오 랜 세월 전부터 기획한 전략이었다. 그녀의 가슴에서 뿜어져 나 온 피가 고스란히 청동불에게 흡수되었고, 인간의 피가 들어옴 과 동시에 그를 가두었던 청동 쇄갑의 마지막 봉인은 풀려버린 것이다. 자유의 몸이 된 그는 이제 '신비의 검은 돌'의 원래 주인 이 가졌던 초능력 쎌쥴자바마저 갖춘 무적의 용자가 되기 직전 이었다. 빛의 파동과 함께 청동불의 전신에 금이 가기 시작했다.

"아버지……."

청아가 힘없이 쓰러졌지만 그녀에게 신경 쓰는 이는 아무도 없었다. 모두의 관심은 눈을 믿지 못하는 우주적 참극에만 쏠려 있을 뿐이었다. 오직 권윤헌만이 바닥을 기어가 청아의 손을 잡 았다.

"낭자! 나를 알아보겠소! 나 낭자를 구했던 사람이오."

청아는 탈바가지를 보고 무서운 표정을 지었다가 권윤헌을 알아보고는 죽음 직전의 희미한 미소를 지었다.

"나리로군요! 나리는 좋은 사람인데 왜 얼굴에 그런 걸 쓰고 계시지요?"

"어쩔 수 없이 쓰게 되었어요! 그런데, 그런데…… 이게 얼굴에 붙어 떨어지지를 않아요!"

피를 빼앗겨 허옇게 죽어가는 여자와 떨어지지 않는 탈을 쓴 남자는 그렇게 재회했다. 청아는 자신을 부른 존재가 아버지가 아니었음을 죽어가면서 깨달았고, 권윤헌은 사랑도, 출세도, 살아 가는 것도 어느 하나 쉬운 게 없다는 사실을 후회 속에서 깨달았다.

12개의 병기가 동시에 날아왔다. 청동불의 온몸이 신의 병기에 강타당하고 현란한 빛줄기를 튕겨 냈다. 강렬한 금속음과 함께 청동 표면이 가루가 되어 떨어졌다. 뱀처럼 구불거리는 빛이 어지럽게 밤하늘을 수놓았다.

"으하하하하하……."

빛과 함께 청동불이 사라진 대신, 그 자리에는 짐승도 아니고 인간도 아닌 끈적끈적한 존재가 새로이 생겨났다. 그것은 눈이 여럿이었는데 징그러운 더듬이와 요상한 기관들로 몸을 이루고 있었다. 그 괴생명체가 여러 개의 팔을 한꺼번에 들어 올리자 나무들이 뽑히고 바위가 공중으로 치솟았다.

"쎌쥴자바를 쓴다! 조심해라!"

12사도가 병기를 올려 세워 붙이니 그들의 신체가 하나의 불덩어리로 합쳐졌다. 거대한 불덩어리와 청동불에서 나온 괴생명체 간에 초월적인 공력을 퍼붓는 섬광이 펼쳐졌다. 눈을 멀게 하는 섬광은 지상의 폭발을 불러왔다. 가까이 있던 여섯 여인들의 몸이 단숨에 불붙고 녹아내려 검게 탄 백골만이 남았다.

권윤헌은 탈의 마력 하나만을 믿고 청아의 몸을 덮어 끌어안았다. 이미 죽은 그녀를 위하여 등으로 섬광을 맞으며 견뎠다. 하지만 몸이 당하는 고통보다 마음의 고통이 훨씬 컸다. 거대한 폭발의 충격으로 두 사람은 허공을 날았다. 권윤헌은 탈에 뚫린 눈구멍으로 머리칼이 풀어헤쳐져 힘없이 날아가는 청아를 보았다. 슬프게도 그녀는 더 이상 이쪽을 쳐다볼 수 없었다.

"낭자! 낭자!"

'나리는 좋은 사람인데 왜 얼굴에 그런 걸 쓰고 계시지요?'

또다시 거대한 섬광이 일었고, 권윤헌의 기억은 거기서 끊어졌다.

結

권윤헌이 정신을 차렸을 때는 깜깜한 밤중이었다. 얼굴에 손을 대보니 탈은 그대로 붙어 있었다. 살점이 찢어지도록 잡아당겨도 떨어지지 않았다. 그는 욱신거리는 몸을 일으켰다.

반경 10리 정도의 숲이 사라지고 없었다. 새카맣게 타버린 잔해뿐이었다. 싸움의 흔적과 청동 파편들은 있었지만 12사도도 청동불의 괴인도 보이지 않았다. 누가 이겼는지, 누가 아군이고 적군인지, 그들이 지금 어디 있는지 알 수 없었다. 알고 싶지도 않았다. 다시 한번 탈을 잡아당기니 빠지지 않고 고통과 함께 피가 흘러내렸다. 앞으로의 운명이 어떻게 될지 궁금했지만 답을 줄 이는 아무도 없었다.

그는 한숨을 쉬다가 땅을 내려다보았다. 유골 가루들이 작은 산의 형태로 쌓여 있었다. 모두 여섯 개였다. 그는 한참을 뛰어다니며 헤맨 끝에 나무에 걸린 청아의 시신을 찾을 수 있었다. 미끄러지고 넘어지면서도 나무에 올라 청아를 끌어내린 그는 시신을 부둥켜안고 목놓아 울었다. 인공의 숲을 벗어나 양지바른 장소를 찾은 권윤헌은 그녀를 정성껏 묻어주었다. 여섯 여인의 뼛가루와 바우의 바랑도 그 옆에 묻어주었다. 맨손으로 진행한 매장 작업은 시간이 걸렸다.

나무를 꺾어 대충 묘비를 세울 무렵, 어디선가 닭이 우는 소리가 들렸다. 서서히 아침이 밝아오고 있었다. 산짐승이 보이지 않음에도 닭은 또 우는 이 산이 정말 신기했다.

알고 싶은 것이 많았지만 어떤 방법으로도 답을 들을 수 없었다. 그래서 미칠 지경이었다.

청동불이 12사도를 처단하고 하늘 어디론가 날아갔는지, 아니면 12사도가 청동불을 죽이고 1년 뒤에 찾아올 예정으로 천상으로 돌아갔는지 알 수 없었다. 자기혐오와 함께 후회의 눈물이 쏟아졌다. 눈가가 뜨거워도 탈은 떨어지지 않았다.

빠르게 동이 터오고 있었다. 권윤헌은 볕에 몸을 내밀어 청아를 따라가고 싶은 강한 유혹을 느꼈다. 그러나 자기혐오를 인정했던 삶의 일부분은 아직도 그 혐오를 완전히 극복하지 못했다. 삶에 미련이 많은 젊은이는 아직 죽기 싫었던 것이다.

그는 청아의 무덤을 남겨두고 천승도의 오두막으로 걸어갔다. 1년 뒤에 과연 사도가 돌아올지 안 돌아올지는 아무도 모른다. 아직까지는 어떤 계시도 없다. 그럼에도 탈은 떨어지지 않는데 햇볕에 시험을 하자니 겁이 난다.

그는 천승도가 그랬던 것처럼 지하 뇌옥으로 내려가 관 속에 몸을 뉘였다. 밤이 오면 꽃을 꺾어 청아의 무덤에 갖다놔야겠다고 스스로를 위로했지만, 스스로 결정한 운명에 설움이 북받쳐 눈물을 참지 못했다. 바깥에서 새가 지저귀고 며칠간 들리지 않던 풀벌레 소리도 들려왔다. 마침내 밝은 아침이 온 모양이었다. 우주의 비밀로 요란했던 세상은 이제 정상적인 평온을 찾은 것 같았다. 그러나 앞으로 권윤헌에게 밝은 대낮은 없을 것이었다. 울다가 지친 그는 잠이 들었다. 떨어지지 않는 탈을 쓴 채로.

권윤헌은 청아를 업고 개울을 건너는 꿈을 꾸었다.